I0574448

DIE HUNDESITTERIN DES MILLIARDÄRS

MISHA BELL

ÜBERSETZT VON
GRIT SCHELLENBERG

♠ MOZAIKA PUBLICATIONS ♠

Copyright © 2024 Misha Bell
www.mishabell.com

Veröffentlicht von Mozaika Publications, einem Impressum von Mozaika LLC.
www.mozaikallc.com

Aus dem Amerikanischen von Grit Schellenberg
Lektorat: Fehler-Haft.de

Umschlag von Najla Qamber Designs
www.qamberdesignsmedia.com

e-ISBN: 978-1-63142-924-8
ISBN drucken: 978-1-63142-926-2

KAPITEL 1
LILLY

as zum Teufel soll heiß an ihm sein? Alles an Bruce Roxford ist eiskalt, von seinen arktisch-blauen Augen bis zu der frostigen Form seiner Lippen. Sogar sein dunkles, glatt zurückgekämmtes Haar hat einen kühlen, blauschwarzen Schimmer, statt der üblichen warmen braunen Untertöne.

»Ja?«, fragt er, aber öffnet seine Haustür nicht weiter.

Warum tut er so, als hätten seine Sicherheitsleute nicht angekündigt, wer ich bin? Ganz zu schweigen davon, dass wir einen Termin haben – und es ist ja nicht so, dass auf seinem riesigen Anwesen irgendwelche Leute kommen und gehen wie sie wollen.

Ich gebe mein Bestes, um nicht von der Kälte zu zittern, die er ausstrahlt, und sage: »Ich bin Lilly Johnson.«

1

Keine Antwort.

»Die Hundetrainerin.«

Schweigen.

»Ich bin hier für ein Vorstellungsgespräch mit Bruce Roxford?«

Was ich nicht sage, ist, dass das Interview nur ein Vorwand ist, um diesem herzlosen Bastard meine Meinung zu sagen. Seine Bank hat mir das Haus meiner Kindheit weggenommen, und als ich seine Anzeige sah, in der er jemanden aus meiner Branche suchte, wusste ich, dass es Schicksal war.

Vielleicht sollte ich ihn einfach jetzt und hier beschimpfen?

Nein. Er würde mir die Tür vor der Nase zuschlagen und mich von seinem Sicherheitsdienst vom Gelände begleiten lassen. Ich brauche ihn dort, wo er mir nicht entkommen kann. Bevor ich ihn persönlich traf, dachte ich, ich würde uns in einen Raum sperren und ihm das vorlesen, was ich für diesen Anlass sorgfältig zusammengestellt habe. Auf diese Weise würde ich keine Beleidigungen oder Anschuldigungen vergessen. Aber jetzt, wo ich diesem riesigen, breitschultrigen männlichen Exemplar gegenüberstehe, bin ich mir nicht mehr so sicher, ob ich mit ihm allein sein sollte, schon gar nicht in einer feindlich gestimmten Situation.

Er hebt seinen muskulösen Arm vor dem Gesicht und runzelt die Stirn, als er auf seine Uhr von A. Lange & Söhne schaut. »Sie sind zu spät. Auf Wiedersehen.«

Die Worte treffen mich wie Hagelkörner.

»Fünf Minuten«, erwidere ich und bin stolz darauf, wie sicher meine Stimme ist. »Es war viel Verkehr und …«

»Der Verkehr ist so vorhersehbar wie die Steuern.« Er beginnt, mir die Tür vor der Nase zuzumachen.

Ich atme tief ein. Keine Zeit, meine ganze Rede zu halten, eine Kurzversion muss genügen.

Bevor ich meine Wut herauslassen kann, schießt ein schwarzes Fellknäuel aus dem kleinen Spalt zwischen Tür und Rahmen.

Ein Meerschweinchen?

Nein. Es wedelt mit dem Schwanz und leckt an meinen Schuhen.

Oh, richtig. Es ist ein Welpe – was angesichts der Anzeige auch Sinn ergibt.

Mein Herz macht einen Luftsprung. Das ist ein Langhaarchihuahua – und ein wunderschöner dazu. Er hat ein seidiges, pechschwarzes Fell, weißes Fell an der Brust, ein Gesicht, das mich an einen kleinen Bären erinnert, und braune Flecken über den Augen, die wie neugierige Augenbrauen aussehen. Besser noch, das Fehlen von Kläffen und Knöchelbeißen lässt mich glauben, dass dies das freundlichste Mitglied dieser Rasse sein könnte.

Ich hocke mich hin und streichele sein himmlisches Fell. »Hallo. Wer bist du denn?«

Der Welpe schmeißt sich auf den Rücken und zeigt, dass er kein Mädchen, sondern ein braver *Junge* ist.

Ein bittersüßer Schmerz drückt auf meine Brust, als ich die kleine kahle Stelle auf seinem Bauch kraule. Es ist fünf Jahre her, dass ich Roach, die hündische Liebe meines Lebens, verloren habe. Auch er war ein Chihuahua – nur viel größer, weniger freundlich zu Fremden und mit einem glatten Fell.

Bis heute trübt jedes Mal, wenn ich ein neues Mitglied dieser Rasse kennenlerne, ein Hauch von Traurigkeit die Freude, einen Hund zu treffen. Weil sie so klein sind, trainieren zum Glück nur wenige Menschen Chihuahuas, weshalb ich noch nie einen Kunden ablehnen musste. Auf jeden Fall siegt die Freude schnell, als ich mit meinen Fingern die flauschige Brust des Welpen kraule und er aussieht, als würde er Heroin bekommen.

»Das gefällt dir, nicht wahr, Süßer?«, murmele ich.

Wie immer liefert mir meine Vorstellungskraft die Antwort des Hundes, die aus unerfindlichen Gründen mit der unfassbar tiefen Stimme von James Earl Jones, auch bekannt als Darth Vader, sagt:

Ob ich Bauchkraulen mag? Das ist so, als würdest du mich fragen, ob ich gerne den Mond anheule. Oder meine Eier lecke. Oder gerne …

Irgendwo weit über mir höre ich, wie jemand verzweifelt ausatmet.

Oh Mist. Ich habe kurz vergessen, wo ich bin. Das kommt häufig vor, wenn Hunde im Spiel sind.

Ich richte mich zu meiner vollen Größe auf – die zugegebenermaßen nur knapp ein Meter sechzig beträgt – und starre herausfordernd in die blauen Augen meines Erzfeindes, die jetzt noch größer aussehen, wie Angellöcher in einem eisigen See.

»Wie haben Sie das gemacht?«, fragt er.

Ich streiche mir nervös eine Haarsträhne hinters Ohr. »Was?«

Er deutet auf den schwanzwedelnden Chihuahua. »Colossus ist nie freundlich. Zu niemandem.«

Vielleicht ist er also *doch* typisch für seine Rasse. Ich kann mir ein Grinsen nicht verkneifen. »Colossus? Wie viel wiegt er, etwa ein Kilo?«

»Ein Kilo und zweihundertfünfzig Gramm«, sagt er, immer noch mit strengem Blick. »Haben Sie Speck in Ihren Taschen?«

Ich fühle mich, als stünde ich vor Gericht, und ziehe meine Taschen heraus, um zu zeigen, dass sie leer sind. »Ich füttere Hunde nie mit Speck. Selbst die sichersten Sorten haben zu viel Fett und Natrium, ganz zu schweigen von anderen Aromastoffen, die …«

»Okay«, unterbricht er gebieterisch.

Ich blinzele ihn an. »Okay was?«

»Sie haben den Job.«

KAPITEL 2
BRUCE

Dieses kleine Geschöpf – und damit meine ich nicht den Welpen – zieht eine seiner beeindruckend flauschigen Augenbrauen hoch. »Ich habe den Job?«

»Ja.«

Sie wird meine erste unpünktliche Mitarbeiterin sein, aber zwischen der Tatsache, dass Colossus sie mag, und der Tirade gegen den Speck, ist sie die beste Kandidatin, die ich bisher gesehen habe. So lächerlich es auch ist, diese Stelle war schwieriger zu besetzen als die meines CTOs.

»Einfach so?«, fragt sie, während sie den Welpen sanft hochhebt, der sie zu meinem Entsetzen ohne einen einzigen Beißversuch gewähren lässt.

Es hat eine ganze Woche gedauert, bis er mich nach ihm greifen ließ, ohne an meinen Fingern herumzukauen – und keiner meiner Mitarbeiter hat dieses Kunststück bisher geschafft.

Ich öffne die Tür weiter, damit sie eintreten kann. »Eines meiner Geschäftsgeheimnisse ist meine Fähigkeit, für jede Aufgabe die richtige Person auszuwählen.«

Die andere flauschige Augenbraue schließt sich der ersten an. »Sind Sie sicher, dass Ihr Geschäftsgeheimnis nicht Ihre Bescheidenheit ist?«

Ich tue so, als hätte ich sie nicht gehört. Ich habe keine Ahnung, warum Colossus sie mag. Er ist eindeutig ein schlechter Menschenkenner. Ich wette, es war etwas Dummes, wie die Tatsache, dass sie der kleinste Mensch ist, den er je getroffen hat, wodurch er sich wie ein größerer Hund fühlte. Oder es könnte einfach nur die Tatsache sein, dass sie gut riecht. Als sie vorbeigeht, nehme ich in ihrem Parfüm Noten von Kirschen und Weihrauch wahr, zusammen mit etwas Blumigem.

Sie wartet, bis ich die Haustür schließe, bevor sie Colossus auf dem Boden absetzt – eine Liebe zum Detail, die ich zu schätzen weiß. Der dumme Welpe soll ja schließlich nicht nach draußen laufen.

»Was in aller Welt ist das?« Sie zeigt auf die Trainingsunterlagen, die sich wie ein blauer Teppich durch das ganze Haus ziehen.

Ich ziehe eine Grimasse. »Colossus ist nicht stubenrein.«

Sie rümpft ihre zierliche Nase. »Ich bevorzuge den Begriff ›domestiziert‹.«

Obwohl meine Augenbrauen den ihren weit unterlegen sind, wölbe ich trotzdem eine. »Gibt es einen praktischen Unterschied zwischen einem stubenreinen und einem domestizierten Chihuahua?«

Sie blickt mich mit ihren haselnussbraunen Augen an. »Gibt es einen Unterschied zwischen Depp und Idiot?«

Wenn das ein Versuch ist, mich zu beleidigen, ist das genauso schwach wie ihre versuchte Lektion in Linguistik. »Domestizieren klingt, als würden wir einen Wolf zähmen.«

Wie immer kann ich mir nicht vorstellen, dass Colossus neunundneunzig Komma neun Prozent seiner DNA mit einer wilden Killermaschine teilt. Andererseits haben der mickrige Mensch vor mir und ich sogar noch mehr DNA gemeinsam, was nur beweist, wie viel Unterschied dieser winzige Prozentsatz ausmachen kann.

Ihre Nasenfalte breitet sich auf ihrer Stirn aus. »Ich mag das Wort *zähmen* auch nicht. Ich verbinde es mit Trainingsmethoden, die Zwang und Missbrauch einsetzen.«

Ich beiße unwillkürlich die Zähne zusammen. »Gibt es Menschen, die solche Methoden anwenden?«

Dummer Welpe hin oder her, wenn ich jemanden dabei erwischen würde, wie er Colossus zwingt oder missbraucht, wäre es das Letzte, was er jemals tun würde.

Sie sieht mich an, als hätte ich sie gefragt, ob es die Zahnfee gibt. »Es gibt sogar Leute, die Hundekämpfe organisieren.«

Solche Leute können froh sein, dass ich nur für ein

Bankenimperium verantwortlich bin und nicht für die ganze Welt. Sonst wären diese Arschlöcher Hundefutter.

»Erzählen Sie mir von Ihren Methoden«, verlange ich.

»Positive Bestärkung auf ganzer Linie.« Sie kniet sich neben Colossus und kratzt ihn unter dem Kinn – was ihm anscheinend unverhältnismäßig sehr zu gefallen scheint, denn er wedelt wie wild mit dem Schwanz. »Ich finde etwas, was der Hund mag, und biete es an, wenn ich ein Verhalten sehe, das ich wiederholt haben möchte.«

Ich verstehe das. Im Grunde unterscheidet sich das nicht so sehr von den Jahresendprämien, mit denen ich mich hervorragend auskenne. Oder loben – etwas, von dem die Leute behaupten, ich sei schlecht darin.

»Ich werde Sie mit den Haferflockenkeksen bewaffnen müssen, nach denen er verrückt ist«, sage ich unwirsch.

Der Welpe mag die, die mein Koch macht, aber er liebt mein eigenes Rezept, als ob es mit Opiaten versetzt wäre.

Sie steht auf. »Mag er Erdnussbutter?«

»Er würde seine Seele dafür verkaufen. Andererseits mag er alles Essbare – und auch viele ungenießbare Dinge. Bis jetzt bin ich auf nichts gestoßen, was er nicht mag.«

Sie schüttelt den Kopf auf eine Weise, die mich an Colossus erinnert. »Sogar Zitrusfrüchte?«

Ich schnaube. »Er liebt Orangen. Er hat auch um

eine Zitrone gebettelt, aber ich habe gehört, dass sie Magenverstimmungen verursachen können, also habe ich ihm keine gegeben.«

Sie schaut den Welpen ungläubig an. »Was ist mit Gemüse?«

»Gurke scheint sein Lieblingsgemüse zu sein.«

Sie wirft mir einen skeptischen Blick zu. »Was ist mit Salat?«

Ich bin unlogisch stolz, als ich sage: »Ich habe ihm Rucola, Spinat und Grünkohl gegeben – und er hat alles gefressen.«

»Ohne eine Magenverstimmung?«

»Ohne.«

»Wow«, sagt sie. »Das ist großartig. Futtermotivierte Hunde machen das Leben eines Trainers leichter.«

Bevor ich sie davor warnen kann, Colossus zu überfüttern, kommt meine Haushälterin mit meinem klingelnden Handy in den Händen hereingerannt.

»Es tut mir sehr leid, Mr. Roxford«, sagt sie. »Das Ding geht ständig los.«

Dem Klingelton nach zu urteilen, ist es jemand aus dem Büro, und er würde es nicht wagen, mich zu stören, wenn es nicht etwas mit der Kryptowährung zu tun hätte, die wir entwickeln – mein derzeitiges Lieblingsprojekt.

»Ich werde das annehmen.« Ich schnappe mir das Telefon und sehe meine neue Mitarbeiterin an. »In der Zwischenzeit können Sie entscheiden, wann Sie einziehen.«

KAPITEL 3

LILLY

ch hebe meinen Kiefer vom Boden auf, als die
Dame von Downton Abbey wegeilt und Mr.
Roxfords lange Beine ihn forttragen.

Einziehen? Für das Welpentraining? Ist er verrückt
– oder hat mein Gehör den Geist aufgegeben?

Ich ziehe mein Handy aus der Handtasche und lese
noch einmal die Anzeige, die mich hierhergebracht hat.

Oh, wow. Ganz unten steht, dass es sich um eine
Stelle mit Unterkunft handelt. Da ich nur ein
Vorstellungsgespräch wollte, habe ich mir nicht die
Mühe gemacht, bis zum Ende zu lesen.

Ich schaue zu Colossus. »Weißt du, warum er will,
dass jemand einzieht?«

Der kleine Welpe sitzt auf seinem Hintern und
schenkt mir seine volle Aufmerksamkeit – etwas, was
ich anderen Hunden normalerweise beibringen muss.

*Gibt dir das Meer von Trainingsunterlagen auf dem
Boden keinen Hinweis – oder willst du mich beschämen,*

indem du mich zwingst, es auszusprechen? Oh, und wenn ich es sage, kann ich dann bitte, bitte, bitte einen Haferflockenkeks haben? Mit Erdnussbutter?

Ja, natürlich. Welpen gehen nachts aufs Töpfchen. Oft. Das mit den *vielen ungenießbaren Gegenständen* bezog sich höchstwahrscheinlich darauf, dass der Hund die Trainingsunterlagen zerrissen und verzehrt hat ... oder das Toilettenpapier ... oder den Kies.

Ja. Welpen sind wie ungeschickte Staubsauger mit Zähnen. Und Wecker ohne Schlummertaste. Aber jemanden einzustellen, der rund um die Uhr einen Welpen trainiert, das würde nur ein Milliardär tun.

Ein böser, gieriger Milliardär, der sein Vermögen damit gemacht hat, normalen Menschen wie meinen Eltern die Häuser zu stehlen.

Ich beiße die Zähne zusammen und erinnere mich daran, geduldig zu sein. Ich *werde* ihn zurechtweisen. Jeden Moment. Sobald er zurückkommt. Ich hätte ihn schon längst wissen lassen sollen, warum ich hier bin, anstatt mit ihm über meine Trainingsmethoden zu plaudern, aber der supersüße Welpe hat mich aus der Bahn geworfen.

Zumindest glaube ich, dass es der Welpe war und nicht die Tatsache, dass der Mann, den ich seit einem Jahr hasse, in Wirklichkeit viel zu gut aussieht – wenn man auf große, dunkelhaarige, muskulöse, blauäugige, reiche Idioten mit symmetrischen Gesichtszügen und einer eisigen Ausstrahlung steht.

Was bei mir absolut nicht der Fall ist.

Es ist der Welpe. Er muss es sein.

Besagter Welpe wedelt mit seinem bezaubernden buschigen Schwanz. Ich hocke mich hin, kraule ihm noch einmal den Bauch und flüstere: »Du kannst nichts dafür, dass dein Papa ein Monster ist.«

Ein Monster, das zurechtgewiesen werden muss.

Ich hole meinen Zettel heraus und gehe die wichtigsten Punkte durch.

Ja. Jetzt geht es los. Keine Unentschlossenheit mehr.

Sobald Roxford zurückkommt, werde ich ihn mit meinen Worten treffen.

Vielleicht sollte ich ihn aber auch umgehend suchen, ihm das Telefon aus der Hand reißen und ihm meine Meinung sagen. Alternativ könnte ich diesen Zettel auch an die Haustür kleben und mich aus dem Staub machen. Oder sogar den Job annehmen und …

Ein Räuspern holt mich auf den Boden der Tatsachen zurück.

Verflucht sei er. Sogar sein blöder Hals ist heiß – muskulös, sehnig und mit einem hervorstehenden Adamsapfel, der geradezu darum bettelt, dass du ihn leckst oder an ihm knabberst.

»Hier.« Er tritt so nah an mich heran, dass ein Hauch von Zitronengras und Limette meine Nasenlöcher angenehm kitzelt. »Da ich in meinem Büro war, habe ich den Vertrag ausgedruckt, den Sie unterschreiben müssen. Vorausgesetzt, Sie halten die Bezahlung für akzeptabel.«

Ich überfliege den Stapel Papiere, den er mir reicht, bis mein Blick auf der besagten Bezahlung landet und ich das Dokument fast fallen lasse.

13

In Anbetracht von Roxfords Neigung, Menschen aus ihren Häusern zu werfen, nahm ich an, dass es wenig sein und er bestenfalls den Mindestlohn anbieten würde. Aber ich habe mich geirrt.

Tierärzte bekommen nicht so viel Geld. Genauso wenig wie Gynäkologen, Urologen oder Proktologen. Auch keine High-End-Escorts ... soweit ich weiß.

Es ist die Art von Geld, bei der ich eine Idiotin wäre, wenn ich nicht zumindest in Betracht ziehen würde, zu vergessen, warum ich eigentlich hierhergekommen bin – und auch die meisten meiner anderen Skrupel und Prinzipien.

Nein. Was denke ich gerade? Ich kann unmöglich den Welpen des Mannes trainieren, der für den Verlust des Hauses meiner Kindheit verantwortlich ist. Das wäre so, als würde man mit Hitler schlafen. Oder Putin baden. Oder Mel Gibsons Zehennägel schneiden.

Aber das Geld ...

Und es geht nicht darum, mit dem Feind zu schlafen oder ihn zu baden ...

Es sei denn ... Moment einmal. Um auf die Escort-Mädchen und den Proktologen zurückzukommen: Kann es sein, dass er etwas von mir erwartet, was kein Welpentraining ist? Oder zumindest nicht die Art von Welpen, mit denen ich normalerweise arbeite? Ich habe gehört, dass es so etwas wie BDSM-Welpenspiele gibt ...

Heilige Scheiße. Ist das der Grund, warum es sich um eine Stelle mit einem Vertrag handelt?

Befindet sich in dieser Villa sein roter Raum der Schmerzen?

Wie beleidigend … und doch seltsam verlockend.

Nein, nicht verlockend. Ekelhaft – das ist es, was ich meine.

Obwohl, wenn ich so darüber nachdenke, steht da ein echter Chihuahua-Welpe vor mir, also …

»Und?«, fragt er und verengt seine eisigen Augen. »Sind Sie damit einverstanden?«

»Die Bezahlung scheint angemessen zu sein«, schaffe ich herauszuquetschen. »Aber – damit es keine Missverständnisse gibt – welche Gegenleistung erwarten Sie von mir?«

Er sieht Colossus an. »Ich möchte, dass er das Hundeäquivalent eines Doktortitels … von Harvard erlernt.«

»Sie meinen, ich soll ihn in einen Diensthund verwandeln?«

Warum ist ein Teil von mir enttäuscht über das Fehlen von zwielichtigen sexuellen Gefälligkeiten?

Roxford wirft mir einen Blick zu, der mir sagt, dass ich in seinen Augen eine totale Idiotin bin. »Was für ein Diensthund könnte aus einem kleinen Wesen wie Colossus werden?«

»Oh, Sie wären überrascht.«

»Dann überraschen Sie mich.«

»Er könnte Diabetiker vor niedrigem Blutzucker warnen, Angstattacken abwehren und so weiter.«

Er betrachtet mich voller Zweifel. »Und Sie können ihm antrainieren, diese Dinge zu tun?«

Ich glaube nicht, dass dies der richtige Zeitpunkt ist, um ihm mitzuteilen, dass es zwar mein Lebensziel ist, Diensthunde auszubilden, ich aber noch nicht viel Erfahrung damit habe. Stattdessen entscheide ich mich für meine beeindruckendste Leistung. »Meine Cousine ist Fruchtbarkeitsberaterin und besitzt eine Yorkie-Hündin, die nicht viel größer ist als Colossus, und ich habe es geschafft, ihr beizubringen, zu erkennen, ob eine Frau ihren Eisprung hat.«

Zum ersten Mal zeigt sich in seinen Augenwinkeln der Anflug eines Lächelns. »Haben Sie den Hund oder Ihre Cousine trainiert?«

»Den Hund, aber wenn ich genug Litschi-Makronen hätte, könnte ich meine Cousine sicher auch trainieren – vorausgesetzt, sie wäre damit einverstanden, am Schritt Ihrer Kundinnen zu schnüffeln.«

Er lächelt aus vollem Herzen, und das ist umwerfend. Wenn man dieses Lächeln in Flaschen abfüllen könnte, könnte es bestimmt viele traurige Dinge auf der Welt heilen, wie Depressionen, Angstzustände und Verstopfung. Schade, dass man das Knarren fast hören kann, als sich seine Gesichtsmuskeln auf eine für sie ungewohnte Weise verbiegen. Ich bezweifele, dass er dieses Lächeln mehr als zweimal im Jahr zeigt.

»Also …« Er versteckt das strahlende Lächeln viel zu schnell. »Wie wäre es, wenn Sie damit beginnen, ihm das Äquivalent der Grundschule beizubringen?«

»Dazu gehört, dass er lernt, sich an den richtigen

Stellen zu erleichtern, und Dinge wie *Sitz*, *Bleib*, *Warte* und *Gib*.«

Er blickt auf das Meer von Trainingsunterlagen, das sich bis zum Horizont ausbreitet. »Machen Sie den Toilettenteil zu Ihrer obersten Priorität.«

Wenn ich ein Hund wäre, würden sich meine Nackenhaare aufstellen. »Rufen Sie den Leuten immer Befehle zu, ohne Bitte und Danke zu sagen?«

Er wirft mir einen unentschuldigenden Blick zu. »Wenn Sie *bitte* und *danke* möchten, müssen wir per E-Mail kommunizieren … und ich muss Ihre Bezahlung halbieren.«

Wow. »Nein, danke.«

»Großartig. Dann befreien Sie mich bis Ende der Woche von den Unterlagen im Haus.«

»Ende der Woche?« Ich schnaube. »Das wäre schwierig, selbst wenn ich heute einziehen würde.«

Er antwortet sofort. »Dann ziehen Sie heute ein.«

Ich starre ihn mit offenem Mund an. »Was? Nein! Ich habe noch andere Kunden. Ich habe eine eigene Wohnung, also bräuchte ich Umzugshelfer. Ich …«

Er winkt ab. »Ich werde meinen Assistenten beauftragen, jemand anderen für Ihre Kunden zu finden. Außerdem werde ich ihn bitten, für in einer Stunde Umzugshelfer für Sie zu engagieren.«

Scheiße. Er meint das ernst.

Ich kann heute auf keinen Fall einziehen … oder doch? Ich habe mich noch nicht einmal entschieden, diesen Job anzunehmen. Eigentlich weiß ich, dass ich diesen Job nicht annehmen sollte. Selbst wenn er nicht der Mann wäre, der meine Eltern um ihr Zuhause gebracht hat, würde ich mindestens eine Woche brauchen, um alle Vor- und Nachteile abzuwägen. Letztere gibt es unzählige – und der Arschloch-Chef ist nur die Spitze des Eisbergs. Da ist der übermäßig niedliche Chihuahua, für den ich Gefühle entwickeln könnte, wenn wir noch mehr Zeit miteinander verbringen – was zu einem ähnlichen Herzschmerz führen würde, wie ich ihn bei Roachs Verlust erlebt habe. Da gibt es die …

»Wenn Sie heute einziehen, bekommen Sie einen Bonus«, sagt das besagte Arschloch. »Ihren Tagessatz mal hundert.«

Mein Kiefer klappt nach unten.

»Und wenn Sie die Unterlagen bis Ende der Woche loswerden, bekommen Sie einen weiteren Bonus – Ihren Tagessatz mal tausend.«

Heiliges Welpenpipi. Ich weiß, dass er mich mit dem Geld manipuliert, aber bei solchen Zahlen kann ich nicht Nein sagen. Die Ausbildung zur Diensthundetrainerin und die Zertifizierungen sind nicht billig. Genauso wenig wie die Miete meiner Eltern, bei der ich ihnen helfe.

Er bietet sogar so viel Geld an, dass ich ihnen bei der Anzahlung für ein neues Haus helfen könnte.

Mein Herzschlag beschleunigt sich, während die Aufregung in meinen Adern brodelt.

Es wäre die ultimative poetische Gerechtigkeit, wenn ich sein Geld verwenden würde, um genau den Menschen zu helfen, die er vertrieben hat.

Aber nein. Ich kann diese Entscheidung unmöglich so impulsiv treffen. Ich muss sie mir gut überlegen. Ich muss entscheiden, ob das Sinn ergibt. Ich bin nicht der Typ, der den Moment nutzt. Ich denke gerne nach, bevor ich handele, und analysiere alle möglichen Auswirkungen und …

Sein Gesicht verfinstert sich vor Ungeduld, seine arktischen Augen werden noch kälter, während er mich anstarrt, und ich platze in Panik damit heraus: »Wenn ich Ja sage, wo werde ich dann wohnen?«

Sein Blick ist jetzt reines Eis. »Wenn?«

»Ja. Wenn.« Ich hebe mein Kinn und ignoriere den Schweiß, der mir den Rücken hinunterläuft. »Ich bleibe nicht à la Harry Potter in einem Schrank unter der Treppe.«

»Sie werden im größten Gästezimmer wohnen.« Er deutet mit der Hand in die Ferne, wo, wahrscheinlich kilometerweit entfernt, mein zukünftiges Zimmer liegt. »Gibt es noch weitere Forderungen?«

Jetzt, wo ich kurz vor einer Entscheidung stehe, fühle ich mich ein bisschen ruhiger. »Ich weigere mich, Sie Mr. Roxford zu nennen.«

Sein Gesichtsausdruck ist schwer zu deuten, deshalb weiß ich nicht, ob er einen Scherz macht, als er fragt: »Wie wäre es mit Sir?«

Ich schnaube. »Zur Hölle, nein. Und bevor Sie fragen, vergessen Sie Dinge wie Meister, Mister, Mylord, Monsieur, Señor …«

Hat er gerade geknurrt?

»Nennen Sie mich Bruce.« Der Name wird durch

zusammengebissene Zähne gesagt. »Ich nehme an, Sie wollen, dass ich Sie Lilly nenne?«

Ich schlucke. Ich mag es, wie er meinen Namen sagt – auch wenn er versucht, sich darüber lustig zu machen.

»Das ist richtig ... Bruce.« Igitt. Warum fühlt sich *sein* Name auf meinen Lippen so verboten und intim an? Ich greife mühsam nach meiner zickigen Seite. »Und wenn Sie meinen Namen sagen, versuchen Sie, nicht so zu klingen, als würden Sie eine Zitrone essen.«

Er fletscht die Zähne. »Ich zeige Ihnen Ihr Zimmer.«

Er führt mich tiefer in die Villa. Die Trainingsunterlagen rascheln unter unseren Füßen, und ich höre Colossus' Getrappel, der uns folgt.

Wir kommen an einer Bibliothek vorbei, die größer ist als die in *Die Schöne und das Biest*. Der Raum danach ist mit einer Rüstungssammlung gefüllt, die in einem Museum nicht fehl am Platz wäre. Wir gehen weiter, und ich schaue immer wieder, vor allem, als wir an einem Raum vorbeikommen, der wie ein kleines Kino aussieht.

Als er plötzlich stehen bleibt, stoße ich mit ihm zusammen – und Colossus prallt mit seiner kleinen nassen Nase gegen meine Ferse.

»Hier.« Bruce öffnet ein Paar hohe Türen.

Schwanzwedelnd stürmt Colossus ins Zimmer und verschwindet unter dem kalifornischen Kingsize-Bett.

Ich starre. Das luxuriöse Gästezimmer ist doppelt so groß wie meine ganze Wohnung, mit Möbeln, die an ein schickes Hotel erinnern, und den hohen Decken einer Kathedrale.

Bruce tritt ein und öffnet eine weitere Tür. »Dieses Badezimmer gehört dazu.«

Das Badezimmer ist fünfmal so groß wie das, das ich zu Hause habe.

»Das ist in Ordnung«, sage ich als Untertreibung des Jahrhunderts. Meine eigene Unterkunft für Gäste ist eine ausziehbare Couch und eine Zahnbürste, die ich vom Zahnarzt geschenkt bekommen habe.

Er schließt die Badezimmertür. »Ich lasse die Möbelpacker den Raum räumen und Ihre Sachen bringen.«

Den Raum für meine Sachen räumen? »Nicht nötig, danke.« Das wäre so, als würde man einen schnittigen Lamborghini gegen ein Pferdegespann von den Erfindern des Nissan Cube tauschen.

Er sieht sich um, als würde er die Möbel zum ersten Mal erblicken. »Sie möchten den Raum so benutzen, wie er ist?«

Ich nicke heftig. »Solange die Bettwäsche sauber ist.«

In seinem Blick ist flüssiger Stickstoff. »Die Bettwäsche ist neu. Das gilt auch für die Handtücher, die Zahnbürste und …«

Colossus taucht mit einer Motte so groß wie sein Gesicht im Mund unter dem Bett auf.

»Nein!«, schreit Bruce. »Friss nicht …«

Zu spät. Der kleine Chihuahua kaut die Motte und verschluckt sie dann.

In Anbetracht ihrer relativen Größe wäre das so, als würde ich eine Taube fangen und verschlucken.

»Böser Hund«, sagt Bruce streng.

Colossus plumpst auf seinen Hintern und sieht seinen Menschen mit großen, seligen Augen an, die keinerlei Schuldgefühle zeigen.

Was ist falsch an flauschigen Himmelsrosinen? Sie essen Kleidung, ich esse sie – das meinte mein Stimmzwilling Mufasa mit dem Kreis des Lebens. Ich wäre bereit, den nächsten gegen einen Haferflockenkeks einzutauschen. Besonders einen fliegenden Keks.

Instinktiv stelle ich mich zwischen Bruce und Colossus. Ich kann mir vorstellen, dass ein Mann, der das Haus meiner Kindheit stehlen konnte, in der Lage ist, einen Welpen zu treten. »Motten gelten als unbedenklich, wenn sie von Hunden gefressen werden.«

»Ach?« Bruce verleiht der Silbe so viel Sarkasmus, dass ich ihm eine runterhauen möchte.

»Motten übertragen keine bekannten Krankheiten und sind ungiftig.« Ich weiß das, weil Roach es liebte, Motten, Fliegen und – ironischerweise – auch Kakerlaken zu fressen, wenn er sie erwischen konnte.

Bruce verschränkt die Arme. »Er muss hören, wenn ich ihm etwas verbiete.«

»Wie wenig tyrannisch«, sage ich bissig.

Seine Nasenlöcher weiten sich. »Glauben Sie nicht, dass ein Wesen mit einem walnussgroßen Gehirn Hilfe braucht, wenn es um solche Entscheidungen geht?«

»Walnussgroß?« Ich betrachte Bruces Kopf mit

einer übertriebenen Gründlichkeit. »Dann wäre Ihr Schädel noch dicker, als ich dachte.«

Bruce entblößt seine Zähne, die verdammt nochmal perfekt sind. »Ist das so?«

»Darauf können Sie wetten.« Ich blicke zu ihm auf und vergesse alle Vorsicht. »Und wenn Sie Scheiße fressen wollten, würde ich Sie gewähren lassen.«

»Wissen Sie was, Lilly? Vergessen Sie den Job. Sie sind gefeuert.«

»Hervorragend.« Ich greife in meine Handtasche und hole den Zettel heraus. Wenn ich das Geld schon nicht bekomme, werde ich ihm wenigstens meine Meinung sagen.

Vielleicht ist das sogar besser so. Ich atme tief ein und sage: »Sie sind eine herzlose Maschine und die Verkörperung dessen, was in der Welt nicht stimmt. Wie konnte …«

Colossus wimmert jämmerlich und lässt mich auf der Stelle innehalten.

Ich knie mich schnell hin. »Was ist los?«

Könnte die Motte ihn verletzt haben? Er hat nicht viel gekaut, also ist es möglich, dass er davon eine Magenverstimmung bekommen hat.

Der Welpe schaut von mir zu Bruce und winselt dann wieder.

Oh Mist. Ich kenne dieses Verhalten. Er …

»Er mag keinen Streit«, murmelt Bruce leise – und auch ich bin gerade zu diesem Entschluss gekommen.

Ich fühle mich schrecklich. Natürlich würde der Welpe die Feindseligkeit im Raum wahrnehmen.

Hunde sind nun einmal soziale Wesen. Ich habe mich wie ein Bruce benommen.

»Alles ist in Ordnung«, sage ich mit rauer Stimme zu Colossus. »Bruce und ich haben gerade mit Leidenschaft gesprochen.«

Der Welpe beruhigt sich beeindruckend schnell. Wenn ich Roach aus Versehen in solche Situationen gebracht habe, hat er ein paar Minuten lang Trübsal geblasen.

Auch wenn Roach schon lange weg ist, fühle ich mich schuldig wegen der Streits, die ich mit meinem Ex vor ihm hatte. Ich fühle mich nicht so schlecht wegen der heutigen Situation, denn die Schuld liegt bei Bruce.

Apropos ... Ich stehe auf und sehe ihn mit zusammengekniffenen Augen an. »Besteht die Möglichkeit, dass Sie in der Nähe des Welpen nicht so schrecklich sind, wenn ich weg bin?«

»Sie gehen nicht«, sagt er durch zusammengebissene Zähne. »Der Hund mag Sie, und ich habe keine Ahnung, warum.«

»Bitte was?« Ich starre ihn mit offenem Mund an. »Wollen Sie damit sagen ...?«

»Vergessen Sie, was ich gesagt habe. Sie haben den Job immer noch. Für den Moment.« Er sieht aus, als hätten ihn die Worte mehr gekostet als diese Villa.

Mein Herz macht einen Sprung – nicht nur wegen des Geldes. In kürzester Zeit hat sich bewahrheitet, was ich befürchtet habe: Ich hänge bereits so sehr an diesem Chihuahua, dass ich ihn nicht mit seinem kaltherzigen Besitzer allein lassen kann.

»Das heißt, wenn Sie sich benehmen können«, fügt er hinzu, bevor ich erleichtert aufatmen kann.

Es kostet mich alles, was ich habe, um Colossus zuliebe ruhig zu bleiben. »Ich soll mich benehmen?«

»Sie werden von jetzt an höflich sein. Oder Sie sind hier raus.«

Tief einatmen. Ich kann das schaffen. »Unter einer Bedingung.« Meine Stimme ist etwas schärfer, als ich beabsichtige. »Das Gleiche gilt für Sie.«

Er starrt mich ungläubig an. »Ich war hier nicht der Stachelige.«

»Nein?« Ich atme noch einmal tief ein und dann aus. »Sehen Sie? Ich lasse das durchgehen.« Obwohl ich ihm hätte sagen können, dass er sein eigenes Bild sehen könnte, würde er Arschloch auf Wikipedia nachschlagen.

»Es ist ein Anfang«, sagt er. »Würden Sie sich jetzt herablassen, meine Frage zu beantworten?«

Bleib ruhig. »Welche?«

Er wirft einen Blick auf sein flauschiges Mündel. »Kann man dem Hund beibringen, etwas nicht zu fressen, wenn ich das nicht will?«

»Ja. Genau das habe ich vorhin gemeint, als ich den Befehl *Gib* erwähnt habe. Bedenken Sie, dass es viel einfacher ist, einen Hund dazu zu bringen, ungenießbare Gegenstände fallen zu lassen.«

»Verstanden.« Er gestikuliert durch den Raum. »Warum schauen Sie sich nicht alles an und stellen eine

Liste von den Dingen zusammen, was hierhergebracht werden soll?«

Es scheint ihm schwerzufallen, über diese eine Frage hinaus freundlich zu bleiben.

Und das ist gut so.

Mir geht es genauso.

Ich schaue mich bereits um, als Bruce geht und Colossus ihm pflichtbewusst folgt.

Moment einmal. Der Welpe ist mit ihm gegangen? Entweder ist es das Stockholm-Syndrom – oder er ist wirklich nicht so schlau.

KAPITEL 4

BRUCE

Wenn ich zur Ruhe kommen muss, lese ich gerne, boxe oder koche.

Lesen fällt gerade weg, da ich nicht glaube, dass ich mich im Moment auf ein Buch konzentrieren kann. Boxen scheint in diesem Zusammenhang falsch zu sein: Ich bin wütend auf ein winziges Wesen, noch dazu ein weibliches, und wenn ich mir ihr Gesicht auf dem Boxsack vorstelle, ist das unmännlich.

Dann bleibt nur noch das Kochen, und ich weiß auch schon, was ich machen werde – die Haferflockenkekse, die Colossus und ich lieben.

Das muss ich dem Hund lassen. Wenn es um Essen geht, ist sein IQ plötzlich so hoch wie der von Lassie, Scooby Doo und Cujo zusammen. Sobald ich die erste Zutat, Haferflocken, herausnehme, ist er ganz aufgeregt, und ich bin mir sicher, dass er verstanden hat, was gleich passieren wird.

Ich ignoriere ihn erst einmal und nehme Leinsamen, Zucchini, Mandelbutter und Ahornsirup heraus – Zutaten, die der Tierarzt genehmigt hat.

Der Hund winselt.

»Gut.« Ich gebe ihm von jeder Zutat eine kleine Kostprobe, und er verschlingt sie, als wäre es das erste Essen, das er jemals probiert hat.

»Jetzt musst du warten«, sage ich streng und fahre mit meiner Arbeit fort.

Als ich den Teig gemacht habe, fühle ich mich schon ruhiger. Ich bin mir nicht einmal sicher, warum ich mich überhaupt so aufgeregt habe. Ich vermute, weil ich schon lange nicht mehr mit so einer unangenehm unprofessionellen Person wie Lilly zu tun hatte. Ich bin ihr Kunde, aber sie spricht mit mir, als würde sie mich hassen – dabei kennen wir uns erst seit heute.

Zumindest glaube ich das.

Nein, ich weiß es.

Sie ist nicht die Art von Frau, die ich vergessen würde. Nicht mit diesen wuscheligen Augenbrauen, die sich über den grünlich-haselnussbraunen Augen wölben, und dieser Lebhaftigkeit.

Aus irgendeinem unerfindlichen Grund verziehen sich meine Lippen zu einem Lächeln, und mein Schwanz wird hart.

Ich schaue nach unten.

Was zum Teufel, Schwanz? Was ist das für eine Reaktion? Denkst du, dass Lilly und ich ein Paar sind? Hoffst du, dass Versöhnungssex auf uns wartet?

Ich kann mir nichts Abwegigeres vorstellen, als dass

wir beide zusammen sind. Ich meine, Lilly ist attraktiv, auf eine spielerische Art und Weise, aber wen interessiert das schon, wenn man bedenkt, wie widersprüchlich sie ist? Nicht, dass es wichtig wäre, aber ich habe ohnehin nicht vor, mich mit jemandem zu verabreden, solange das Kryptowährungsprojekt meine ganze Zeit und Energie in Anspruch nimmt. So oder so ... sollte ich mich mit jemandem verabreden, wird es nicht jemand wie sie sein. Abgesehen von ihrem stacheligen Wesen ist sie meine Angestellte und kommt daher nicht in Frage. Außerdem ist sie ein Jahrzehnt jünger als ich und in einem Alter, in dem sie wahrscheinlich einfach nur Selfies in Nachtclubs machen, diese auf ihren sozialen Medien posten will und außerdem von Justin Bieber, oder von wem auch immer die Mädels gerade schwärmen, besessen ist. Und sie ist viel zu zierlich. Ich käme mir wie ein verdammter Oger vor, wenn wir etwas tun würden ... was wir nicht tun werden.

Scheiße. Dieses Bild hilft nicht bei der verdammten Erektion.

Vielleicht hilft es, einen Backofen mit hundertundneunzig Grad zu öffnen?

Nein. Unglaublich.

Ich schiebe die Kekse hinein und stelle den Timer meines Handys auf zehn Minuten.

Der Welpe sitzt geduldig da und hypnotisiert den Ofen.

Ich gehe um ihn herum und schließe mich im angrenzenden Badezimmer ein.

Scheißkerl. Mein Schwanz ist trotz allem immer noch hart. Man könnte meinen, dass *ich* die hormongesteuerte Dreiundzwanzigjährige bin und nicht Lilly.

Ich versuche, an die staatlichen Bankvorschriften zu denken. Nichts. Ich konzentriere mich auf Prüfungen des Finanzamts. Immer noch hart. Ich fahre die großen Geschütze auf – Leute, die laut kauend und schlürfend ihr Essen verschlingen.

Unglaublich. Selbst das hilft nicht.

Zähneknirschend umfasse ich meinen Schwanz – die einzige todsichere Methode, um dieses Ärgernis loszuwerden.

Ich tue mein Bestes, um in zehn Minuten fertig zu werden, ohne Bilder von Lilly vor Augen zu haben.

Das Zeitlimit ist ein Erfolg.

Die Bildunterdrückung ein großer Fehler.

KAPITEL 5
LILLY

Nachdem ich den Raum durchgegangen bin, stelle ich eine Liste mit meinen Habseligkeiten zusammen – und die ist nicht lang. So ziemlich nur meine Kleidung und Schuhe. Und meine Videospiele natürlich.

Gerade als ich gehen will, betritt ein dünner Mann mit einem marioähnlichen Schnurrbart den Raum.

»Hallo, Lilly.« Die Art und Weise, wie er meinen Vornamen ausspricht, macht deutlich, dass er die Leute normalerweise förmlicher anspricht. »Ich bin Mr. … ich meine, Johnny. Mr. Roxfords Assistent.«

»Wessen Assistent?« Ich weigere mich, dieses Arschloch *Mister* zu nennen.

Johnny zwirbelt seinen Schnurrbart. »Sie machen Witze, oder nicht?«

Ich habe Mitleid mit dem Lakaien und sage: »Sie müssen Bruce meinen.«

»Ja. Mr. Roxford.« Diesmal zieht er nervös an

seinem Schnurrbart, und es ist ein Wunder, dass er keine Haare ausreißt.

Ich schnaube. »Ja. Bruce.«

»Genau.« Er greift wieder nach dem Schnurrbart, hält aber auf halbem Weg inne. »Er hat mich gebeten, eine Liste mit den Dingen abzuholen, die hierhergebracht werden sollen.«

Ich reiche ihm das Blatt Papier in meiner Hand.

Ohne seine Hand wegzuziehen, sagt Johnny: »Und Ihre Schlüssel, bitte.«

Ich reiße die Liste weg. »Werde ich die Umzugshelfer nicht beaufsichtigen?«

Johnnys linkes Auge zuckt. »Mr. ... Bruce hat gesagt, wenn sie etwas kaputt machen, wird er es ersetzen. Er sagte auch, dass es wichtig ist, dass Sie unbedingt sofort mit Colossus' Training beginnen.«

»Nun«, zische ich. »Sieht so aus, als würde Bruce zum ersten Mal in seinem Leben nicht bekommen, was er will.«

Und wenn er mich deswegen feuern will, dann soll es so sein.

————

Als Johnny, sein Schnurrbart und ich durch die Villa gehen, nehme ich einen köstlichen Geruch wahr, der meinen Magen knurren lässt.

Wann habe ich zuletzt gegessen?

Als wir die Küche betreten, entdecke ich die Quelle des leckeren Geruchs – ein Tablett mit Keksen, das

Bruce gerade aus dem Ofen nimmt.

Er kocht?

Nein.

Irgendein Privatkoch muss sie da drin gelassen haben, und er nimmt sie gerade heraus. Für einen Milliardär ist das so oder so ein großer Aufwand.

Dann springt mein Puls.

Colossus steht in der Nähe des Tisches und hat einen Keks im Mund.

»Ist der heiß aus dem Ofen?«, rufe ich und springe auf den Welpen zu. »Er wird sich noch verletzen!«

Bruce stellt sich mir in den Weg. »Das ist die erste Ladung.« Sein Kiefer zuckt. »Ich habe natürlich gewartet, bis er abgekühlt war, bevor ich ihn dem Hund gegeben habe. Für was für einen fahrlässigen Sadisten halten Sie mich?«

Für einen der schlimmsten Sorte – aber das sage ich nicht, weil wir vor wenigen Minuten vereinbart haben, höflich zu sein.

»Zu Ihrer Information, sie besteht darauf, den Umzug zu überwachen«, plaudert Johnny aus.

Soll ich ihm sagen, dass Petzen stinken?

»Ich werde es erlauben«, sagt Bruce großmütig.

»Sie erlauben es also?«, stoße ich hervor und vergesse für eine heiße Sekunde die Höflichkeit. In einem ruhigeren Ton sage ich: »Wenn es Eurer Hoheit gefällt, bin ich zurück, bevor Sie das oberste eine Prozent sagen können.«

Bruce dreht mir seinen breiten Rücken zu. »Holen Sie einfach Ihre Sachen, damit Sie mit Ihren Aufgaben beginnen können. Und es ist das oberste null Komma null null eins Prozent.«

———

Auf dem Weg zurück zu meinem Auto überlege ich mir ein paar clevere Antworten auf Bruces letzten Kommentar, aber das Beste, was mir einfällt, ist: Ich hoffe, dass Colossus Ihnen auf den Fuß kackt.

Mein Auto sieht in der riesigen Einfahrt vor der Villa komisch klein aus, und als ich mich auf den Heimweg mache, achte ich auf die Details des riesigen Anwesens.

Auf den gegenüberliegenden Seiten des Hauses befinden sich zwei Seen, die aus allen Blickwinkeln herrlich anzusehen sind. Auf der anderen Seite des nächstgelegenen Sees verbirgt sich ein unberührter Wald, in dem sich eine Hirschherde tummelt. Es ist ein Wunder, dass Bruce sie nicht bis zur Ausrottung gejagt hat, wie es seine Artgenossen so gerne tun. In der Nähe des zweiten Sees gibt es ein Gartenlabyrinth und einen Golfplatz. Mit dem Hund spazieren zu gehen muss sich anfühlen wie ein Spaziergang durch ein Luxusresort.

Mein Telefon klingelt.

Ich schaue nach, wer es ist.

Ah. Das ist Aphrodite, meine Cousine. Und nein, wir sind keine Griechen, also kann meine Tante offiziell als Kinderquälerin bezeichnet werden, weil sie ihre Tochter so genannt hat.

»Hey, Cousine«, sagt sie, sobald ich abnehme.

»Hey, Aphro«, antworte ich mit einem Lächeln. »Danke, dass du nach mir schaust ... ein bisschen zu spät.«

Ich habe ihr gesagt, was ich tun würde, nur für den Fall, dass Bruce à la *American Psycho* auf mich losgeht.

Sie klingt besorgt, als sie fragt: »Muss ich dich gegen Kaution aus dem Gefängnis holen?«

»Ich habe nicht wirklich getan, was ich mir vorgenommen habe.« Ich bin froh, dass dies kein Videoanruf ist, damit sie nicht sieht, wie ich vor Scham erröte.

»Warum nicht? Was ist passiert?«, fragt sie.

Ich seufze. »Er hat mir ein Angebot gemacht, das ich nicht ablehnen konnte.«

Sie keucht. »Hat er dir eine Waffe an den Kopf gehalten?«

»Was? Nein!«

»Nun, das ist es, was dieser Satz in *Der Pate* bedeutet.«

Ich atme aus. »Ich bin mir ziemlich sicher, dass man ihn auch in einer Situation verwenden kann, in der jemand einem eine Menge Geld anbietet.«

»Moment«, quietscht sie. »Willst du damit sagen, dass du für den Kerl arbeiten wirst?«

Ich umfasse das Lenkrad fester. »Als Hundetrainerin.«

Auf der anderen Leitung herrscht schockierte Stille.

»Er hat einen supersüßen Welpen«, sage ich zu meiner Verteidigung. »Und das Geld ist der Wahnsinn.«

»Wie heißt dein Banker nochmal?«, fragt Aphrodite auf diese seltsame Art, die ich nicht mag.

Ich weiß, dass ich das bereuen werde, aber ich sage es ihr trotzdem. Sie tippt ein paar Tasten ein und pfeift dann. »Supersüßer … Welpe.«

Ich wette, sie sieht sich das Bild auf Bruces Wikipedia-Seite an, das dem echten Bruce nicht wirklich gerecht wird.

»Ich weiß, was du denkst«, sage ich. »Und du liegst falsch.«

»Ich denke, wenn du dir einen Milliardär angeln willst, wäre es klug, ihn an dem Tag zu treffen, an dem du deinen Eisprung hast. Männer fühlen sich in diesem Zeitfenster mehr zu uns hingezogen.«

»Wie bitte?« Ich zwinge mich, langsamer zu werden. Ich nähere mich dem Sicherheitstor des Anwesens, und das Letzte, was ich will, ist eine Rüge von Bruce, weil ich einen seiner Wächter ins Krankenhaus gebracht habe. »Wovon redest du?«

»Du hast deinen Eisprung«, sagt Aphrodite und genießt das Wort. »Als wir dich heute Morgen gesehen haben, hat Uranus es erschnüffelt.«

Grr. Ich hätte Uranus keine Chance geben sollen, ihre ganz besonderen Fähigkeiten an mir anzuwenden. »Wenn du das nächste Mal einen Hundetrainer brauchst, werde ich nicht da sein, um dir zu helfen«, knurre ich, obwohl ich mich frage, ob dieser blöde Eisprung erklären könnte, warum ich den eisigen Bruce heiß finde – rein körperlich gesehen.

»Sei nicht böse«, sagt Aphrodite, als ich durch das

Tor fahre und auf die Straße abbiege. »Ich dachte mir, dass du das wissen willst, falls du zufällig mit ihm zusammenkommst. Auf diese Weise kannst du entscheiden, was du willst: dich vor einer ungewollten Schwangerschaft schützen oder das Gegenteil.«

»Das Gegenteil?«

»Du weißt schon, einen Milliardär mit einem Baby festnageln«, sagt sie hilfsbereit.

Ich beiße die Zähne zusammen. »Es wird keinen Sex mit diesem Monster geben. Und schon gar keine Babys.«

Sie seufzt. »Du brauchst einen Freund, und dieser Typ ist ein Milliardär, der gut aussieht.«

»Ich brauche keinen Freund, aber wenn ich einen bräuchte, wäre der Besitzer der übelsten Bank der Welt der letzte Mann, den ich in Betracht ziehen würde. Deine Tante und dein Onkel haben seinetwegen ihr Haus verloren.«

»Ich bin sicher, dass er sich nicht persönlich um den Kredit gekümmert hat«, sagt sie. »Man könnte auch argumentieren, dass sie ihr Haus verloren haben, weil sie ihre Hypothek nicht bezahlt haben.«

»Ich werde nicht noch einmal mit dir darüber streiten«, sage ich. »Der Eigentümer eines Unternehmens ist letztendlich dafür verantwortlich, was sein Unternehmen tut. Aber selbst wenn ihm diese verfluchte Bank nicht gehören würde, würde ich mich nie mit einem Kunden verabreden. Und noch dazu mit einem Idioten.«

Sie summt. »Ich finde es sehr interessant, wie viel du schon darüber nachgedacht hast.«

Ich drücke ein bisschen zu enthusiastisch aufs Gas. »Habe ich nicht.«

»Protestierst du nicht ein wenig zu viel?«

»Nein.« Ich trete auf die Bremse. Es lohnt sich nicht, deswegen einen Strafzettel zu bekommen.

»Nun«, sagt sie. »Dir ist sicher auch klar, dass er nicht ewig dein Kunde sein wird, und es kann sein, dass du ihn noch nicht gut genug kennst, um sicher zu sein, dass er ein Idiot ist.«

Pfui Teufel. »Vergiss es, Aphro. Selbst wenn er sich auf magische Weise in einen netten Menschen verwandeln würde, der einen Haufen Wohltätigkeits-organisationen besitzt, würde seine Familie niemals zulassen, dass er mit jemandem wie mir ausgeht. Sie sind Reiche des alten Geldes, während du und ich weißer Abschaum sind.«

»Wir sind Unternehmerinnen«, sagt Aphrodite abwehrend.

»Von winzigen Unternehmen«, sage ich. »Und unsere Eltern können nicht einmal so viel von sich sagen.«

Mein Vater ist in der Poolpflege tätig, und meine Mutter reinigt die Häuser anderer Leute. Beide arbeiten für Firmen, die anderen Menschen gehören. Aphrodites Mutter ist Friseurin, und ihr Vater war ein anonymer Samenspender, mit dem ihre Mutter einen One-Night-Stand hatte. Bruces Eltern hingegen sind für ihre Philanthropie und die Organisation von

Spendenaktionen in New York bekannt. Ich bezweifele, dass ich wüsste, was ich zu ihnen sagen sollte, wenn ich sie treffen würde.

Sie seufzt. »Unsere Eltern gehören zur unteren, unteren, unteren Mittelschicht.«

»Ja«, sage ich sarkastisch. »Zur selben Einkommensgruppe wie Joe Dirt.«

»Du weißt schon«, sagt sie. »Stimmungsschwankungen und Gereiztheit sind während des Eisprungs weit verbreitet.«

Ich stöhne. »Kannst du bitte meine Fortpflanzungsorgane aus dem Gespräch heraushalten?« Wenn ich das nächste Mal bei ihr bin, werde ich Uranus trainieren, in ihre Schuhe zu pinkeln.

»Okay«, sagt sie. »Aber nur, wenn du mir alles erzählst.«

Das tue ich dann auch, und es dauert fast die ganze Fahrt nach Hause, denn als ich zu dem Teil komme, dass ich bei Bruce einziehe, muss ich meine Weigerung bekräftigen, die Mama von Bruces Baby zu werden.

»Ich erwarte tägliche Berichte«, sagt sie, als ich endlich fertig bin.

»Klar.« Ich lege auf und parke vor meinem schäbigen Wohnkomplex.

Die Möbelpacker warten schon vor meiner Tür, und sie sehen sehr hochwertig aus … für Möbelpacker. Ich wusste gar nicht, dass es so etwas gibt. Sie nennen mich »Ma'am« und gehen sorgfältig mit meinem Zeug um – was mich zu der Frage bringt, ob Bruce ihnen mehr zahlt, als das Zeug, das sie transportieren sollen, wert ist.

So oder so, wenn es um meine Sexspielzeuge und Videospiele geht, möchte ich nicht, dass die Umzugsfirma damit zu tun hat. Als niemand hinsieht, packe ich heimlich Eichhörnchen – einen lippenstiftgroßen Klitorisvibrator – von meinem Nachttisch in einen Converse-Schuhkarton, in dem ich solche Dinge aufbewahre, und dann trenne ich meine Nintendo-Switch-Dockingstation vom Fernseher und packe sie und die Konsole zusammen mit all meinen Lieblingsspielen in eine spezielle Tragetasche.

»Darf ich ihnen beim Tragen helfen?«, fragt einer der Umzugshelfer und greift nach dem Schuhkarton.

Ich trete einen Schritt zurück. »Nein, danke.«

»Was ist damit?« Er deutet auf den Spielekoffer.

»Nein.« Ich trete wieder zurück ... und stolpere über meinen Couchtisch – wodurch viele Dinge gleichzeitig passieren.

Ich fuchtele mit den Armen.

Der Schuhkarton und die Tragetasche fliegen mir aus den Händen.

Ein Umzugshelfer fängt mich auf, bevor ich mir den Rücken breche.

Ein anderer fängt die Tasche mit den Spielen auf, aber die Seite des Schuhkartons trifft auf den Couchtisch und springt auf, so dass die Sexspielzeuge in verschiedene Richtungen fliegen und einige die Möbelpacker treffen.

Oh Mist.

Jemand muss mich jetzt töten.

Mit brennendem Gesicht befreie ich mich von meinem Retter, schnappe mir Eichhörnchen vom Boden und stecke ihn in meine Tasche.

Nur treffe ich die Tasche nicht, und das Ding fällt wieder auf den Boden, so dass ich mich noch einmal bücken muss.

Vielleicht wäre es besser gewesen, wenn ich mir den Kopf an etwas gestoßen hätte.

Zu meinem Entsetzen heben die Jungs die Spielsachen auf, die ihnen am nächsten sind, und stecken sie dann lässig zurück in den Schuhkarton.

Wow. Kein Kichern, kein Zwinkern, kein Spruch. Das müssen die professionellsten Möbelpacker der Welt sein.

»Danke«, murmele ich, als mir die verfluchte Kiste zurückgegeben wird. »Wir sehen uns in der Villa.«

Ich beginne zu fliehen, als ich höre, wie derjenige, der mich aufgefangen hat, sagt: »Wenn wir Sie dort nicht sehen, stellen wir die Sachen einfach in Ihrem neuen Zimmer ab, und Sie können sie dann selbst wegräumen.«

Wenn ich Geld hätte, würde ich ihnen ein großes Trinkgeld als Schweigegeld geben. Der Typ muss wissen, dass ich auf dem Rückweg etwas essen und andere Dinge machen werde, um Zeit zu schinden, damit ich ihm und seiner Crew auf keinen Fall mehr begegne.

———

Als ich auf die Villa zufahre, ist die Eingangstür geschlossen, und der Umzugswagen ist nicht zu sehen.

Uff.

Ich klingele an der Tür, und wie bei einem Déjà-vu öffnet Bruce sie mit noch eisigeren Augen.

»Was jetzt?«, frage ich und erinnere mich daran, höflich zu bleiben.

Er sieht aus, als wolle er mich köpfen oder Schlimmeres. »Sie sind wieder zu spät.«

KAPITEL 6

BRUCE

Lilly umklammert ihr Hab und Gut schützend.
»Wie kann ich zu spät kommen, wenn ich
nicht gesagt habe, wann ich zurückkomme?«

Die Tatsache, dass sie recht hat, macht mich nur
noch wütender – aber ich halte mich zurück, da der
Hund gerade hinter mir ist. »Ihr neuer Schützling hat
zwei Unfälle gehabt.«

Ihre Augen verengen sich zu Schlitzen. »Sie meinen
Ihren Welpen?«

»Sie hätten mit den Umzugshelfern hier sein
sollen.« Und die sind vor einer Stunde gegangen.

»Darf ich nicht essen?«

Sie ist gerade einmal zwei Sekunden hier, und
schon macht sich ein pochender Schmerz an meinen
Schläfen bemerkbar. »Wenn Sie das nächste Mal
hungrig sind, sprechen Sie mit Koch Foxposse oder
Mr. Cash – oder Mrs. Campbell.«

Sie murmelt etwas vor sich hin, das wie »Natürlich

haben Sie einen Koch«, klingt. Lauter sagt sie: »Ich habe keine Ahnung, wer diese Leute sind.«

»Sie waren mit Mr. Cash in der Küche«, erinnere ich sie.

Sie lächelt zum ersten Mal, seit wir uns kennen, und mir wird klar, dass man Zähne auch schön finden kann. »Sein Name ist Johnny Cash?«

»Ihre Unprofessionalität ist offensichtlich.« Als kleines Friedensangebot reiche ich ihr die Hand, um ihr mit dem Schuhkarton zu helfen, den sie in den Händen hält.

Sie springt zurück, als ob ich ihr die Nase abbeißen wollen würde. »Rühren Sie meine Sachen nicht an.«

Ich drücke meine Finger an die Schläfen und will, dass der pulsierende Schmerz und die Wut, die ich nicht zeigen wollte, nachlassen. »Sie haben auch Mrs. Campbell getroffen«, sage ich mit gezwungener Ruhe. »Vorausgesetzt, Sie können sich daran erinnern, dass sie mir vorhin mein Telefon gebracht hat.«

Ihre Zähne zeigen sich wieder, nur ein Hauch davon, aber das schlägt die Feindseligkeit sicher. »Heißt sie mit Vornamen Soup?«

Meine Muskeln spannen sich an, und der Drang, um mich zu schlagen, ist unerträglich, aber ich muss mich daran erinnern, dass Lilly nur einen dummen Scherz macht. Sie weiß nicht, dass ich Probleme mit Suppe habe, oder genauer gesagt damit, dass andere Leute sie essen. Schlürfen. Darauf pusten. Sie durch ihre Zähne einsaugen.

Etwas von meinem inneren Kampf muss sich

zeigen, denn sie sagt: »Meine Güte. Ich habe nur einen Scherz gemacht. Entspannen Sie sich.«

»Sie werden Mrs. Campbell – und den Rest meiner Mitarbeiter – mit größtem Respekt behandeln«, sage ich. »Ist das klar?«

Sie nickt, aber ich sehe ein verstohlenes Augenrollen. Ich tue so, als würde ich es nicht sehen.

»Kann ich jetzt in mein Zimmer gehen?« Sie hebt ihre Sachen hoch.

Ich gehe ihr aus dem Weg und bedeute ihr, weiterzugehen.

Als sie das Foyer betritt, wird sie von Colossus mit einer solchen Begeisterung begrüßt, dass man meinen könnte, sie wäre fünf Jahre lang weg gewesen.

»Ich weiß«, sagt sie und streichelt ihn hinter den Ohren. »Ich habe dich auch vermisst.«

Sie klingt, als würde sie es auch so meinen – und das gefällt mir, obwohl ich nicht weiß, warum.

Nach der Begrüßung führe ich sie schweigend in ihr Zimmer, denn das ist der einfachste Weg, um den dummen Hund nicht zu verärgern.

»Seien Sie in zehn Minuten in der Küche«, sage ich, nachdem ich ihr die Tür zum Gästezimmer geöffnet habe.

»Wow. Ich habe ganze neun Minuten Zeit, um mich an einem neuen Ort einzuleben. Wie großzügig.«

»Gut«, stoße ich hervor. »Machen Sie zwanzig Minuten daraus. Sie können die Küche finden, oder nicht?«

Sie nickt.

Ich bin ein bisschen skeptisch, aber wenn ich das sagen würde, wäre ein Streit vorprogrammiert.

Ich wende mich zum Gehen, aber Colossus folgt mir nicht.

Verräter.

Scheiße. Was denke ich gerade? Es ist gut, dass der Hund Zeit mit seiner Trainerin verbringen will.

Und wenn ihr jemand zeigen kann, wo die Küche ist, dann er.

KAPITEL 7
LILLY

Ich stelle die Schachtel und die Tasche ab.

Verdammt.

Als ich sehe, wie meine Besitztümer in dem luxuriösen Raum verstreut sind, wird mir erst richtig bewusst, dass ich in die Villa meines Erzfeindes eingezogen bin.

Wenn mir das gestern jemand gesagt hätte, hätte ich es nicht geglaubt. Ich hätte behauptet, dass ich unbestechlich bin – egal, wie viel Geld er mir bietet, ich bleibe bei meiner Sache.

Es hat sich herausgestellt, dass alles, was es braucht, um mich zu zermürben, genug Geld ist, um mir täglich einen reinrassigen Hund zu kaufen.

Wie auch immer. Ich bin hier, also kann ich es mir auch bequem machen.

Das Problem dabei ist, dass ich Jahre gebraucht habe, um den optimalen Platz für meine Sachen in meinem kleinen Drecksloch zu finden. In den

47

mickrigen zwanzig Minuten, die mir zugestanden wurden, kann ich so etwas auf keinen Fall schaffen.

Bevor ich in Panik gerate, erinnere ich mich daran, dass die Dinge, die ich täglich brauche, Priorität haben – wie meine Kleidung. Ich kann in Ruhe einen guten Platz für die Videospiele finden – vorausgesetzt, Bruce erlaubt mir welche.

Ich betrachte den Raum. Es gibt eine Kommode *und* einen Kleiderschrank, aber zu Hause hatte ich nur letzteren.

Wohin soll meine Kleidung?

Ich hole meinen Laptop heraus und beginne eine Tabelle mit den Vor- und Nachteilen der Kommodenoption.

Auf die Plusseite habe ich die Tatsache gepackt, dass alle meine Sachen faltbar sind. Auf der gleichen Seite füge ich hinzu, dass eine Kommode ein Luxus ist, den ich zu Hause nicht hatte, also könnte es schön sein, eine zu benutzen.

Der Nachteil: Meine Sachen könnten Falten bekommen.

Zurück zu den Vorteilen: Eine Kommode ist näher am Bett, so dass man morgens schneller seine Sachen herausholen kann.

Moment, es gibt noch einen Nachteil, den ich nicht vergessen darf: Der Schrank sorgt dafür, dass die Dinge ihre Form behalten.

Hmm. Es gab damals diese Motte in meinem alten Zimmer, aber ich bin mir nicht sicher, ob sie eher Dinge in der Kommode oder im Schrank essen.

Mein Telefon piept.

Großartig.

Es ist der Timer, den ich mir gestellt habe, um sicherzugehen, dass ich nicht zu spät komme – was bedeutet, dass ich in der vorgegebenen Zeit nichts ausgepackt habe.

Gut, ich gebe es zu. Manchmal fällt es mir schwer, eine Entscheidung zu treffen. Aber hey, zumindest wäre es für einen zwielichtigen Autoverkäufer schwer, mich auszunutzen – es sei denn, er wäre bereit, meine Millionen Fragen zu beantworten und ein Jahr zu warten, bis ich mich für das hypothetische Fahrzeug entschieden habe.

Ich öffne die Tür und gehe einen Schritt in den Flur – und da huscht ein kleines, pelziges Wesen zwischen meinen Beinen hervor.

Moment einmal.

Ich hatte völlig vergessen, dass Colossus mit mir im Raum war. Ich frage mich, was er …

Oh Mist. Was ist das rosa Ding, das er im Maul hat?

Bitte nicht.

Aber die Wahrheit ist unausweichlich. Er hat Eichhörnchen.

»Warte!«, rufe ich.

Ohne sich umzudrehen oder anzuhalten, wedelt er mit dem Schwanz, was seine Meinung deutlich macht:

Ich wollte schon immer mal auf einem Eichhörnchen kauen, aber ich freue mich, stattdessen dieses Mensch-ärgere-dich-nicht-Spiel zu spielen.

Das Schlimmste daran ist, dass er auf die Küche zusteuert.

Nein. Mich vor den Umzugshelfern zu blamieren war schon schlimm genug, aber wenn Bruce dieses Sexspielzeug sieht, werde ich einfach …

Ich höre Stimmen aus der Küche, eine weibliche und drei männliche.

Oh Mist.

Hat Bruce seine Mitarbeiter versammelt, um mich ihnen vorzustellen?

»Bitte, Colossus«, rufe ich. »Halt!«

Er wedelt noch mehr mit dem Schwanz und wird schneller.

Ich überlege, ob ich dieses Spielzeug gegen einen Haferflockenkeks eintauschen sollte. Mit Erdnussbutter.

Richtig. Ein Leckerbissen. Ich taste alle meine Taschen ab, aber ich habe nichts auch nur annähernd Essbares.

Grr. Wenn ich schon mit Colossus arbeiten würde, könnte ich ihn wahrscheinlich bluffen, indem ich meine Hand so hinhalte, als hätte ich ein Leckerli, aber das funktioniert noch nicht.

Was für eine beschissene Hundetrainerin bin ich eigentlich? Ich habe dem Hund die Chance gegeben, meine Kisten zu erkunden – und ich habe nicht einmal ein Leckerli in meinen Taschen.

Die Küche rückt immer näher.

Während ich sprinte, bete ich zu Anubis, dem ägyptischen Gott mit einem Hundekopf. *Bitte halte den Welpen auf. Ich werde alles tun. Von nun an werde ich immer ein Leckerli dabeihaben und den Welpen genau beobachten ... und sogar auf die Selbstbefriedigung verzichten. Zumindest mit Spielzeug.*

Nein. Colossus hört nicht mit seinem verrückten Sprint auf.

Keuchend stolpere ich in die Küche, wo, wie ich befürchtet habe, das ganze Team auf mich wartet.

Soll ich wieder zu Anubis beten, dass der Boden mich verschluckt?

Ein Typ mit Kochmütze, orangefarbenen Haaren und ähnlich spraygebräunter Haut hat einen Pfannenwender in der Hand, also muss er Koch Foxposse sein. Als er den rennenden Welpen sieht, weicht er zurück, als hätte er Angst vor Hunden ... oder Sexspielzeug.

Johnny Cash und Mrs. Campbell sind auch hier und starren auf Colossus' Maul – ich kann also nicht hoffen, dass sie es nicht bemerkt haben.

Meine Wangen brennen so heiß, dass man meinen könnte, ich hätte sie mit einem Pizzaschneider rasiert und Pfefferspray als Rasierwasser benutzt.

Der Einzige, der etwas unternimmt, ist Bruce. Er schnappt sich einen Keks vom Tablett, geht in die Hocke und sagt streng: »Gib.«

Koch Foxposse lässt seinen Pfannenwender fallen, als Colossus Eichhörnchen freigibt.

Das Spielzeug rollt auf den Boden. Falls jemand noch keinen Blick darauf geworfen hatte, dann spätestens jetzt.

Oh, und es vibriert. Natürlich.

»Hier.« Bruce bricht ein Stück von dem Keks ab und belohnt den Welpen damit.

Colossus stürzt sich mit einer Begeisterung auf das Leckerli, die andere Hunde für Speck, Erdnussbutter und Katzen reservieren.

Das ist meine Chance.

Ich springe nach vorn, um mir das Spielzeug zu schnappen, aber Bruce hebt es auf, bevor ich dazu komme, und verstaut es in seiner Tasche.

Ich bleibe stehen und schnappe nach Luft. Ich denke, ich brauche die Macht der Sprache, um ihn zurechtzuweisen, nachdem er mich gefeuert haben wird.

Bruce schaut auf seine Uhr. »Jetzt, wo endlich alle da sind, stelle ich Sie vor.« Er macht eine Geste in meine Richtung. »Das ist Miss Johnson, Colossus' Trainerin.«

»Bitte«, quetsche ich heraus. »Nennen Sie mich Lilly.«

Bruce ignoriert mich und sagt: »Miss Johnson, das sind Koch Foxposse, Mr. Cash und Mrs. Campbell.«

Jede der anwesenden Personen verbeugt sich, als ihr Name genannt wird.

Bruce wirft wieder einen Blick auf seine Uhr. »Ich habe ein Meeting. Lernen Sie sich kennen, während ich weg bin.«

Er macht auf dem Absatz kehrt und verlässt den Raum. Colossus wirft einen sehnsüchtigen Blick auf den Tisch, auf dem die Kekse liegen, aber als sie ihm nicht auf magische Weise in den Mund fliegen, rennt er Bruce hinterher.

Sobald Bruce außer Hörweite ist, scheinen alle erleichtert aufzuatmen – so wie man es im Haus eines Diktators erwartet.

Ich räuspere mich. »Schön, Sie alle kennenzulernen.« *Fragt bitte nicht nach Eichhörnchen. Bitte, bitte.*

»Hi, Lilly«, sagt Koch Foxposse mit einem Lächeln. »Nenn mich Bob und lass das Sie weg.«

Hm. Koch Foxposse klingt definitiv vornehmer als Bob.

»Mich kennst du ja schon«, sagt Johnny und zwirbelt seinen Schnurrbart.

Er und Bob sehen Mrs. Campbell an.

Sie seufzt. »Wenn Mr. Roxford nicht in der Nähe ist, kannst du mich Prudence nennen.«

»Guter Punkt«, sagt Bob. »Ich würde es auch gerne formell halten, wenn der Chef dabei ist.« Er grinst Mrs. Campbell an. »Das ist prudent, wie man auf Englisch sagt.«

Die Haushälterin rollt mit den Augen und wendet sich dann an mich. »Er ist ein viel besserer Koch als ein Komödiant.«

»Apropos«, sagt Bob. »Hast du Lust, zum Abendessen Ricotta-Gnocchi mit weißem Trüffel zu essen?«

Macht er Witze? »Das klingt wunderbar.« Wie ein Gericht in einem feinen Restaurant.

»Wie wäre es mit Trauben-Panna-Cotta zum Nachtisch?«

»Noch besser.«

Verdammt. Obwohl ich auf dem Weg hierher gegessen habe, läuft mir das Wasser im Mund zusammen.

Mit einem zufriedenen Gesichtsausdruck fragt Bob: »Welche Lebensmittel magst du am liebsten?«

Johnny und Prudence tauschen Blicke aus. Ich schätze, der Koch fragt das alle.

»Ich habe keine Lieblingslebensmittel.«

»Was für Lebensmittel magst du generell?«, fragt er.

Ich zucke mit den Schultern. »Ich weiß es nicht.«

Bob sieht verwirrt aus. »Wie kann man das nicht wissen?«

»Ich habe mich nie entschieden«, gebe ich zu. Nicht, weil ich es nicht versucht hätte. »Was auch immer ich probiere, ich mag es.«

»Ich frage, damit ich etwas nach deinem Geschmack machen kann«, erklärt Bob. »Wir müssen das also eingrenzen.«

Ich zucke mit den Schultern. Wenn er kein Hellseher ist, ist das ein heikles Unterfangen, wenn es um mich geht.

»Was ist dein Lieblingsfrühstück?«, fragt er. »Das sollte einfach sein, oder nicht?«

Ich seufze. »Ich könnte nie wählen.«

Er nimmt seine Mütze ab und kratzt sich an seinem Kopf mit dem schütteren Haar. »Hast du wenigstens eine Vorliebe zwischen herzhaft und süß?«

»Ich mag beides.« Das ist die beste Antwort, die ich geben kann, ohne eine Tabelle zu erstellen.

Er zieht ein Papier aus seiner Tasche und wirft einen Blick darauf. »Wie wäre es mit Eiern Benedict?«

»Ich liebe sie.« Mir läuft noch mehr das Wasser im Mund zusammen.

Bob wirft wieder einen Blick auf den Zettel. »Wie wäre es mit Buttermilchwaffeln?«

»Das klingt wunderbar.« Wenn er so weitermacht, fange ich an zu sabbern wie eine Bulldogge.

Bob grinst. »Hervorragend. Das Frühstück für zwei Tage ist jetzt erledigt. Die Eier werden mit hausgemachtem Räucherlachs und meiner Variante der Sauce hollandaise serviert. Die Waffeln werden mit karamellisierten Äpfeln, Apfelwein-Glasur, Vanille-Schlagsahne und Zimt-Streusel-Topping serviert.«

Wann gibt es nochmal Abendessen? So muss es für die futtermotivierten Hunde sein, die ich trainiere.

Johnny kräuselt die linke Seite seines Schnurrbarts. »Das sind die Frühstücke, die du Mr. Roxford machst, stimmt's?«

Bob zuckt mit den Schultern. »Sie ist unentschlossen, also warum soll ich mir das Leben nicht leicht machen?«

»Das macht mir nichts aus«, sage ich. »Was hat er noch?«

Bob reicht mir den Speiseplan, und alles darauf hört sich toll an, also stimme ich ihm ohne Einschränkungen zu und gebe den Zettel zurück.

MISHA BELL

Bob steckt den Plan ein. »Danke. Wenn Prudence und Johnny nur so einfach wären.«

Johnny lässt entrüstet seinen Schnurrbart los. »Von den meisten Dingen auf dieser Liste würde ich Sodbrennen bekommen.«

»Und ich achte auf meine Figur«, sagt Prudence. »Anders als Mr. Roxford schwitze ich nicht jeden Tag eine Stunde lang in einem Boxring.«

Er steht auf Boxen? Danke, Prudence. Anstatt über all diese Mahlzeiten zu fantasieren, läuft mir jetzt von dem Bild des verschwitzten Bruce das Wasser im Mund zusammen.

Ich räuspere meine plötzlich durstige Kehle. »Wie sieht es mit dem Essen aus? Wird es zu einer bestimmten Zeit serviert?«

»Du kannst jederzeit essen, wenn du bereit bist, die Mikrowelle zu benutzen.« Er rümpft die Nase. »Aber wenn du deine Mahlzeiten frisch zubereitet haben willst, was ich dir dringend empfehle, solltest du dich Mr. Roxfords Zeitplan anschließen.«

Prudence schaut sich verstohlen um. »Achte aber darauf, nicht in seiner Gegenwart zu essen.«

Johnny erblasst und nickt dabei so heftig, dass sein Schnurrbart wie Schmetterlingsflügel flattert.

»Warum nicht?«, frage ich.

Die drei tauschen seltsame Blicke aus, aber keiner von ihnen erklärt etwas.

Nicht, dass es schwer wäre, das herauszufinden. Wir sind die Angestellten und sollten unten mit unseren eigenen Leuten essen, wie sie es auf *Downton*

Abbey tun. Die Tatsache, dass wir uns in Florida befinden und es keine Treppe nach unten gibt, ist irrelevant.

»Bevor der Chef zurückkommt … Können wir über Colossus' Fressen reden?«, sagt Bob flehend.

»Du kochst sein Fressen?«, frage ich besorgt. Hunde haben andere Ernährungsbedürfnisse als Menschen, und ich bezweifele, dass sie das in der Kochschule lernen.

Bob nickt. »Das tue ich. Ich musste einen tierärztlichen Ernährungsberater konsultieren und so weiter.«

Uff. »Also … worüber willst du reden?«

Er zieht ein Papier heraus und reicht es mir. »Glaubst du, er wird das mögen?«

Ich schaue es mir an. Das Papier ist ein weiterer Essensplan, und die Gerichte darauf sind genauso ausgefallen wie das, was er für Bruce zubereitet. Die gute Nachricht ist, dass die aufgeführten Inhaltsstoffe für Hunde unbedenklich sind. »Ich glaube, Colossus wird sich darüber sehr freuen.«

»Ich hoffe, Sie haben recht«, sagt Bob. »Ich wünschte, ich könnte seine Reaktion sehen, wenn er es frisst.«

Meine Hand fliegt zu meiner Brust. »Du hast ihn nie fressen sehen?«

»Dieser Hund mag niemanden außer Mr. Roxford«, sagt Bob abwehrend. »Wenn ich in der Nähe bin, wenn er frisst, knurrt er mich an.«

Das ist Ressourcenschutz, ein häufiges Problem bei

Hunden, und etwas, was ich dem Kleinen beibringen muss nicht zu tun.

Prudence sieht Bob beruhigend an. »Wenn ich die Näpfe des Welpen zum Waschen einsammle, sind sie immer blitzsauber. Ich bezweifle, dass er die Teller so gründlich abschlecken würde, wenn ihm das Fressen nicht schmecken würde.«

»Vielleicht nicht«, sagt Bob, aber er klingt nicht sehr sicher.

»Gib mir etwas Zeit«, sage ich. »Nach ein bisschen Training wird er dich sicher beim Fressen zusehen lassen.«

Bob tritt einen Schritt zurück. »Nur wenn Mr. Roxford es erlaubt.«

Der Tyrann schlägt wieder zu.

»Da wir gerade über Futter für den Hund sprechen«, sage ich. »Was kann ich als Leckerli verwenden?«

Bob holt eine große Schachtel mit Leckereien heraus, darunter auch einige Haferflockenkekse.

»Schick mir bitte eine Liste der Leckereien, die er bekommen hat«, sagt Bob und gibt mir seine Karte. »Mr. Roxford will, dass ich die Kalorien der Snacks von den Mahlzeiten abziehe.«

Das hebt die Kontrolle auf ein neues Niveau, aber in diesem Fall ist es gut für Colossus' Gesundheit.

»Lass mich mich von deinem Telefon aus anrufen«, sagt Prudence. »Ich habe keine Visitenkarte.«

Nachdem ich ihr mein Handy gegeben habe, bläht

sich Johnnys Schnurrbart stolz auf. »Ich habe eine Karte.« Er gibt sie mir. »Und wenn du eine E-Mail an Mr. Roxford schicken musst, sende sie einfach an mich.«

Bob schaut sich verstohlen um, dann flüstert er verschwörerisch: »Johnnys Aufgabe ist es, Wörter wie *bitte* und *danke* strategisch in Mr. Roxfords E-Mails einzufügen.«

Johnny zupft wütend an seinem Schnurrbart. »Ich mache viel mehr als das. Was glaubst du, wer organisiert …«

»Meine Herren.« Prudence gibt mir mein Handy zurück und nickt zielstrebig in die Richtung, in die Bruce gegangen ist.

Mit panischen Gesichtern schweigen die beiden Männer, und das gerade noch rechtzeitig.

Colossus rennt zurück in die Küche, wedelt mit dem Schwanz, als er mich entdeckt, und Bruce folgt seinem kühlen Gesichtsausdruck, der einen großen Kontrast zur glücklichen Miene des Hundes darstellt.

»Ich nehme an, die Vorstellungsrunde ist jetzt beendet?« Die Frage ist eigentlich ein Befehl, die Klappe zu halten.

Wir nicken – ich widerwillig, die anderen gehorsam.

Bruce grunzt anerkennend und sagt dann: »Alle außer Lilly sind entlassen.«

Bob, Johnny und Prudence zerstreuen sich wie Kakerlaken.

Wow. Schade, dass Johnny nicht in der Lage ist,

Bruces Sprache höflicher zu gestalten, so wie er es mit seinen E-Mails macht.

Sobald wir allein sind, wird Bruces Gesichtsausdruck unheimlich kalt.

Großartig. Ich bekomme eine Sonderbehandlung.

Ein Wurf schmetterlingsgroßer Welpen wedelt kollektiv mit den Schwänzen in meinem Bauch, als ich frage: »Wollen wir über Colossus' Lehrplan sprechen?«

Anstatt zu antworten, schließt Bruce die Lücke zwischen uns. Dann schiebt er seine Hand in seine Tasche, und ich erwarte fast, dass er eine Waffe herauszieht und mich erschießt.

Auf diese kurze Distanz hätte ich keine Chance.

Als ich sehe, was er tatsächlich herauszieht, ist das schlimmer als eine Waffe.

Es ist mein Vibrator.

Scheiße.

Vor lauter Vorstellungen hatte ich es geschafft, ihn zu vergessen, aber jetzt färbt eine neue Welle der Peinlichkeit meine Wangen wie einen Pavianhintern.

Bruce schüttelt Eichhörnchen anklagend. »Colossus hätte ersticken und sterben können.«

KAPITEL 8

BRUCE

illy schaut verschämt auf den Hund herab, und ihr errötendes Gesicht lässt mich an versohlte Pobacken denken – aus einem unverständlichen Grund.

Verdammt. Das Letzte, was ich will, ist, mich in das Klischee eines versohlungsbesessenen Milliardärs zu verwandeln.

»Sie haben recht«, sagt sie. »Die Kiste mit den Spielsachen abzustellen war ein Versehen.«

Sie hat eine ganze Kiste von diesem Zeug? Ich war noch nie so wütend und gleichzeitig so erregt, nicht einmal, als ich vor Jahren eine nackte Frau in der Menge der Occupy-Wall-Street-Demonstranten sah.

Mit einem beruhigenden Atemzug drücke ich Lilly das Spielzeug in ihre kleine Hand. »Sorgen Sie dafür, dass das nie wieder passiert.«

Ich würde ihr das Masturbieren komplett verbieten, aber ich brauche kein Regelwerk der

Personalabteilung, um zu wissen, dass das nicht in meiner Macht steht ... leider.

»Das tut mir leid«, murmelt sie, und ihr Gesicht färbt sich noch röter.

War das eine Entschuldigung? Von ihr? Ich sollte besser alle meine Orangensaft-Aktien verkaufen, weil es hier in Florida bald schneien wird.

Lilly macht einen entschiedenen Schritt zurück. Sie muss gemerkt haben, dass wir so nahe beieinanderstanden, dass sie Gefahr lief, die von mir verschmutzte Luft einzuatmen.

Mit einem hörbaren Schlucken schiebt sie das Spielzeug in ihre Tasche.

Endlich. Zu sehen, wie sie es hält, war viel zu interessant für meinen Schwanz – was umso unangebrachter ist, wenn man bedenkt, dass das Ding Colossus' Leben in Gefahr gebracht hat.

»Ich habe jetzt Leckerlis.« Sie schüttelt eine Schachtel und versucht so, die Spannung in der Luft abzubauen. »Wenn ich ihm etwas aus dem Mund nehmen muss – etwas, was beim nächsten Mal nicht meine Schuld sein wird – wird das helfen.«

Colossus schaut mit dem Ausdruck zu ihr auf, den er so gut beherrscht: eine Mischung aus ausgehungert und anbetend. Ich bin mir sicher, dass er die Haferkekse in der Schachtel riechen kann und sie haben will. Unbedingt.

Ich widerstehe dem Drang, ihr die Schachtel aus den Händen zu reißen, und zwinge meine Stimme zur Gelassenheit, als ich sage: »Überfüttern Sie ihn nicht.«

Sie versteckt die Kiste hinter ihrem Rücken. »Bob hat bereits erklärt, was Sie darüber denken – was vernünftig ist. Ich behalte die Leckereien im Auge und stimme mich mit ihm ab, um die Kalorienzufuhr des Kleinen anzupassen.«

Ich ärgere mich, dass *Bob* mit ihr über etwas gesprochen hat, was auf meiner Tagesordnung stand.

Moment einmal, bin ich eifersüchtig?

Nein. Das ist ungefähr so, wie wenn Bob mürrisch schaut, wenn ich ihm sage, dass ich etwas gekocht habe. Niemand mag es, wenn man sich in seine Arbeit einmischt.

»Also.« Ich setze mich auf den Barhocker in meiner Nähe. »Sie haben Ihre Pläne für das Training angesprochen. Wie sehen die aus?«

Sie klettert auf einen Hocker neben mir. Sobald sie sitzt, baumeln ihre Beine hoch über dem Boden. »Ich nehme an, das Töpfchentraining hat für Sie oberste Priorität?« Sie zeigt auf die Unterlagen, die uns umgeben.

»Richtig.« Die arme Mrs. Campbell könnte eine Pause davon gebrauchen, die Dinger alle paar Stunden austauschen zu müssen. »Wie funktioniert das?«

Sie wirft einen Blick auf ihren kleinen Schüler. »Welpen müssen nach den Mahlzeiten, dem Spielen und den Schläfchen. Sie geben auch bestimmte Hinweise darauf, bevor sie das tun. Ich werde lernen, was Colossus in diesem Fall macht, damit ich ihn nach draußen bringen kann, sobald es nötig ist. Wenn er sein Geschäft erledigt hat, gebe ich ihm Leckerlis, damit er lernt, dass es besser ist, nach draußen zu gehen.«

Klingt ärgerlich vernünftig. »Wird das verhindern, dass er Unfälle im Haus hat?«

»Es wird helfen«, sagt sie. »Aber wir wollen auch, dass er das Gefühl hat, dass das ganze Haus seine Höhle ist, denn Hunde haben den Instinkt, ihr Geschäft nicht in ihrer Höhle zu erledigen.«

Hm. »Wie funktioniert das?«

Sie schaut sich um. »Wir könnten ihm nur Zugang zu einem kleinen Teil des Hauses gewähren und ihn dann langsam öffnen. Vielleicht könnten wir Babygitter oder Latten benutzen oder ...«

»Nein.« Einen anderen Trainer habe ich abgelehnt, weil er auf dieses »Höhlentraining« bestand, das für meinen Geschmack zu sehr nach Hundegefängnis klingt. »Colossus wird von Anfang an Zugang zum ganzen Haus haben. Ende der Geschichte.«

Ich laufe gerne durch die Villa, und der dumme Hund winselt, wenn er mich nicht erreichen kann.

Sie seufzt. »Werden Sie den gesamten Ausbildungsprozess mikromanagen?«

Ich zucke mit den Schultern. »Nur wenn Sie dumme Trainingsideen haben.«

Ihre charakteristischen Augenbrauen treffen sich in der Mitte ihrer Stirn. »Ich denke, wir könnten im ganzen Haus ein paar sichere Orte für ihn einrichten. In jedes Zimmer ein Hundebett und ein paar Spielsachen stellen. Er könnte es auch auf diese Art verstehen.«

»Gut«, sage ich. »Lassen Sie sich mehr solche Lösungen einfallen.«

»Klar«, knirscht sie heraus und wirkt, als würde sie sich das Steakmesser schnappen und eine Szene aus Scream nachstellen wollen ... mit meinem Gemächt.

Apropos Gefahr. »Folgen Sie mir«, sage ich zu Lilly und riskiere es, ihr trotz des Messers den Rücken zuzuwenden.

Sie und Colossus folgen mir den ganzen Weg zur Garage.

»Hier bewahre ich alles auf, was mit dem Hund zu tun hat«, erkläre ich ihr, während Lilly mit staunenden Augen meine Autosammlung betrachtet.

»Oh?« Sie sieht sich den Lagerraum an, den ich für diese Aufgabe eingerichtet habe. »Was ist das?« Sie zeigt auf die spezielle krallensichere Weste, die ich für Colossus gemacht habe – eine mit Irokesen-ähnlichen Stacheln.

»Sie ist zu seiner Sicherheit, weil Adler, Falken und Eulen auf dem Anwesen gesichtet wurden.«

»Ah.« Sie betrachtet die Weste und sieht überraschend zufrieden aus.

Ich denke, jetzt ist ein guter Zeitpunkt, um ihr das andere Teil zu zeigen, das ich heute entwickelt habe. Es ist für sie: ein glänzender Kinderfahrradhelm mit einem Irokesen, der zu dem auf der Hundeweste passt.

»Das sollte die Vögel noch mehr abschrecken.« Ich reiche ihr den Helm.

Sie starrt ihn mit offenem Mund an. »Ist der für mich?«

»Ja. Das sollte es für beide sicherer machen.« Und wenn ein gewisser Jemand lächerlich aussieht, wenn er ihn trägt, ist das nur ein Bonus.

Sie starrt immer noch auf den Helm, ohne ihn anzunehmen.

Seufzend gehe ich zu ihr, setze ihn sanft auf ihren kleinen Kopf und schnalle ihn dann unter ihrem zierlichen Kinn fest.

Scheiße. Sie riecht wieder nach Kirschen und Weihrauch, und ich erkenne schließlich den blumigen Duft – Rosen.

Sie starrt zu mir hoch, und ihre Lippen sind geöffnet. Lippen, die wie Sirenen sind und teuflische Lieder singen. Mein Atem wird schneller und Hitze durchströmt meinen Körper, als eine magnetische Kraft mich zu ihr hinunterzieht.

Meine Lippen sind nur wenige Zentimeter von ihren entfernt, als ich merke, dass sie den Atem anhält, als hätte sie Angst, ich könnte sie ersticken, und ihre Augen weit aufgerissen und mit etwas gefüllt sind, was verdächtig nach Panik aussieht.

Scheiße.

Was tue ich gerade?

Ich richte mich abrupt auf und schaue mir genau an, wie sie mit dem verfluchten Helm aussieht – als ob ich das die ganze Zeit getan hätte.

Obwohl sie aussieht wie eine Statistin aus *Mad Max*, ist sie leider immer noch unfassbar sexy.

Sie blinzelt zu mir auf und berührt ihre Lippen, als ob sie auf Autopilot wäre. Dann holt sie ihr Handy heraus und benutzt die Frontkamera, um sich selbst zu betrachten.

Ein verärgertes Schnaufen entweicht ihrem verführerischen Mund. »Sonst noch etwas?«, fragt sie trocken. »Vielleicht sollte ich vor jedem Spaziergang geteert und gefedert werden, damit die Vögel denken, ich sei einer von ihnen?«

»Ja, eigentlich schon.« Ich nehme eine Luftdruckhupe und drücke sie ihr in die Hand. »Verwenden Sie dies, wenn Sie auch nur einen Schatten sehen. Das sollte die Vögel erschrecken, und ich habe den Sicherheitsdienst angewiesen, Ihnen zu Hilfe zu eilen, wenn er es hört.«

Ich werde ebenfalls mit einer Schrotflinte bewaffnet kommen, aber das muss sie nicht wissen.

Sie schüttelt verärgert den Kopf, so dass die Stacheln an ihrem Vogelabwehrhelm klirren. »Was noch?«

»Gehen Sie nicht in die Nähe der Seen«, sage ich. »Es gibt Alligatoren dort.«

Sie schnauft spöttisch. »Im Gegensatz zu Ihnen bin ich eine gebürtige Floridianerin.«

Na bitte. Es ist viel einfacher, nicht daran zu denken, diesen Mund zu küssen, wenn er solche Dinge von sich gibt. »Woher wissen Sie, dass ich nicht von hier bin?«

Sie zuckt zusammen. »Wenn ich Ihnen sagen würde, dass ich über Sie nachgelesen habe, würde das Ihr mastiffgroßes Ego steigern?«

»Nein.« Dennoch ist die Vorstellung, dass sie daran

interessiert war, etwas über mich zu erfahren, verlockend.

»Ich weiß nur, dass Sie die meiste Zeit Ihrer Karriere an der Wall Street gearbeitet haben«, sagt sie. »Da die in New York ist, dachte ich mir, dass Sie nicht aus Florida kommen.«

»Das ist vielleicht das Beste«, sage ich. »Der Begriff Florida-Mann erinnert an jemanden, der unter Drogeneinfluss auf einem Rasenmäher erwischt wird und dann versucht, dem Beamten während der Verhaftung Meth zu verkaufen.«

Sie verengt ihre Augen. »So wie New Yorker das Bild eines unhöflichen, miserablen, lauten, versnobten Workaholics hervorruft.«

Ich schnaube. »Unhöflich? So nennen Außenstehende die effiziente Art, wie New Yorker sprechen. Miserabel? Das habe ich noch nie gehört. Laut? Es ist eine laute Stadt. Versnobt? Das ist nur das, was Menschen ohne Geschmack über Menschen mit Geschmack sagen. Was den Workaholic angeht – das ist genau das Wort, mit dem eine faule Person jemanden bezeichnen würde, der fleißig, motiviert und ehrgeizig ist.«

Letzteres weiß ich aus eigener Erfahrung. Nur weil ich achtzig Stunden pro Woche arbeite, ist es nicht richtig, mich mit einem Süchtigen zu vergleichen. Verdammt, wenn die Leute um mich herum kompetenter wären, würde ich gerne weniger arbeiten.

»Genau«, sagt Lilly spöttisch. »Ich habe *streitlustig* vergessen.«

Sie hat die Frechheit, *mich* streitlustig zu nennen? »Manche Floridianer scheinen wirklich im Glashaus zu sitzen. Wir New Yorker haben einen Begriff dafür: Trottel.«

»Wird dieser Begriff nicht normalerweise für Männer verwendet?«, kontert sie.

Ich zucke mit den Schultern. »Ja, aber wenn der Vergleich passt, können Ausnahmen gemacht werden.«

Hat sie gerade genau diesen Vergleich bestätigt?

»Wie auch immer«, sagt sie, und ich sehe, dass sie sich bemüht, höflich zu bleiben. »Wenn Sie mit Ihren Beleidigungen fertig sind, werden Colossus und ich jetzt einen Spaziergang machen.«

»Tolle Idee.« Ich öffne das Garagentor. »Und denken Sie dran; Bleiben Sie weg von den Seen.«

Sie eilt ohne sich zu bedanken, mit der Leine im Schlepptau, davon.

Das mit den Alligatoren war mein Ernst. Wir haben einige, die so groß sind, dass sie nicht nur den Hund fressen würden – sie würden sie auch zum Nachtisch verspeisen.

Ein unwillkommenes Bild von mir, wie ich sie esse – und ich meine das nicht kannibalistisch – schleicht sich in mein Gehirn.

Scheiße.

Und einfach so bin ich wieder hart.

KAPITEL 9
LILLY

Als sich das Garagentor schließt, starre ich auf den Welpen zu meinen Füßen. »Habe ich das geträumt – oder hätten Bruce und ich uns beinahe geküsst?«

Colossus schüttelt den Kopf.

Kuss? Ist das so etwas wie Arschschnüffeln? Wie auch immer, ich bin kein Experte. Aber – das ist jetzt ein ganz anderes Thema – darf ich euch Mama und Papa nennen?

Das war auf keinen Fall ein Beinahe-Kuss. Wahrscheinlich wollte er mir den Kopf abbeißen – buchstäblich. Selbst wenn ich am attraktivsten bin, bin ich kein Milliardärsköder, und mit dem hässlichen Helm, den er mich tragen lässt, würde kein vernünftiger Mann in meine Nähe kommen wollen.

Ich schaue mir die herrliche Landschaft, die Wege, die Gärten und die Seen in der Ferne an.

Alles leer.

Gut. Niemand ist da, um meine Schande zu sehen.

Jemand räuspert sich hinter einem kugelförmigen Busch.

So viel dazu, dass mich niemand mit der albernen Kopfbedeckung sieht.

Der Mann, der hinter ihm hervorkommt, ist ungefähr so alt wie mein Vater und hat die wettergegerbteste Haut, die ich jemals außerhalb von Piratenfilmen gesehen habe. »Hallo«, sagt er. »Ich bin Mr. Hornigold, der Landschaftsarchitekt.«

Ist das ein schicker Ausdruck für *Gärtner*?

»Ich bin Lilly«, sage ich. »Die Hundeausbilderin.«

Colossus knurrt den Neuankömmling an. Mist. Ich muss ihn schnell sozialisieren, sonst wird es nur noch schlimmer.

»Ich weiß, wer Sie sind«, sagt er. »Mr. Roxford wollte, dass ich Ihnen sage, dass Sie es nicht aufheben müssen, wenn der Welpe etwas macht. Einer von meinen Leuten wird es tun.«

»Verstanden«, sage ich mit einem gezwungenen Lächeln.

Ernsthaft? Wie reich muss man sein, um *Leute* zu haben, die hinter deinem Hund aufräumen?

Das Knurren wird lauter.

Nicht gut.

»Hey«, sage ich zu dem Gärtner. »Können Sie mir kurz beim Training des Hundes helfen?«

Er nickt zögerlich.

»Hier.« Ich werfe ihm ein Stück von dem Keks zu. »Bitte geben Sie ihn dem Hund auf einer offenen Handfläche.«

Er tut auf Knien, was ich sage, aber er sieht so verängstigt aus, als hätte er es mit einem tollwütigen Pitbull zu tun.

Colossus hört auf zu knurren und nähert sich dem Keks.

»Ja«, säusele ich, »freundlich sein zahlt sich aus.«

Der Welpe frisst den Keks und schnüffelt kurz an der Hand des Mannes.

»Kann ich jetzt gehen?«, fragt der Gärtner.

»Ja. Danke.«

Als der Mann sich entfernt, schaut mich Colossus mit einem verwirrten Blick an:

Ich dachte, er sei das leibhaftige Böse, aber das kann nicht sein. Haferflockenkekse sind wie Kruzifixe – sie wehren das Böse ab.

Ich grinse ihn an, ziehe leicht an der Leine und sage: »Komm weiter.«

Mit einem winzigen Schnaufen geht Colossus zum nächsten Grasfleck, lässt sich auf den Bauch fallen und beginnt, ein trockenes Blatt zu zerreißen.

»Das ist Katzenverhalten«, sage ich ihm streng. »Hunde gehen.«

Er ignoriert mich.

»Komm, gehen wir.« Ich ziehe erneut an der Leine.

Nein. Er ist eindeutig nicht darauf trainiert worden, an der Leine zu gehen.

Ich seufze. Es ist ungünstig, dass ich die Situation so schnell forcieren muss, aber ich kann nicht anders. Ich nehme ein weiteres Stück des Kekses heraus und zeige es ihm.

Genau wie bei dem Gärtner ändert sich auch das Verhalten des Hundes sofort. Er springt auf, schaut mich an wie ein verrückter Hypnotiseur und wedelt mit dem Schwanz.

»Guter Blickkontakt«, sage ich. »Normalerweise muss ich Welpen trainieren, um das zu tun.«

Er wedelt noch stärker mit dem Schwanz.

Heißt das, ich bekomme den Keks? Bitte, bitte? Bitte, bitte, bitte, bitte?

Immer noch mit dem Leckerli in der Hand, gehe ich einen Schritt vorwärts, dann noch einen und lasse den Leckerbissen als Köder baumeln.

Der Hund macht auch ein paar Schritte, ohne das Objekt seiner Begierde aus den Augen zu lassen.

»Braver Junge«, sage ich und gebe ihm einen kleinen Krümel.

Als er versteht, was ich von ihm will, geht er noch ein Stück weiter, die Augen immer noch nicht auf die Straße gerichtet.

Etwa einen Häuserblock später ruft endlich die Natur, und Colossus rennt zu einer Palme und hebt sein Beinchen urkomisch in die Höhe.

»Guter Junge«, lobe ich. »So ein guter Junge.« Ich gebe ihm ein größeres Stück vom Keks, um meinen Standpunkt zu verdeutlichen.

Er gibt zufriedene Knurrlaute von sich, während er seine Belohnung verschlingt, und geht dann zu einem Grasfleck hinüber, wo er ein größeres Geschäft verrichtet.

»Ja. Gut gemacht«, rufe ich begeistert und gebe ihm noch mehr Keks.

Wieder stürzt er sich mit einem Heißhunger auf das Leckerli, als hätte er eine Woche lang nichts zu fressen bekommen.

Hmm. Er könnte der fressmotivierteste Hund sein, den ich je getroffen habe, was es einfacher macht, ihn zu trainieren.

Trotz dem, was der Gärtner mir gesagt hat, ist mein Drang, hinter dem Hund zu säubern, groß, aber ich widerstehe.

»Jetzt können wir nach Hause gehen«, sage ich zu Colossus und locke ihn mit ein paar weiteren Keksbrocken zurück in die Garage.

Ich ziehe unsere punkigen Klamotten aus und bringe ihn zurück ins Haus. Sofort rast er davon, und ich muss rennen, um ihn einzuholen.

»Kumpel!«, rufe ich. »Wo war diese Energie während des Spaziergangs?«

Er bleibt nicht stehen.

Ich verfolge ihn bis in die Bibliothek, wo er zu Bruce rennt, der in einem bequemen Sessel sitzt und ein Buch liest.

Verdammt. Wie kommt es, dass das Buch ihn noch sexyer aussehen lässt? Das ist besonders merkwürdig, weil ich eher eine Gamerin als eine Leserin bin.

Als er den Hund sieht, lächelt mein eisiger Arbeitgeber wieder – und es ist genauso schön wie vorher.

Ich räuspere mich.

Das Lächeln verschwindet so schnell, dass ich anfange zu zweifeln, ob es überhaupt dagewesen war, und er legt das Buch weg, bevor ich einen Blick auf den Titel werfen kann.

»Ich komme nur ein paar kostbare Minuten am Tag zum Lesen«, knurrt er. »Ist es zu viel verlangt, nicht gestört zu werden?«

»Colossus ist nach unserem Spaziergang hierhergerannt«, sage ich zu meiner Verteidigung. »Wollen Sie, dass ich ihn einfach unbeaufsichtigt im Haus herumlaufen lasse?«

»Wie war der Spaziergang?«, fragt er und ignoriert meine Frage.

»Informativ«, sage ich. »Unter anderem muss ich Colossus beibringen, wie ein richtiger Hund zu laufen.«

Bruce reibt sich die Schläfe. »Ich dachte, er mag es einfach nicht, mit mir zu gehen.«

»Sie sind mit ihm Gassi gegangen?«, frage ich.

Bruce erhebt sich zu seiner vollen Größe und verschränkt die Arme vor seiner mächtigen Brust. »Warum ist das so überraschend?«

»Weil Sie Leute für alles haben. Warum nicht dafür?«

»Ich bin regelmäßig mit ihm Gassi gegangen.« Bei der wütenden Art, wie er die Worte herauspresst, ist es ein Wunder, dass Colossus nicht wieder winselt. »Wie gesagt, ich dachte, es läge an der Art, wie ich die Leine halte.«

Ich spitze meine Lippen. »Wie haben Sie denn die Leine gehalten?«

Bruce rollt mit den Augen. »Wie soll ich Ihnen das zeigen?«

Hmm. »Ich denke, Sie könnten von einer Lektion profitieren, die ich allen meinen Kunden gebe.«

Sie alle finden die Lektion etwas seltsam, aber das muss er nicht wissen.

Er verengt seine Augen. »Eine Lektion im Hundeausführen?«

»Genau. Ein Spaziergang ist eine Zusammenarbeit zwischen dem Hund und dem Menschen. Wenn beide wissen, was zu tun ist, funktioniert es am besten.«

Er schaut auf seine Uhr. »Können Sie diese Lehrstunde in zwanzig Minuten unterbringen?«

Ich nicke. »Wir brauchen die Leine und etwas Platz – am besten mit Teppichboden.«

»Folgen Sie mir«, befiehlt er und geht zurück in die Garage, um die Leine zu holen. Danach führt er mich zu einer der wenigen geschlossenen Türen im Haus.

»Du kommst nicht hier rein«, sagt er streng zu Colossus, bevor er die Tür öffnet.

Der Welpe neigt seinen Kopf und zeigt keine Anzeichen, dass er ihn verstanden hat.

»Der Befehl lautet *bleib*«, sage ich. »Und er weiß es noch nicht.«

Seufzend geht Bruce in die Hocke und sagt mit ernstem Gesicht zu Colossus: »Der Teppich in diesem Zimmer ist eine Antiquität aus dem siebzehnten Jahrhundert und kostet Millionen.«

Was? Ich glaube nicht, dass *ich* auf so etwas treten möchte, geschweige denn, dass ich es einem Welpen erlauben würde.

»Ich habe eine Idee.« Ich nehme ein Keksstück und zerbrösele es in meiner Hand. »Das wird ihn beschäftigen.« Ich werfe die Krümel überall in den Flur, und Colossus versucht wie wild, sie einzusammeln.

»Netter Trick.« Bruce öffnet die Tür und lässt mich zuerst eintreten.

Ich zögere. Der Teppich sieht aus wie ein Perserteppich, mit einem Muster aus Kreisen und Blättern.

»Kann ich darauftreten?«, frage ich und schiebe meinen Fuß über die Kante.

»Ohne Schuhe«, befiehlt Bruce und zieht seine eigenen Slipper aus, um es zu demonstrieren – für den Fall, dass ich dumm bin.

Scheiße.

Habe ich die Socke mit dem Loch an?

Ich ziehe meine Turnschuhe aus, um nachzusehen.

Ja.

Hier gibt es nur eine Lösung – ich ziehe auch die Socken aus.

Bruce starrt verwirrt auf meine nackten Füße. »Ist das für den Unterricht?«

»Klar«, lüge ich und trete auf den Teppich.

Wow. Er fühlt sich so warm und bequem unter meinen Füßen an, dass man meinen könnte, er sei aus Wolken gemacht.

Vielleicht ist das der Ursprung der Legenden über fliegende Teppiche?

»Was jetzt?«, will Bruce wissen.

Ich atme tief durch. »Jetzt tue ich so, als wäre ich der Hund – und Sie führen mich aus.«

KAPITEL 10

BRUCE

Habe ich das gerade richtig gehört? Sie wird vorgeben, ein Hund zu sein?

Vielleicht ist das eine wirklich seltsame, selbstironische, scherzhafte Art, sich selbst als *Bitch* zu bezeichnen?

Nein. Sie meint es wörtlich. Warum sonst sollte sie das vordere Ende der Leine zu einer Schlaufe formen und sie wie ein Lasso um ihre Körpermitte legen?

Verdammt. Das besagte Seil wickelt sich unter ihre kleinen Brüste und hebt sie hoch, damit mein bereits überaktiver Schwanz sie bewundern kann.

»Hier.« Sie reicht mir den Griff der Leine.

Fassungslos nehme ich das, was mir angeboten wird, und traue meinen Augen nicht.

Ich weiß nicht, dass das erst der Anfang ist.

Sie kniet sich vor mich, als würde sie gleich einige meiner neuesten Fantasien wahr werden lassen. Dann geht sie auf alle viere – und das ist der Anfang von noch mehr Fantasien.

Was. Zum. Henker?

Ist das ein Verführungsversuch? Ihr perfekt geformter Hintern ist zu sehen, was dies zu bestätigen scheint ... aber was ist mit der Leine? Hält *sie* mich für dieses perverse Milliardärsklischee?

»Jetzt«, sagt sie über ihre Schulter, »zeigen Sie mir Ihre Leinentechnik.«

Vielleicht ist das also doch kein BDSM. Aber was auch immer dieser Fetisch ist, er könnte mir gefallen. Mein Schwanz ist fast schmerzhaft hart.

Sie macht einen vierbeinigen Schritt. Dann noch einen. Ihr Hintern wackelt so verlockend, dass ich am liebsten knurren würde – oder ihre Jeans in Fetzen reißen.

Als sie den nächsten Schritt macht, wird die Leine straff.

»Sie sollten mit mir gehen«, sagt sie. »Entweder das – oder Sie drücken den Knopf, damit die Leine etwas nachgibt.«

Ich schaue mit offenem Mund auf sie herab. »Was zum Teufel geht hier vor?«

»Ich bin der Hund, Sie der Halter«, sagt sie in einem spitzen Ton, der meine Libido ein wenig beruhigt – höchstens zu ein oder zwei Prozent.

»Das habe ich verstanden«, sage ich bissig. »Warum strukturieren Sie die Stunde so?«

Der Gedanke, dass sie das mit anderen Kunden – männlichen Kunden – gemacht hat, macht mich wütend … was genauso unlogisch ist wie der plötzliche Drang, ihr zu befehlen, das in Zukunft nur noch mit mir zu machen und mit niemandem sonst.

Sie dreht sich um und schaut nach oben, so wie sie es auch tun würde, wenn wir in der Hündchenstellung Sex hätten. »Meine Trainingsphilosophie ist von der Goldenen Regel inspiriert: Ich tue nur das mit den Hunden, was auch für mich selbst in Ordnung wäre.«

»Das ist nicht ganz abwegig«, gebe ich zähneknirschend zu.

Tatsächlich verfolge ich schon die ganze Zeit eine ähnliche Philosophie wie sie, weshalb zum Beispiel der Hund nur Futter frisst, das mein Koch zubereitet hat.

»Und Sie haben gesagt, dass Sie nicht beschreiben können, wie man die Leine benutzt«, fährt sie fort. »Jetzt können Sie es mir also zeigen.«

»Gut«, stoße ich hervor.

»Endlich«, sagt sie mit einem Augenzwinkern. »Jetzt zeigen Sie mir mal, wie Sie mit mir gehen, und danach tauschen wir.«

Sie will, dass ich auf allen vieren gehe? Das ist ein ganz anderer Fetisch … und mit Sicherheit keiner, auf den ich stehe.

Ein Problem nach dem anderen. Ich richte meine Erektion so aus, dass ich langsam hinter ihr hergehen kann. »Bereit.«

Sie krabbelt. Ich folge und lasse die Leine locker.

»Gut«, sagt sie. »Jetzt tun wir so, als ob Sie nicht wollen, dass ich dorthin gehe.« Sie zeigt zum Rand des

Teppichs. »Da könnte ein Eichhörnchen sein – oder etwas, was ich nicht essen sollte.«

Ich ziehe an der Leine, wie ich es auch mit Colossus in diesem Szenario tun würde.

»Nein«, sagt sie streng. »Das ist zu hart. Sie könnten ihn erwürgen.«

Ich beiße die Zähne zusammen. »Vielleicht, wenn er ein Halsband tragen würde, ja, aber er trägt ein Geschirr. Ich würde ihn höchstens hochheben.«

»Sie sollten die Technik lernen, die auf alle Hunde angewendet werden kann. Was ist, wenn Sie jemand bittet, seinen größeren Hund auszuführen?«

Da hat sie recht. So wie ich diesen Hund bekommen habe, könnte ich später einen weiteren bekommen.

Offenbar kann ich zu manchen Leuten nicht Nein sagen.

»Gehen Sie nochmal auf das Eichhörnchen los«, befehle ich.

Sie tut es, und ich könnte schwören, dass sie ihren Hintern schüttelt, während sie krabbelt – eine Bewegung, die Schockwellen durch meinen pochenden Schwanz schickt.

Mit einer eisernen Willensanstrengung ziehe ich vorsichtig an der Leine.

»Das ist besser«, sagt sie. »Aber eigentlich sollte es nur ein kleiner Ruck sein.«

Ich tue mein Bestes, um ruckartig daran zu ziehen.

»Fast«, sagt sie.

Ich verdrehe die Augen und tue so, als ob eine Feder

auf meiner Hand gelandet wäre – mit dem Ergebnis einer winzigen Bewegung.

»Ja«, sagt sie aufgeregt. »Genau so.«

Natürlich. Erst geht sie auf alle viere und dann hört sie sich an, als würde sie gefickt werden. Wenn jemand von meinen Mitarbeitern in diesem Moment den Raum betreten würde, wäre er überzeugt, dass ich sie belästige, auch wenn die Wahrheit eher das Gegenteil ist.

»Zeigen Sie mir, was Sie tun würden, wenn ich mich ins Gras legen würde.« Indem sie ihren Worten Taten folgen lässt, legt sie sich hin – eine ziemlich gute Nachahmung dessen, wie Colossus mich bei Spaziergängen in den Wahnsinn treibt.

»Komm«, sage ich unwirsch und mache einen Mikro-Zug. »Gehen wir.«

Sie kommt wieder auf alle viere und setzt sich in Bewegung, also lasse ich die Leine locker.

»Falsch«, sagt sie streng.

»Wovon reden Sie?« Und merkt sie nicht, dass sie in einer perfekten Position ist, um den Hintern versohlt zu bekommen?

»Wenn er tut, was Sie wollen, müssen Sie ihn positiv bestärken.«

»Braves Mädchen«, knurre ich durch meine Zähne.

Sie hält inne und wirft mir über ihre Schulter einen wütenden Blick zu. »Ihnen ist klar, dass Hunde nicht viel oder gar kein Englisch sprechen, oder nicht? Sie gehen nach dem Tonfall, und Ihrer sagt: Ich werde dich umbringen.«

Ich fülle meine Lungen mit Luft, atme aus, um mich zu entspannen, und tue dann so, als würde ich mit einem Kleinkind sprechen, während ich sage: »Braves Mädchen.«

»Besser«, sagt sie. »Obwohl, wenn man bedenkt, dass er beim Pinkeln ein Bein hebt, würde ich wetten, dass Colossus sich als Junge identifiziert ... aber andererseits ist es schwer, sicher zu sein.«

»So war das offensichtlich nicht gemeint«, fahre ich sie an. »Ich habe *Sie* gelobt.«

»Wenn das so ist, nennen Sie mich nicht Mädchen.« Sie steht auf. »Sie sind dran.«

KAPITEL 11

LILLY

»Nein«, bellt Bruce – was, hey, hervorragend zu diesem Hundethema passt.

»Sich in den Hund hineinzuversetzen ist die beste Art, zu lernen«, erkläre ich.

Seine Lippen werden zu einem blassen Strich. »Ich verlasse mich einfach auf meine Fantasie.«

Ich reibe mir die Augenbrauen, weil ich spüre, dass ich Kopfschmerzen bekomme, nur um mich daran zu erinnern, dass ich keine Aufmerksamkeit darauf ziehen sollte. Leute wie Frida Kahlo sind berühmt für ihre markanten Augenbrauen, aber ich betrachte meine als abschreckend für Männer.

Nicht, dass es mich interessiert, was dieser Mann denkt.

Nein. Das Gegenteil ist der Fall. Vielleicht sollte ich sie vor seinen Augen sogar aufplustern?

»Was, keine Widerworte?«, fragt er.

Ich schnaube humorlos. »Haben Leute wie Sie überhaupt Fantasie?«

»Haben Leute wie Sie überhaupt Taktgefühl?« Er stürmt vom Teppich und schiebt seine Füße in seine Schuhe.

»Ich bin taktvoll genug, Sie nicht als verdammtes Arschloch zu bezeichnen«, murmele ich, während ich mir selbst die Schuhe anziehe.

»Sie haben noch zehn Minuten«, sagt er. »Lassen Sie uns spazieren gehen und reden.«

Ich seufze. »Und worüber?«

Ohne zu antworten, öffnet Bruce die Tür. Natürlich wartet Colossus im Flur und wedelt mit dem Schwanz.

Ich schließe die Tür hinter uns, bevor der Welpe den Millionen-Dollar-Teppich ruinieren kann, und grinse dann zu ihm herunter. »Wen von uns hast du vermisst?«

Wie als Antwort tippt der kleine Verräter spielerisch mit seiner Pfote auf Bruces Slipper und wölbt dann seinen Hintern.

»Diese Pose bedeutet, dass er spielen will«, erkläre ich. »Und ja, es war die Inspiration für die Yoga-Pose.«

Bruce kramt in seiner Anzugtasche und holt einen Plüschaffen in der Größe einer Maus heraus. »Hol.« Er wirft das Spielzeug.

Colossus jagt dem Spielzeug hinterher, bringt es aber nicht zurück.

»Das kann ich ihm beibringen«, sage ich.

Bruce seufzt. »Das ist eine weitere Sache, von der ich dachte, dass Hunde sie einfach von Natur aus tun.«

»Manche finden es von allein heraus«, sage ich. »Ich werde den Prozess einfach beschleunigen.«

»Genau«, sagt er. »Und darüber möchte ich mit Ihnen sprechen. Welche anderen Lektionen stehen auf Ihrer Agenda?«

»Ich denke an *sitz*«, sage ich. »Danach *gib*.«

»Was noch?« Er hebt das Spielzeug auf, das Colossus liegen gelassen hat, und reicht es mir.

Als ich es ihm abnehme, streifen sich unsere Finger – und es fühlt sich an, als hätte sich ein Blitz in meinem ganzen Körper ausgebreitet, der alle meine Muskeln kribbeln lässt und meine Sinne aus dem Gleichgewicht bringt.

Was zum Teufel …? Haben wir zu viel statische Elektrizität auf dem wahnsinnig teuren Teppich aufgefangen?

Ich stammele bei unserem Spaziergang, während ich all die Dinge aufzähle, die ich Hunden im Allgemeinen beibringen kann, und auch die Vor- und Nachteile davon, Colossus mit jeder Fähigkeit vertraut zu machen.

»Sind Sie immer so unentschlossen?«, unterbricht Bruce mich, als ich gerade dabei bin, die Vorteile des Befehls *Platz* zu erklären.

»Warum fragen Sie das?« Ich meine, es ist wahr, aber er hat es anhand kaum vorhandener Hinweise erkannt, und das ist mehr als ärgerlich.

»Ein Experte sagt einem normalerweise nur, was er tun wird. Wenn Sie mir alle Vor- und Nachteile aufzählen, klingt das so, als wollten Sie mich entscheiden lassen – das wäre so, als würde ich Sie fragen, worin meine Bank investieren soll.«

Fast hätte ich noch hinzugefügt: »Oder wessen Haus ich stehlen soll«, aber ich halte mich rechtzeitig zurück. Stattdessen sage ich: »Gut. Ich werde entscheiden.«

Es wird viel Angst und Mühe kosten, aber ich kann es schaffen.

Hoffentlich.

»Warum bringen Sie ihm nicht einfach alles bei, was Sie können?«, verlangt Bruce, als wir einen Raum betreten, der ausschließlich für Videokonferenzen bestimmt zu sein scheint – mit einem riesigen Bildschirm an der Wand und einer schicken Kamera, die auf einen bequemen Stuhl in der Mitte gerichtet ist.

Ich zucke mit den Schultern. »Wenn sich ein großer Hund an eine Person anlehnt, ist das ein Problem. Wenn ein Chihuahua das Gleiche macht, gilt das als niedlich.«

Bruce öffnet den Laptop in der Nähe. »Bringen Sie ihm bei, was für alle Hunde, unabhängig von ihrer Größe, als gutes Verhalten gilt.«

Ich fühle eine Welle der Erleichterung. Wenn ich alles unterrichte, muss ich nicht die Rosinen herauspicken und vermeide so all diese Entscheidungen.

Bruce lässt sich auf den Stuhl sinken, als wäre er ein Thron, und beugt sich dann hinunter, um Colossus aufzuheben, der zu wissen scheint, was passieren wird, da er freudig in Bruces ausgestreckte Hände springt.

Der Anblick des kleinen Wesens, das von diesen großen Händen gehalten wird, zerrt an meiner Brust – was lächerlich ist.

»Sie können eine Stunde Pause machen«, sagt Bruce herrisch zu mir.

Hey, das ist doch viel höflicher als *Sie können gehen*.

Ich wende mich zum Gehen, als ein Videoanruf auf dem Bildschirm erscheint, vor dem ich gerade stehe – und Bruce ihn angenommen haben muss, weil eine Person auf dem Bildschirm erscheint.

Es ist eine wunderschöne Frau mit shampoowerbungstauglichen dunklen Haaren, mascarawerbungstauglichhen blauen Augen und einer botoxwerbungstauglichen glatten Stirn.

Hmm. Vielleicht ist das ja gar kein Anruf. Vielleicht ist das ein Film – und sie ist das neueste Sternchen?

»Brucey, Süßer«, zwitschert sie. »Wer ist das?« Sie zeigt auf mich.

Also … das ist doch ein Anruf. Und jetzt verstehe ich es. Sie und Bruce müssen ein Paar sein – was auch Sinn ergibt, denn außerhalb von Hollywood und Laufstegen findet man solche Frauen meist als Trophäen von Milliardären.

»Das ist Lilly«, sagt Bruce. Zu mir gewandt, fügt er hinzu: »Das ist Angela. Sie ist in Colossus' Leben involviert, also könnte sie irgendwann Fragen an Sie haben.«

Eine unlogische Eifersucht brennt in meiner Brust. Es muss daran liegen, dass ich anfange, mich besitzergreifend gegenüber Colossus zu fühlen, und es nervt mich, dass sie mehr Recht darauf hat, die Mutter des kleinen Kerls zu sein, als ich.

Scheiße. Sie schauen mich beide erwartungsvoll an.

»Freut mich, Sie kennenzulernen, Angela«, sage ich mit zusammengebissenen Zähnen.

»Gleichfalls«, sagt sie. »Ich bin froh, dass Peanut endlich ein Kindermädchen hat.«

Colossus' Ohren spitzen sich. Er denkt wahrscheinlich, dass er *Erdnussbutter* gehört hat.

Wer zum Teufel ist Peanut? Da sie gerade ein Kindermädchen erwähnt hat, würde ich vermuten, dass es sich um ein Kind handelt. Ihr Kind? Das hört sich nicht gut an … weil Kinder das Hundetraining natürlich erschweren.

Aber Moment einmal. Wenn sie ein Kind haben, wo ist es? Außerdem hoffe ich wirklich, dass Peanut nur ein Spitzname ist, so wie Brucey.

»Wie oft muss ich es dir noch sagen?«, knurrt Bruce Angela an. »Er heißt jetzt Colossus.«

Stopp.

Peanut ist Colossus … aber das würde bedeuten …

»Ich bin kein Kindermädchen für Hunde«, sage ich entrüstet. »Das ist nicht einmal ein Beruf. Ich bin Spezialistin für Hundetraining.«

Angela mustert mich mit verengten Augen. »Was ist der Unterschied?«

Ich verenge meine Augen. »Man stellt mich ein, wenn man einen Hund als Kindermädchen für sein Kind ausbilden will. Und ich schätze, wenn es Kindermädchen für Hunde gäbe, würde man sie einstellen, wenn man zu beschäftigt ist, um seinem Hund ein gutes Elternteil zu sein.«

Angelas Blick wird eisig – etwas, was sie von Bruce gelernt haben muss. »Manchmal bekommt man einen Hund, aber das Leben passiert.«

Ich öffne meinen Mund für eine heftige Widerrede, aber Bruce sagt: »Lilly wollte gerade gehen.«

Ah. Richtig. Entlassen. Ich hebe mein Kinn und stampfe aus dem Zimmer.

Wenn die beiden sich fortpflanzen, wird es die Ausgeburt des Teufels werden.

KAPITEL 12
BRUCE

Sobald Lilly aus dem Zimmer verschwunden ist, sagt Angela: »Sie ist anders als der Rest deines Personals.«

»Ach?« Ich kraule Colossus' apfelförmigen Kopf und er schließt die Augen mit einem glückseligen Gesichtsausdruck.

»Sie ist attraktiv«, sagt Angela. »Verdächtig attraktiv. Und angriffslustig – ich hätte nicht gedacht, dass du das tolerieren kannst.«

Ich schnaube. »Du fühlst dich nur angegriffen und schlägst um dich.«

Angela hat den Hund ursprünglich für sich selbst gekauft. Dann, nach nur zwei Wochen, bat sie mich, ihn zu nehmen – und ich konnte nicht Nein sagen. Das hat sie gemeint, als sie Lilly sagte, dass *das Leben passiert*.

Angela seufzt theatralisch. »Du bist brutal ehrlich, wie immer. Ich frage mich, was Lilly davon hält.«

Nicht schon wieder diese Scheiße. »Abraham Lincoln wird für seine Ehrlichkeit verehrt. Warum werde ich immer für meine getadelt?«

Sie schnaubt. »Ich wette, wenn seine Frau ihn jemals gefragt hätte, ob ein Kleid sie fett aussehen lässt, hätte sogar er Nein gesagt, egal, wie die Wahrheit aussähe. Das nennt man Notlüge, und das ist es, was unsere Gesellschaft funktionieren lässt.«

Ich seufze. »Du lügst genug für uns beide.«

»Das ist nicht fair. Ich bin immer ehrlich zu dir.«

Ich kann nicht anders, als zu lächeln. »Das da ist die größte Lüge des Tages.«

Sie rollt mit den Augen. »Nun, diese Lilly sieht nach Ärger aus.«

»Da sind wir uns einig«, sage ich. »Aber wie du weißt, habe ich nicht viel Zeit, also wie wäre es, wenn wir über den dummen Hund reden?«

»Hör nicht auf ihn«, sagt sie zu Colossus. »Du bist ein Genie.«

»Ja. Ein Genie, das neulich eine halbe Rolle Toilettenpapier gefressen hat.«

»Daddy und ich haben dich lieb«, fährt Angela in der gleichen Babysprache fort. »Wenn er dir das nicht sagt, liegt das daran, dass er ein großer Miesepeter ist, der es nicht einmal zu mir sagt.«

»Laut seinen Papieren war sein Daddy ein Best-in-Show-Gewinner namens Toby«, sage ich.

»Nein«, sagt Angela. »Das war nur der Samenspender.«

Wie kann es sein, dass ich auch nach Jahren des

Streitens mit ihr immer noch nicht gelernt habe, dass das Zeitverschwendung ist? Ich wechsele das Thema. »Auf jeden Fall geht es dem Hund gut. Lilly hat große Pläne für seine Ausbildung.«

Der Schachzug funktioniert, und das Gespräch dreht sich um alles, was mit Colossus zu tun hat. Als sie wieder auf dem Laufenden ist, frage ich sie, wie es ihr in den Hamptons gefällt – ihrem derzeitigen Zwischenstopp auf ihrer vollen Reiseroute.

»Es ist überraschenderweise wie dein Palm Beach.« Sie rümpft die Nase. »Jeder macht seine Hecken höher als der Nachbar.«

»Da fällt mir ein«, sage ich. »Ich sollte zwölf Meter hohe Hecken besorgen, um mein Anwesen zu umgeben.«

Sie rollt mit den Augen. »Es ist so schon abgelegen. Du brauchst die Privatsphäre nicht.«

Ich zucke mit den Schultern. »Wenn es einen Wettbewerb um die Heckenhöhe gibt, will ich ihn gewinnen.«

»Erst die Autosammlung, jetzt das«, sagt Angela. »Jemand könnte denken, dass du versuchst, etwas zu kompensieren.«

»Ernsthaft?«

»Tut mir leid«, sagt Angela verlegen. »Das war unter der Gürtellinie.«

»Ich lege jetzt auf.«

»Warte«, sagt sie. »Hast du heute schon mit deinen Eltern gesprochen?«

»Nein«, sage ich. »Ich habe nicht mit unseren Eltern gesprochen.«

»Dann wird das eine Überraschung«, sagt sie triumphierend. »Ich komme dich besuchen.«

Ich runzele die Stirn. »Mit Champ?«

»Natürlich.«

Scheiße. Ich weiß, dass es typisch ist, dass ein Bruder jeden missbilligt, mit dem seine Schwester ausgeht, aber in diesem Fall bin ich im Recht, denn Champ ist der Inbegriff eines Idioten. »Aber was ist mit seiner Hundeallergie?«, frage ich.

Angela lernte Champ ein paar Tage, nachdem sie Colossus bekommen hatte, kennen und es dauerte nicht lange, bis sie beschlossen, gemeinsam auf Weltreise zu gehen – ohne Hund.

»Wir werden in einem Hotel übernachten«, sagt sie. »Und wenn wir zu Besuch sind, kann deine Lilly den Hund von Champ fernhalten. Außerdem wird er Antihistaminika einnehmen.«

Ich atme verärgert aus. Ich dachte, ein Vorteil dieses Hundes wäre, dass ich nie wieder mit Champ in einem Raum sein müsste.

»Du magst es nicht, wenn ich unfreundlich zu denjenigen bin, mit denen du ausgehst«, sagt Angela.

»Was du bist«, sage ich. »Jedes einzelne Mal.«

Sie zuckt mit den Schultern. »Es ist nicht meine Schuld, dass du ein Magnet für geldgierigen Abschaum bist.«

Ich schaue demonstrativ auf meine Uhr. »Wir haben keine Zeit mehr.«

Das ist nicht einmal eine Ausrede. Es ist Essenszeit für mich und Colossus, da ich diese Aufgabe noch nicht an Lilly delegiert habe.

Angela schmollt. »Du willst nur kein Gespräch über dein Liebesleben führen. Oder dessen Fehlen.«

Ich klopfe auf das Zifferblatt und winke ihr zum Abschied.

»Wie lange ist es her?«, fragt sie hartnäckig. »Ein Jahr. Zwei?«

Ich antworte, indem ich auflege. Das Letzte, was ich brauche, ist, dass mir gesagt wird, dass ich eine gute Frau in meinem Leben brauche – was auch immer das bedeutet.

Colossus schaut nach unten und winselt.

Ich setze ihn auf den Boden. »Hast du Hunger?«

Wir wissen beide, dass die Frage rhetorisch ist. Der Welpe stürmt aus dem Zimmer, als ob er von Bienen angegriffen würde, und rennt dann in Richtung Küche.

Selbst wenn ich schnell gehe, kann ich kaum mit ihm mithalten.

Als ich in der Küche ankomme, werde ich langsamer.

Es besteht immer die Gefahr, dass ich jemanden beim Kauen erwische, wie damals, als ich den Koch bei der Verkostung seiner Alfredo-Sauce überrascht habe, oder als ich …

Und wieder einmal hatte ich recht damit, vorsichtig zu sein.

Lilly sitzt mit dem Rücken zu mir auf einem Barhocker und hält eine Gabel in der Hand, auf der ein

Gnocchi aufgespießt ist. Sie hat Kopfhörer auf, also bemerkt sie weder mich noch den Hund.

Bevor ich wegschauen kann, steckt sie sich die Gabel in den Mund und beginnt, zu kauen.

Ich zucke zusammen und erwarte die übliche Flut von Adrenalin und eine Welle des Ekels.

Nichts davon kommt.

Was zur Hölle …? Bis jetzt war der Hund das einzige Lebewesen, bei dem ich es tolerieren konnte, es essen zu sehen – und ich dachte, das läge daran, dass er a) meistens schluckt, ohne zu kauen, und b) sein Essen in einer Nanosekunde auffrisst.

Mit morbider Faszination warte ich, bis sie einen weiteren Gnocchi aufspießt.

War das ein Stöhnen?

Ja.

Sie genießt ihr Essen *wirklich*.

Und wieder einmal fühle ich nichts.

Wenn ich ehrlich bin, steigt meine Herzfrequenz zwar an, aber nicht aus den üblichen Gründen. Es ist ihr Stöhnen. Ich hätte nie gedacht, dass Essen so verführerisch klingen kann.

Hmm. Bin ich deshalb anscheinend immun gegen ihr Kauen? Ist das der berühmte *Hängebrückeneffekt*, aus der Psychologie, bei dem Männer Frauen attraktiver finden, nachdem sie beim Gehen über eine Brücke einen Adrenalinstoß bekommen haben? Ja. Das muss es sein. Einige Drähte sind durcheinandergeraten, und mein Körper denkt, dass ich erregt bin, anstatt die übliche Kampf-oder-Flucht-Reaktion zu verspüren.

Lilly schlürft gierig ihr Getränk durch einen Strohhalm.

Normalerweise würde ich jetzt die Wände hochgehen, aber mir geht es gut … oder besser gesagt: Ich bin noch erregter.

Ich spüre Pfoten an meinem Schienbein.

Ah.

Richtig.

Der Hund erinnert mich daran, warum ich hier bin.

Ich gehe zum Kühlschrank und hole die Sojasaucenschale, die wir als Hundeteller benutzen. Der Koch hat sich wie immer selbst übertroffen und alle Häppchen hübsch angerichtet.

Aus den Augenwinkeln sehe ich, wie Lilly ihre Kopfhörer abnimmt.

»Hey«, sagt sie. »Frisst er jetzt?«

Als Antwort setze ich die Schüssel ab.

Colossus wird zu *The Flash*, rauscht herbei und verschlingt die ganze Mahlzeit in einem Augenblinzeln. Auch wenn ich das schon einmal gesehen habe, schüttele ich den Kopf. Warum lasse ich den Koch seine Zeit verschwenden, damit das Hundefutter so ansehnlich angerichtet wird?

Lillys Augen weiten sich so sehr, dass sie proportional zu ihren Augenbrauen wirken … zumindest für einen kurzen Moment. »Ich habe schon gesehen, wie schnell Hunde fressen, aber das könnte ein Guinness-Weltrekord sein.«

Dann passiert das Dümmste, was passieren kann. Meine Lungen blähen sich vor Stolz auf, als ob schnelles Essen eine ebenso große Leistung wäre wie das Lösen einer quadratischen Gleichung, das Berechnen einer Ableitung oder das Programmieren eines Videorecorders. »Es ist zu schnell«, murmele ich. »Manchmal frisst er so schnell, dass ihm schlecht wird.«

Sie nickt wissend. »Es gibt Produkte auf dem Markt, die ihn verlangsamen können.«

»Ach?«

Sie holt ihr Handy heraus, sucht einen Moment lang und zeigt mir dann etwas, was wie eine blaue Wabe aussieht. »Das nennt man eine Schleckmatte«, sagt sie. »Wenn Sie sein Essen pürieren oder durch einen Mixer laufen lassen, können Sie es daraufschmieren, und er muss sich Zeit nehmen, es abzulecken.«

»Ich dachte, Sie befolgen die goldene Regel«, sage ich. »Sein Essen zu lecken klingt frustrierend.«

Wenn das nächste Mal jemand darauf besteht, mit mir zu Mittag zu essen, könnte ich ihn zwingen, genau so zu essen, weil dann alle Kaugeräusche wegfallen.

Sie schnaubt. »Natürlich kann man sich nicht immer danach richten, wie ein Mensch über etwas denkt. Wir schnüffeln zum Beispiel nicht an Hintern, aber Hunde lieben es.«

»Wollen Sie sagen, dass ich meinen Hund mit Hintern zum Schnüffeln versorgen muss?«

»Nein«, sagt sie. »Ich meine, ja, zur Sozialisierung sollten Sie ihn mit anderen Hunden zusammenbringen, aber ich wollte damit sagen, dass Hunde das Lecken sehr beruhigend finden.«

Ich behalte im Hinterkopf, dass ich auf diese Sache mit der Sozialisierung zurückkommen muss, nehme mein eigenes Telefon und kaufe verschiedene Schleckmatten, um sie zu testen.

»Toll«, sagt sie, als ich ihr erzähle, was ich gemacht habe. »Ich werde mit Bob daran arbeiten, den Welpen auszubremsen, sobald sie angekommen sind.«

Ich zucke zusammen. »Können Sie ihn wenigstens Koch nennen?«

Sie rollt mit den Augen, sagt aber: »Gut.«

Ein Kompromiss? Merkur muss sich im Rückwärtsgang befinden.

»Wie auch immer.« Ich gehe zum Ofen hinüber, wo mein Essen warm gehalten wird. »Ich lasse Sie Ihr Essen genießen.«

»Ah. Genau.« Mit einer ruckartigen Bewegung greift sie nach ihrem Teller. »Ich wurde gewarnt, nicht in Ihrer erhabenen Gegenwart zu essen.«

»Wer hat Sie gewarnt?«, frage ich. Meine Mitarbeiter sollten nicht darüber reden.

Sie tritt einen Schritt zurück. »Niemand.«

Ich zeige auf die Decke. »Da oben gibt es eine Überwachungskamera, also könnte ich es selbst herausfinden.« Das ist ein Bluff, zumindest, wenn es darum geht, dass ich mir das Filmmaterial persönlich ansehe – es könnte Menschen beim Kauen zeigen. Aber ich *könnte* es von jemandem von der Security durchkämmen lassen, wenn mir danach wäre.

»Dann kontrollieren Sie Ihre verdammte Kamera«, knirscht sie heraus. »Lassen Sie mich einfach da raus.«

Colossus winselt.

Scheiße.

Ich atme tief durch und bereite mich auf die Deeskalation vor. »Es ist gut, dass sie es Ihnen gesagt haben. Sie hätten es früher oder später herausgefunden – und die Geheimhaltung ist Teil des Vertrages, den Sie unterschrieben haben.«

»Ist sie das?«

»Ja.« Und das ist auch gut so, denn was ich ihr gleich erzählen werde, teile ich selten, wenn überhaupt, mit anderen.

Sie starrt mich fasziniert an. »Also ... was darf ich nicht verraten?«

Ich atme noch einmal durch. »Ich habe Misophonie.«

ch fühle mich wie ein Arschloch, an dem kein Hund schnüffeln möchte. Ob Idiot oder nicht, dieser Typ hat eine echte Krankheit, und ich mache mich über ihn lustig.

Da er mein Schweigen offensichtlich missversteht, sagt er: »Misophonie ist, wenn jemand auf bestimmte Auslösergeräusche negativ reagiert. Denken Sie an Nägel auf der Kreidetafel. In meinem Fall sind es Kauen und Schlürfen.« Er zuckt zusammen, als er den letzten Teil sagt.

»Das weiß ich«, sage ich. »Ich habe einen DNA-Test gemacht, und einer der Berichte hat mir erklärt, was es ist und dass ich es wahrscheinlich nicht habe.«

Er nickt. »TENM2 ist das betroffene Gen. Ich habe diesen Test nicht gemacht, da ich mir nicht sicher bin, welchen Sinn er ergeben sollte. Wenn man hat, was ich habe, dann weiß man es.«

Ja. Ich fühle mich von Sekunde zu Sekunde schlechter. Wie kann er mit der heißen Frau aus dem Video ausgehen, wenn er die Geräusche von Menschen beim Essen nicht ertragen kann? Wie nimmt er an Feiertagsessen mit seiner Familie teil? Oder an Geschäftsessen?

»Es tut mir leid«, murmele ich.

Er zuckt mit den Schultern. »Es ist nicht Ihre Schuld.«

»Ich meinte, es tut mir leid, dass ich mich deshalb über Sie lustig gemacht habe. Außerdem tut es mir leid, dass ich hier in der Küche angefangen habe zu essen, obwohl ich wusste, dass es Ihre Essenszeit ist. Ich habe nicht nachgedacht.«

Oder vielleicht wollte ein Teil von mir ihn ärgern. Oder ihn sehen – aber ich werde mich jetzt nicht selbst psychoanalysieren.

Er wirft einen Blick auf meinen Teller. »Um ehrlich zu sein, hat es aus irgendeinem seltsamen Grund nichts ausgelöst, Sie essen zu sehen.«

Hm. »Ist das schon einmal passiert?«

Er schüttelt den Kopf. »Dass der Hund frisst, stört mich nicht, aber das war's auch schon.«

Sollte ich mich besonders fühlen, oder hat er mich gerade mit einem Hund verglichen? »Nun«, sage ich, »wenn Sie zusammen essen wollen, wäre das okay für mich.«

Moment einmal. Was sage ich da? Was soll ich tun, wenn er mich beim Wort nimmt? Aber das würde er natürlich nicht. Zeit mit mir zu verbringen ist das Letzte, was er …

»Okay«, sagt er sofort.

»Okay?«

Er stellt seinen Teller neben meinen auf die Theke. »Lassen Sie uns das versuchen. Wenn ich gereizt werde oder …«

»Sie sind immer gereizt.«

Er atmet hörbar aus. »Und das ausgerechnet aus Ihrem Mund.«

»Tut mir leid«, sage ich. »Machen Sie weiter.«

»Wenn ich Symptome spüre, werde ich aufstehen und gehen.«

»In Ordnung.« Wer hätte gedacht, dass ich, anstatt meinen Erzfeind anzuschreien, mit ihm essen würde?

Ich nehme wieder Platz, schiebe mir Essen in den Mund und kaue selbstbewusst. Es scheint ihm gut zu gehen, aber ich frage trotzdem: »Wie fühlen Sie sich?«

»Toll«, sagt er.

Darf ich fragen, ob das an meiner Gesellschaft liegt?

»Ich war schon immer neidisch auf Leute, die während der Arbeitsmeetings essen können«, fährt er fort. »Mahlzeiten sind die unproduktivsten Zeiten des Tages – jedenfalls solange ich wach bin.«

Da haben wir es also. Es ist nicht meine Gesellschaft, die er genießt – der Workaholic in ihm liebt einfach die Gelegenheit zum Multitasking. Eine bessere Frage ist: Warum stört mich das so sehr? Ich weiß es nicht, aber meine Worte klingen steif, als ich frage: »Gibt es irgendetwas, was mit der Ausbildung zu tun hat, was Sie besprechen wollten?«

»Sozialisierung«, sagt er. »Sie haben es vorhin erwähnt. Ich will mehr Details.«

Als er seinen Befehl ausgesprochen hat, füllt er seinen Mund mit Gnocchi – und verdammt, die Art, wie er kaut, macht mich noch hungriger.

»Lassen Sie mich erst erklären, warum das wichtig ist«, sage ich. »Richtig sozialisierte Hunde sind weniger ängstlich und führen deshalb ein glücklicheres Leben. Außerdem ist es angenehmer, mit ihnen zusammen zu sein, weil sie in bestimmten Situationen nicht negativ reagieren.«

Er schluckt sein Essen herunter. »Sie werden ihn also sozialisieren. Was beinhaltet das?«

Ich lächele Colossus an, der dasitzt, zu uns hochschaut und offensichtlich um Futter bettelt. »Ich bin mir nicht sicher, ob das als Sozialisierung zählt, aber er muss mit so vielen neuen Gerüchen, Geräuschen, Anblicken und Strukturen wie möglich vertraut sein.« Wir wollen nicht, dass er so wird wie Roach, der sich weigerte, Sand zu betreten, weil ich in diesem Bereich zu nachlässig gewesen war.

Bruce nickt und fordert mich auf, weiterzumachen.

»Er muss auch mit vielen Menschen in Kontakt kommen, zuerst einzeln, dann in Gruppen. Da er gerne frisst, können diese Menschen ihm Leckerlis geben, so dass er positive Assoziationen entwickelt.«

»Okay«, sagt Bruce, aber er sieht weniger erfreut darüber aus – wahrscheinlich, weil er ein Misanthrop ist und bei dem, was ich gerade beschrieben habe, Menschen dabei sein müssen.

»Diese Leute müssen so vielfältig wie möglich sein«, sage ich. »Verschiedene Fitnesslevel, Altersgruppen, ethnische Hintergründe, Behinderungen und sogar verschiedene Arten von Kleidung. Wenn Sie Colossus nicht der Vielfalt aussetzen, könnten Sie einen Hund bekommen, der Menschen im Rollstuhl anbellt, oder Kinder, oder jeden, der eine Sonnenbrille trägt und einen Regenschirm in der Hand hält.«

»Das ergibt Sinn«, sagt er. »Müssen diese Leute ins Haus kommen?«

Ich schüttele den Kopf. »Am natürlichsten wäre es, sie draußen zu treffen, das ist neutrales Gebiet. Aber da dies ein privates Anwesen ist, bin ich mir nicht sicher, ob …«

»Ich werde ein paar Vorkehrungen treffen«, meldet er sich. »Was noch?«

»Das Gleiche gilt für Tiere«, sage ich. »Sie wollen nicht, dass er gestresst ist, wenn er auf einen anderen Hund, eine Katze oder ein Eichhörnchen trifft.«

Er kratzt sich am Kinn. »Ich werde sehen, was ich tun kann.«

»Das ist das Wesentliche.« Ich esse den Rest meines Essens auf und warte auf seine Reaktion auf mein Kauen.

Nichts.

Ich lege meine Gabel weg. »Sonst noch etwas?«

Er wirft einen Blick auf Colossus, der um alles

bettelt, was er kann. »Ich möchte, dass er die Nacht ohne einen Unfall übersteht.«

Ich kämpfe gegen den Drang an, dem kleinen Bettler ein Leckerli zu geben. »Bis seine Blase ausgereift ist, muss er nachts rausgehen.«

»Dann werden Sie das tun«, erklärt Bruce.

»Das hatte ich auch vor«, sage ich. »Wo schläft er zurzeit?«

Bruce isst noch einen Happen und sagt dann: »In meinem Schlafzimmer.«

In. Seinem. Schlafzimmer? Aber das würde bedeuten …

Das ist eigentlich egal. Das Warum ist das größere Rätsel. Außerdem, wie soll ich …

»Der verdammte Hund winselt, wenn ich ihn nicht hereinlasse«, sagt Bruce zu seiner Verteidigung und beantwortet damit eine meiner Millionen Fragen.

Um mir eine Chance zu geben, das zu verarbeiten, trage ich meinen Teller zum Waschbecken, lasse Wasser über ihn laufen und stelle ihn dann in die Spülmaschine.

»Das können Sie das nächste Mal einfach stehenlassen«, sagt Bruce. »Mrs. Campbell räumt das weg.«

Ich rolle mit den Augen. »Ich wurde dazu erzogen, meine Sachen selbst sauberzumachen.«

Er schnaubt. »Warum benutzen Sie dann überhaupt die Spülmaschine?«

»Wie soll ich nachts mit ihm spazieren gehen, wenn

er in Ihrem Schlafzimmer ist?«, platzt es aus mir heraus.

Bruces Augenbrauen ziehen sich zusammen. »Wie wäre es, wenn Sie sich einen Wecker stellen, zu dem Hund gehen und ihn dann hinausführen?«

»Aus Ihrem Schlafzimmer«, sage ich und spreche das letzte Wort überdeutlich aus.

Typisch Mann, so lange zu brauchen, um das Problem in diesem Szenario zu erkennen, aber dem *Oh* auf seinen Lippen nach zu urteilen, hat er es wohl endlich begriffen.

»Es wird nichts Unangemessenes passieren«, sagt er.

Er muss sich nicht *so* sicher anhören, als sei ich die unfickbarste Frau, die er je getroffen hat.

»Schlafen Sie nackt?«, frage ich und erröte prompt.

Er seufzt. »Ich muss nicht.«

Oh, diese Bilder. Diese anzüglichen Bilder, die einem das Wasser im Mund zusammenlaufen lassen. »Ja. Keine Nacktheit.« Auch wenn ich die Forderung jetzt schon bedauere.

»Sonst noch etwas?«, fragt er. »Vielleicht, auf welcher Seite ich schlafen soll?«

Ich würdige das nicht mit einer Antwort und schaue mir die beiden großen Becher auf dem Tresen an, die mit einer dickflüssigen Masse gefüllt sind – die Hälfte davon ist weiß, die andere rot.

»Das ist die Panna Cotta«, sagt Bruce, als er bemerkt, wohin ich schaue. »Wenn Sie mögen, können Sie meine haben.«

Will er nett sein?

Ich nehme einen Löffel, stelle sicher, dass ich beide Farben erwische, und schiebe mir die klebrige Leckerei in den Mund.

Wow. So gut.

Der Hund wirft mir einen flehenden Blick zu.

Gib mir das. Es sieht aus wie ein flüssiger Keks. Ich werde alles dafür tun – sogar, mir hinterher die Zähne putzen lassen.

Ich schüttele den Kopf. Im roten Teil sind Weintrauben enthalten, die für Hunde giftig sind.

Ich schaue Bruce anstelle des Welpens an und nehme einen weiteren Löffel. Diesmal lutsche ich die Leckerei versehentlich mit zu viel Eifer vom Löffel, was zu einem, wenn auch sehr leisen, Schlürfgeräusch führt.

Bruce zuckt zusammen und springt mit geballten Fäusten auf.

Colossus klemmt sich seinen Schwanz zwischen die Beine und winselt jämmerlich.

»Es tut mir so leid«, murmele ich und schiebe den Rest des Nachtischs so weit wie möglich von mir weg. »Das war ein Unfall.« Ein Unfall, den ich in seiner Gesellschaft vermeiden sollte, genauso wie Rülpsen, in der Nase bohren und Furzen.

Bruce schließt die Augen, atmet tief ein und stößt die Luft meditativ wieder aus. »Sie haben mich nicht getestet?«

»Nein.« Ich zeige auf meine brennenden Wangen. »Hilft es, dass ich mich schäme?«

Er setzt sich wieder hin und atmet noch einmal beruhigend durch. »Immer weniger Menschen halten es für unhöflich, am Tisch zu schlürfen. Als Nächstes werden wir uns in Japan verwandeln.«

Ich lasse meine Augenbraue die offensichtliche Frage stellen.

»Japaner halten es für akzeptabel – und sogar für wünschenswert – Dinge wie Ramen, Soba und Udon zu schlürfen.« Er erschaudert. »Sie schlürfen die Suppe auch direkt aus der Schüssel.«

»Ich nehme an, Sie werden nicht so bald dorthin reisen?«

»Nie wieder«, sagt er. »Um sicherzugehen, vermeide ich es generell, nach Asien zu reisen – und während der Telefonkonferenzen ist es meine Regel, keinerlei Essen zu erlauben.«

»Ich verstehe, wenn Sie nie wieder mit mir essen wollen«, sage ich. »Wenn Sie wollen, kann ich aber auch einfach auf flüssige Desserts und Suppen verzichten, solange ich für Sie arbeite.«

Warum rede ich immer noch? Warum sollte ich annehmen, dass er noch einmal mit mir, der Angestellten, essen will? Das will ich auch nicht, nicht wirklich, nicht wenn …

»Auch keine Milchshakes«, sagt er. »Und wenn Sie etwas trinken, nehmen Sie einen Strohhalm – aber hören Sie etwa nach drei Vierteln auf und holen sich dann Nachschub oder schütten den Rest aus.«

»Was ist mit rohen Austern?«, frage ich.

Er rümpft die Nase. »Nachdem er mir einen

Vortrag über Norovirus, Hepatitis A, und Salmonellen gehalten hat, hat der Koch die Austern gekocht.«

»Das Grauen«, sage ich. »Reiche Leute ohne rohe Austern? Als Nächstes wird er Kaviar verbieten.«

»Kaviar ist nicht roh. Es ist gesalzen und steht deshalb sporadisch auf der Speisekarte«, sagt Bruce mit ernster Miene. »Aber der Koch ist gegen Sashimi – selbst wenn jemand den Fisch direkt vor seinen Augen fangen und töten würde.«

Ich lache. »Trauen Sie Sashimi überhaupt, wenn es doch aus Japan kommt?«

Bevor er antworten kann, ertönt ein lautes weibliches Keuchen hinter mir.

Oh Mist. Ist das die Freundin aus dem Videoanruf?

Nein.

Es ist Prudence. Sie starrt auf die Panna Cotta, die ich probiert habe, als wäre sie ein Sprengsatz, und ich weiß jetzt auch, warum.

»Ich glaube, ich gehe besser mit Colossus«, sage ich verlegen. Das Letzte, was ich will, ist, die Gründe dafür zu erörtern, warum ich an meinem ersten Tag das größte Haushaltstabu gebrochen habe.

Bruces eisige Haltung kehrt zurück – was mir bewusst macht, dass sie gegen Ende unseres Gesprächs fehlte.

»Komm«, sage ich zu dem Welpen.

Er bewegt sich nicht.

Ah. Richtig. Es gibt Essen in der Nähe.

»Hier.« Ich nehme ein Stück Keks heraus.

Oh Junge. Jetzt habe ich die unheimliche Aufmerksamkeit des pelzigen Etwas.

Gib es. Gib es. Du kannst das nicht hinauszögern oder nicht teilen. Ich werde hier und jetzt verhungern, ich schwöre es.

»Den kannst du haben, sobald ich dein Geschirr angelegt habe«, singe ich.

Ich bin mir nicht sicher, ob er mich versteht, aber er folgt mir in die Garage und wartet geduldig, während ich seine Ausrüstung anlege.

»Braver Junge.« Ich gebe ihm das Leckerli, und er beißt mir fast in die Finger, während er es gierig verschlingt.

»Du musst lernen, wie man das höflicher macht«, sage ich und setze meine alberne Kopfbedeckung auf.

Als wir zur Villa zurückkehren, rennt Colossus los, sobald ich ihn von der Leine gelassen habe, und ich verfolge ihn bis zur Bibliothek, genau wie beim letzten Mal.

Bruce ist dort und liest wieder, aber diesmal gelingt es mir, den Namen seines Buches zu erkennen, was mich zu dem aufgeregten Ausruf veranlasst: »Sie lesen *The Witcher?*«

Bruce klappt das Buch genervt zu – und ich erinnere mich, dass er sagte, er komme nur *ein paar kostbare Minuten am Tag* zum Lesen.

»Ja«, sagt er, und seine Stimme ist weniger hart, als

ich erwartet hatte. »The Witcher ist meine Lieblingsbuchreihe.«

»Wow«, ist alles, was ich sagen kann.

Bruce hebt den Welpen zu seinen Füßen auf und setzt ihn auf seinen Schoß. »Sie sind ein Fan von Andrzej Sapkowski?«

Ich runzele die Stirn. »Von wem?«

Mit einem Augenrollen zeigt Bruce auf das Buchcover.

Ich komme mir dumm vor, da ich natürlich wissen müssen hätte, dass er den Autor des Buches meint. »Wenn er etwas mit meinem Lieblingsvideospiel aller Zeiten zu tun hat, dann bin ich ein Fan.«

»Welches Spiel?« Bruce kratzt Colossus hinter dem Ohr, woraufhin das kleine Fellknäuel seine Augen genussvoll schließt.

Ich starre ihn mit offenem Mund an. »Sie machen Witze, oder nicht?«

Bruce schüttelt den Kopf.

»Sie sind ein Fan der Bücher über den Hexer, haben aber noch nie die Spiele gespielt?«

Er seufzt. »Grenzen Sie es für mich ein. Reden wir über Kartenspiele, Brettspiele oder …«

»Videospiele«, sage ich. »Schon mal davon gehört?«

Er zuckt zusammen. »Ja. Sie sind das, womit Ihre Generation die Bücher ersetzt hat.«

»Sie sind nicht siebzig. Wir sind die gleiche Generation«, sage ich. »Das erste Videospiel überhaupt wurde 1958 entwickelt. Das liegt weit in der Vergangenheit, selbst für ein Relikt wie Sie.«

»Gut«, sagt er. »Sie mögen die Videospiele von The Witcher.«

»Konkret: *The Witcher 3*. Oder, genauer gesagt, das beste Spiel der 2010er Jahre. Ja, ich war damals schon am Leben.«

Er zuckt mit den Schultern. »Nie davon gehört.«

KAPITEL 14

BRUCE

»Haben Sie in einer Höhle gelebt?«, fragt sie, und ihre Augenbrauen werden so lebhaft, dass ich beinahe erwarte, dass sie sich an dem Gespräch beteiligen.

Ich blicke sie an – was jetzt einfacher ist, denn wenn ich sitze und sie steht, sind unsere Augen fast auf gleicher Höhe. »Und das von einer Person, die den Namen des Autors ihres Lieblingsspiels nicht kennt.«

Verärgert holt sie ihr Handy heraus und führt eine Suche durch. »Nein«, sagt sie. »Die Bücher waren zuerst da, aber der Autor hat die Rechte einfach an den Spieleentwickler verkauft. Danach hat er nichts mehr für sie geschrieben.«

»Da heben Sie es«, sage ich. »Diese Spiele können auf keinen Fall so gut sein wie die Bücher.«

Ihre Augen werden zu Schlitzen. »The Witcher 3 ist ein Meisterwerk.«

»Wenn Sie es sagen.«

Sie macht auf dem Absatz kehrt. »Ich werde es Ihnen beweisen.«

Bevor ich antworten kann, stampft sie davon.

Ich starre Colossus an. »Wie will sie mir das beweisen?«

Der Welpe wedelt nur mit dem Schwanz. Er liebt es, abends auf meinem Schoß zu sitzen.

Ich greife nach meinem Buch und lese weiter, bis ich das Getrappel von kleinen Füßen höre, gefolgt von einem wütenden Räuspern.

»Ja?« Ich lege das Buch zum gefühlt hundertsten Mal weg.

Sie drückt mir etwas in die Hand – ein Gerät, das aussieht wie ein großes Smartphone, an dem auf jeder Seite ein Videospiel-Controller befestigt ist. »Spielen Sie es, und ich wette, danach sagen Sie mir, dass es das Beste überhaupt ist.«

Ich schaue auf den Bildschirm und sehe ein computergeneriertes Abbild von Geralt, alias The Witcher, der neben einem Pferd steht.

»Sie haben die Haare richtig hinbekommen«, sage ich. »Und es gibt zwei Schwerter. Ich nehme an, der Name des Pferdes ist Roach.«

»Es gibt auch sexy Zauberinnen«, sagt sie so verführerisch, dass es in meinem Schwanz widerhallt.

»Triss und Yennefer?« Ich kann mir diese Frage einfach nicht verkneifen.

Sie sieht aus wie die sprichwörtliche Katze, die den Kanarienvogel gefressen hat, und fragt: »Heißt das, dass Sie es spielen werden?«

Ich reiche ihr mein Buch. »Nur wenn Sie das Buch lesen.«

Sie nimmt es zwischen Daumen und Zeigefinger, als könnte es beißen. »Es ist schon eine Weile her, dass ich ein Buch gelesen habe.«

Ich schnalze mit der Zunge. »Umso wichtiger ist es, dass Sie jetzt etwas lesen, bevor Ihr Gehirn dauerhaft verkümmert – so wie das Ihrer restlichen kurzatmigen Generation.«

»Sagt der uralte Weise«, fügt sie sarkastisch hinzu und blättert dann mit einem unsicheren Blick durch die Seiten.

»Schauen Sie«, sage ich. »Das letzte Mal, dass ich ein Videospiel gespielt habe, war in der Highschool.«

Sie wird plötzlich viel lebhafter. »Was war das für ein Spiel?«

»Super Mario Sunshine.«

»GameCube?«, fragt sie aufgeregt.

»Ich denke schon. Ich habe das Ding sogar noch irgendwo im Lager.«

Ihre Augen glänzen. »Ich hatte den GameCube, und dieses Spiel war mein Lieblingsspiel, als ich noch in der Grundschule war.«

»Grundschule?« Wenn sie wollte, dass ich mich wie eine Antiquität fühle, hat sie ihr Ziel erreicht.

»Ja.« Sie zeigt auf das Gerät in meinen Händen. »Das ist auch eine Nintendo-Konsole.«

Ich drehe den Apparat um und lese die Rückseite. »Nintendo Switch?«

»Sie haben noch nie davon gehört?« Sie schüttelt den Kopf. »Sie leben wirklich in einer Höhle.«

Ich seufze. »Wenn Erwachsensein dasselbe ist, wie in einer Höhle zu leben, dann bin ich schuldig im Sinne der Anklage.«

»Ich bin eine Erwachsene.« Als ob sie das Konzept der Ironie nicht kennen würde, begleitet sie diese Aussage mit einem Aufstampfen ihres kleinen Fußes.

»Lesen Sie jetzt das Buch oder nicht?« Ich gebe ihr die Spielkonsole zurück, denn ich bin mir sicher, dass sie sich für die Option *nicht* entscheiden wird.

Sie umklammert das Buch fester. »Ich verpflichte mich nur, das Buch zu beenden, wenn Sie schwören, dass Sie das ganze Spiel schaffen.«

»Abgemacht.«

Sie grinst triumphierend. »Sie wissen, dass es etwa hundert Stunden sind, oder?«

»Was?« Ich lasse fast die blöde Konsole fallen. »Sie sind in einem Zehntel der Zeit mit dem Buch fertig.«

»Also … steigen Sie schon aus?« Sie gibt mir das Buch zurück.

»Nein. Sie haben vielleicht so lange gebraucht, um das Spiel zu besiegen, aber ich denke, wenn ich mich konzentriere, kann ich es schneller schaffen.«

Sie grinst. »Viel Glück.«

»Ich brauche kein Glück.«

Ihr Grinsen wird breiter. »Das ist die richtige Einstellung. Oh, und Sie können die ›Leicht‹-Version spielen, wenn Sie sie brauchen.«

»Deshalb sind Bücher besser«, sage ich mit Nachdruck. »Keine Abkürzungen.«

Sie öffnet ihren Mund, um etwas zu erwidern, aber Mrs. Campbell unterbricht uns wieder einmal. Dieses Mal trägt sie ein Tablett mit meinem nächtlichen Digestif.

»Nun«, sagt Lilly. »Ich gehe jetzt besser.«

»Wissen Sie noch, wo Ihr Zimmer ist?«, frage ich.

»Ja«, sagt sie, klingt aber nicht sehr sicher.

Ich nehme mein Getränk von Mrs. Campbell. »Können Sie ihr zeigen, wo es ist, und auch, wo Colossus schläft?«

»Natürlich«, sagt Mrs. Campbell.

»Viel Spaß«, sagt Lilly und nickt auf das Videospiel in meiner Hand.

Ich warte, bis sie weg sind, bevor ich mich zum Bildschirm *Neues Spiel* navigiere.

Ein Teil von mir ist tatsächlich aufgeregt, aber das könnte auch daran liegen, dass Lilly bis eben bei mir war. Wie auch immer, ich schiebe nie etwas auf, wenn ich es sofort erledigen kann. Das bedeutet, dass jetzt ein guter Zeitpunkt ist, um mich mit der Silizium-Version von *The Witcher* vertraut zu machen.

Das nimmt meine Lesezeit in Anspruch – das heißt, ich habe nur wenige Minuten, bevor ich wieder an die Arbeit muss.

KAPITEL 15

LILLY

ls Prudence mich von meinem Zimmer zu Bruces Schlafzimmer begleitet, präge ich mir den Weg ein, damit ich ihn auch finden kann, wenn ich müde bin.

»Sei vorsichtig, wenn du dich dem Hund näherst«, sagt Prudence, während sie die größte Tür öffnet, die ich je in diesem Haus gesehen habe – und vielleicht in meinem ganzen Leben. »Er kann laut werden, wenn er aufgeschreckt wird.«

»Das ergibt Sinn. Ich kann auch laut werden, wenn ich mich erschrecke.«

Sie lächelt und bittet mich mit einer Geste, einzutreten, was ich auch tue, bevor ich mich in dem Raum umsehe.

Bruces Schlafzimmer ist so groß wie das Haus vieler Menschen, aber die einzigen Möbel sind ein riesiges, schickes Bett und eine Miniaturnachbildung desselben Bettes ein paar Meter weiter.

»Das ist das Süßeste, was ich je gesehen habe«, sage ich. »Aber warum?«

»Warum was, Liebes?«, fragt Prudence.

Ich zeige auf die Miniatur. »Warum sieht das Bett des Hundes genauso aus wie Bruces?«

Sie dreht sich heimlich um, um sicherzugehen, dass wir allein sind. »Ich bin mir nicht sicher«, sagt sie mit leiser Stimme. »Ich glaube, der Welpe hat darum gebettelt, in Mr. Roxfords Bett zu schlafen, und ich glaube, er dachte, das Problem sei, dass das Hundebett nicht bequem war, also ließ er eine exakte Nachbildung seines eigenen Bettes in Auftrag geben.«

»Hat es geholfen?«, flüstere ich zurück.

»Vielleicht. Oder vielleicht hat sich der Kleine inzwischen daran gewöhnt, getrennt zu schlafen – das ist schwer zu sagen.«

Ich danke ihr, dass sie mich herumgeführt hat, und mache mich auf den Weg zurück in mein Zimmer.

Da meine Sachen immer noch größtenteils unausgepackt sind, arbeite ich daran, mich ein wenig einzurichten, aber wieder einmal behindert die Flut anstehender Entscheidungen meinen Fortschritt.

Mir fällt auch auf, dass ich keinen Wäschekorb für meine Schmutzwäsche mitgebracht habe, also muss ich Prudence um einen bitten. So lange werde ich meine schmutzigen Klamotten erst einmal auf einem Haufen auf dem Boden sammeln.

Gähnend erkunde ich mein Badezimmer und erfahre, dass die Dusche tolle Massagen geben kann und die Bodenfliesen luxuriös warm unter nackten Füßen sind.

Die obersten Null-Komma-null-eins-Prozent leben gut, muss ich sagen. Ich sollte mich besser nicht zu sehr daran gewöhnen.

Nach der Dusche gehe ich ins Bett und stelle fest, dass meine Bettwäsche aus Seide ist – oder aus etwas anderem Himmlischen.

Als ich meine Augen schließe, dreht sich mein Kopf von den Eindrücken des Tages – vor allem von der Tatsache, dass ich heute Morgen mit der Mission begonnen habe, die Personifizierung des Bösen anzuschreien, und den Tag in ihrem Bett beende.

Oder zumindest in einem Bett, das Bruce gehört.

Ich muss ungewollt an meine Eltern denken. Kurz bevor ich geboren wurde, kauften sie ihr erstes Haus. Es war schon fast abbezahlt, aber dann musste mein Vater operiert werden, und meine Eltern finanzierten es neu, um die Arztrechnungen zu bezahlen. Papas Gesundheit erlaubte es ihm nicht, danach wieder arbeiten zu gehen, und Mama verlor ihren Job, weil sie sich um ihn kümmern musste. Ich versuchte, ihnen zu helfen, so gut ich konnte, aber mein Job deckte kaum meine eigenen Rechnungen. Aber niemand in Bruces Bank interessierte sich für unsere Geschichte und meine Eltern verloren das Haus.

Ich denke an all die Erinnerungen, die wir nie wieder erleben werden – nicht einmal, wenn ich meinen Eltern mit dem Geld, das ich hier verdienen werde, helfen kann, ein neues Haus zu kaufen.

Wegen Bruce ist mein Elternhaus für immer weg.

Grrr.

Mit diesem Gedanken im Kopf kann ich auf keinen Fall einschlafen.

Ich öffne die Augen, nehme mir *The Witcher* und beginne zu lesen.

Hm. Es ist überraschend gut, selbst für jemanden, der schon lange kein Buch mehr in die Hand genommen hat. Vielleicht liegt es daran, dass es eine Sammlung von Kurzgeschichten ist und daher nicht die lange Aufmerksamkeitsspanne erfordert, die für einen Roman notwendig wäre.

Ehe ich mich versehe, bin ich mit der ersten Geschichte fertig. Ich schaue blinzelnd auf die Uhr und schlage mir gegen die Stirn. Ich muss mitten in der Nacht aufstehen, um mit dem Hund Gassi zu gehen. Wenn ich mich vorher richtig ausruhen will, sollte ich jetzt schlafen gehen.

Ich stelle den Wecker und schließe wieder die Augen, aber der Schlaf bleibt aus – dieses Mal, weil ich mich davor fürchte, in ein paar Stunden in Bruces Zimmer zu gehen.

Also gut.

Als ich die zweite Geschichte beendet habe, muss ich zähneknirschend zugeben, dass das Buch besser ist als das Spiel, zumindest soweit man so unterschiedliche Dinge vergleichen kann. Die Buchversion von Geralt ist cooler, gequälter, moralisch grauer und sexyer – und das sagt jemand, der zu der

Szene im Videospiel, in der er ein Bad nimmt, masturbiert haben könnte.

Es versteht sich von selbst, dass ich Bruce gegenüber so etwas niemals zugeben würde.

Verdammt. Ich sollte nicht an Bruce denken – nicht, wenn ich noch schlafen will.

Widerwillig schließe ich meine Augen, und der Moment, in dem wir uns fast geküsst hätten, drängt sich mir auf.

Gut.

Ich lese weiter.

Und noch weiter, bis ich merke, dass es schon Zeit ist, mit dem Hund rauszugehen.

Ich stehe auf, ziehe mir etwas an und gehe zu Bruces Schlafzimmer.

Ich atme tief durch und öffne die riesigen Türen.

Wow. Die Dunkelheit ist absolut, so als wäre ich im Inneren eines schwarzen Lochs. Normalerweise leuchtet in einem Raum ein LED-Licht oder Mondlicht dringt durch die Fenster oder *irgendetwas* durchbricht die Dunkelheit.

Oh, na gut. Ich ziehe mein Handy heraus und benutze es als Taschenlampe, um zu dem Miniaturbett zu navigieren. Als ich auf halbem Weg bin, sehe ich zwei kleine grüne Lichter – Colossus' Augen.

Ich lächele und winke ihm mit meinem Handy zu. Das stellt sich als offensichtlicher Fehler heraus, denn er fängt laut an zu bellen. Viel zu laut für ein Geschöpf seiner Größe.

Scheiße. Das ist nicht gut.

Sein Bellen klingt jetzt wie das Heulen eines kleinen Wolfsjungen – etwas, was bezaubernd wäre, wenn es nicht mitten in der Nacht im Schlafzimmer meines Erzfeindes und Arbeitgebers ertönen würde.

Mist. Was soll ich tun?

Das gibt Ärger.

»Alexa, Schlafzimmerlicht an!«, schreit Bruce über das Bellen hinweg, und ich bin kurzzeitig geblendet.

Das nächste Bellen von Colossus ist weniger heulend, dann wird er ruhiger.

Ich fühle mich, als würde mir gleich eine Guillotine in den Nacken fallen. Widerwillig stelle ich mich vor das große Bett und blinzele gegen die hellen Lichter über mir an – nur um zu spüren, wie mein Kiefer auf den Boden fällt.

Bruce, der nur mit einem eng anliegenden Slip bekleidet ist, steht über mich gebeugt da, und jeder einzelne Muskel seines kräftigen Körpers ist vor Wut angespannt.

KAPITEL 16

LILLY

O der vielleicht ist es keine Wut. Kann man eine Erektion haben, wenn man wütend ist? Keine Ahnung, aber die unter dem Slip ist wirklich beeindruckend. So groß, dass ich nicht glauben kann, dass die Unterwäsche sie aufnehmen kann.

Da ich klein bin, habe ich mich schon oft von Dingen erdrückt gefühlt – aber noch nie von etwas, was eigentlich kleiner ist als ich. Doch genau diesen Effekt hat sein Schwanz auf mich.

Wie kann Bruce noch ausreichend Blut in seinem Körper haben, um zu funktionieren – und um all diese Muskeln zu bewegen? Er hätte den Namen seines Hundes Peanut lassen und stattdessen seinen Schwanz Colossus nennen sollen. Oder Titan. Oder …

»Was ist hier los?«, fragt Bruce.

Ich trete einen Schritt zurück. »Ich bin wegen Titan hier. Ich meine … Colossus.« Es kostet mich all meine

Willenskraft, meinen Blick nach oben auf Bruces Gesicht zu lenken, anstatt auf seinen Titan zu starren.

»Alexa, dimm das Licht im Schlafzimmer«, knurrt Bruce.

Die Helligkeit lässt nach.

Als ich den mörderischen Ausdruck in Bruces eisigen Augen sehe, trete ich noch einen Schritt zurück und murmele: »Es tut mir leid. Colossus hat sich wohl erschreckt.«

Bruce geht wütend zu einem Schrank in der Nähe und hüllt sich in einen Bademantel.

Die Enttäuschung, die ich empfinde, ist fast proportional zu Titan – was natürlich dumm ist.

»Ich dachte, Sie wären ein Profi«, sagt Bruce grimmig.

»Was meinen Sie damit?«, frage ich. Es ist, als hätte der Mann die Superkraft, meine Nackenhaare dazu zu bringen, sich aufzustellen.

»Ich meine, dass eine Hundetrainerin in der Lage sein sollte, ihren Schützling zu holen, ohne dass er vor Stress durchdreht.«

Ich hasse ihn umso mehr, weil er recht hat. »Es tut mir leid. Nächstes Mal werde ich die Tür nur leicht aufschieben und ihn mit einem Keks herauslocken.«

Ich hätte wahrscheinlich schon früher daran gedacht, wenn ich nicht so müde gewesen wäre.

Bruce schüttelt den Kopf. »Sein Bett zieht in Ihr Zimmer um.«

»Gut«, sage ich. »Können wir jetzt gehen?«

Er entlässt mich gebieterisch mit einer Geste.

»Achten Sie nur darauf, dass Sie Schutzkleidung tragen. Eulen jagen nachts.«

Ich rolle mit den Augen und drehe mich zu Colossus um.

Das kleine Fellknäuel wedelt mit dem Schwanz, und das frühere Bellen ist vergessen.

»Komm«, sage ich.

Er trabt zu mir herüber, und ich führe ihn in die Garage, um uns fertig zu machen.

Draußen riecht die Nachtluft wunderbar und der Vollmond beleuchtet das Anwesen so herrlich, dass der Spaziergang trotz der späten Stunde wunderschön ist. Colossus erledigt sein Geschäft ziemlich schnell – zweifellos, weil er begierig darauf ist, ins Bett zurückzukehren. Ich hebe ihn auf und trage ihn zu Bruces Schlafzimmer, wo ich die Türen so vorsichtig wie möglich öffne.

Hmm.

Ein Licht brennt darin.

Vorsichtig trete ich ein, um die Quelle zu bestaunen.

Bruce spielt auf meiner Switch … im Bett.

»The Witcher 3?«, platzt es aus mir heraus.

Er murmelt zustimmend.

»Gefällt es Ihnen bis jetzt?«

Er murmelt wieder.

Ich schätze, er wollte nicht wieder geweckt werden und hat deshalb beschlossen, sich die Zeit mit Spielen zu vertreiben – genau das hätte ich auch getan.

Ohne ein weiteres Wort zu sagen, setze ich Colossus ab und gehe zurück in mein Zimmer.

Sobald ich dort ankomme, greife ich schamlos nach meiner Kiste mit Sexspielzeug, denn ich sehe nur einen Weg, um einzuschlafen: einen Besuch in meiner Batcave.

Nein. Die Batcave lässt mich an Batman denken, und der heißt Bruce – und das ist nicht der, den ich in meinem Kopf haben will. Ich sollte besser an jemand anderen denken, zum Beispiel an den computergenerierten Witcher.

Ja.

Das ist die Lösung. Mit diesem Gedanken im Hinterkopf fahre ich mit der Ménage à moi fort.

KAPITEL 17
BRUCE

Warum macht dieses dumme Spiel so verdammt süchtig?

Ich zwinge mich, die Konsole auszuschalten, lege mich auf den Rücken und denke darüber nach, was vorhin passiert ist.

In der einen Sekunde war ich in meinem Traum in Lilly, und im nächsten Moment stand sie vor meinem Bett.

Warum zum Teufel hatte ich diesen Traum? Und warum sah sie so großartig aus, als ich aufgewacht bin?

Das muss wieder dieser blöde Hängebrückeneffekt gewesen sein, der mich verwirrt hat. Das Bellen hat mich wachgerüttelt, und dann war sie da. Das muss es sein, denn eine andere Erklärung für die Art und Weise, wie mein Körper reagiert hat, gefällt mir nicht.

Ich drehe mich auf die linke Seite, umklammere mein Kopfkissen und hoffe auf Schlaf.

Nein.

Vielleicht habe ich auf der rechten Seite mehr Glück?

Dort ist es sogar noch schlimmer.

Nachdem ich mich gefühlt eine Stunde lang hin und her gewälzt habe, beschließe ich, dass es Zeit für eines der beiden Hausmittel ist, die mir beim Einschlafen helfen: einen Snack – oder mich selbst befriedigen.

Ein Snack scheint die bessere Option zu sein, da er mich nicht wieder an Lilly denken lässt – was kontraproduktiv wäre, wenn ich sie aus meinem Kopf vertreiben will.

Ich werfe meinen Bademantel über und gehe zum Kühlschrank. Ich bin nicht überrascht, als ich das Getrappel von kleinen, flauschigen Füßen hinter mir höre. Colossus lässt keine Gelegenheit aus, in die Küche zu gehen – nicht, seit er herausgefunden hat, dass er dort seine Leckereien findet.

Als wir uns der Küche nähern, läuft er vor mir her, was seltsam ist, aber als ich eintrete, verstehe ich es.

Lilly ist dort und steht mit dem Rücken zu uns.

Ohne zu bemerken, was ich tue, reibe ich mir die Augen und habe das Gefühl, wieder in einem feuchten Traum zu sein.

Lilly trägt eine Art Schlafanzug, der aus einem dünnen Trägertop und winzigen Shorts besteht, weshalb der Großteil ihres Rückens, ihrer Arme und Schultern köstlich nackt ist, ebenso wie ihre glatten, sexy Beine.

Ein Zelt formt sich in meiner Schlafanzughose.

Natürlich, verdammt. Hierherzukommen war ein *großer* Fehler.

Vielleicht kann ich mich zurückziehen, bevor …

Colossus rennt auf sie zu, und als er den Kühlschrank erreicht, schaut er auf und jault.

Seltsam. Das macht er normalerweise nicht.

»Es tut mir leid«, sagt sie zu ihm und klingt dabei sehr schuldbewusst. »Ich war nur neugierig.«

Wovon redet sie?

Nein. Das ist mir egal. Es ist besser, wenn ich gehe.

Ich trete leise einen Schritt zurück, aber sie muss hören oder spüren, wie die Luft von meinem verdammten Ständer vibriert, denn sie dreht sich um.

Scheiße.

Wenn ich ihr Outfit von hinten schon sexy fand, dann bekomme ich bei ihrem Anblick von vorn schon fast blaue Eier.

Da sie mich ertappt hat, stelle ich sicher, dass der Tisch zwischen ihren Augen und meinem Schritt steht und wende dann die beste Verteidigung in einer solchen Situation an – Angriff. »Was machen Sie denn hier?«

Sie wirft dem Hund einen schuldbewussten Blick zu. »Ich konnte nicht schlafen, also bin ich hierhergekommen, um einen Happen zu essen. Als ich sein Essen im Kühlschrank gesehen habe, bin ich neugierig geworden, also habe ich …«

»Sie haben Hundefutter gegessen?«, frage ich ungläubig.

Sie verstaut die Schüssel, die sie in der Hand hält,

wieder im Kühlschrank. »Es wird von einem Privatkoch und aus Zutaten in Menschenqualität hergestellt. Ich wollte es nur mal probieren.«

Der Hund winselt lauter – ein Geräusch, das an meiner Brust zerrt und mich dazu zwingt, zum Kühlschrank zu gehen und den fraglichen Napf herauszuholen. Mit einem lauten Knall stelle ich ihn auf den Boden.

Wie immer stürzt sich der Welpe auf die Mahlzeit, als wäre es seine erste nach einem Jahr fasten.

»Das war ein Fehler«, murmelt Lilly leise.

Ich schaue auf sie herab und bereue es sofort. Ihr Schlafanzug ist oben locker, und sie trägt keinen BH, so dass ich einen Blick auf ihre herrlich frechen kleinen Brüste werfen kann und sogar eine blassrosa Brustwarze entdecke, die hart wie ein Kieselstein ist – zweifellos von der Kälte, die aus dem Kühlschrank kommt.

Warum zum Teufel bin ich ihr so nahe gekommen? Dafür, dass sie so winzig ist, strahlt sie ein starkes Gravitationsfeld aus, das mich anzieht – aber nachgeben wäre die schlechteste Idee überhaupt.

»Wieso war das ein Fehler?«, frage ich und denke, dass Verteidigung der beste Angriff ist.

Sie hebt ihr bezauberndes Kinn an. »Colossus hat gewinselt, und Sie haben ihn sofort danach gefüttert. Das ist positive Bestärkung. Jetzt ist es viel wahrscheinlicher, dass er es das nächste Mal wieder tut, wenn er seinen Willen durchsetzen will.«

Scheiße. Sie hat recht. »Soll ich es ihm wegnehmen?«

Sie blickt nach unten. »Zu spät.«

Ja. Er ist fertig – und das war sein ganzes Frühstück.

»Das ist das Fach mit den Snacks für die Menschen.« Ich zeige auf den Teil des Kühlschranks, der mein eigenes Ziel war.

Hat sie gerade auf die Ausbuchtung unter meinem Bademantel geschaut?

Scheiße. Die hatte ich ganz vergessen.

Es ist sinnlos, zu versuchen, an unsexy Dinge zu denken, also lenke ich sie ab, indem ich nach dem Essen greife. Das Problem ist, dass sie genau in diesem Moment nach demselben Snack greift – und unsere Finger sich berühren.

Wenn mein Schwanz eine Stimme hätte, würde er vor Frustration brüllen.

Keuchend schnappt sie sich eine Blätterteigstange mit Spinat und Artischocken und stopft sie sich in den Mund, als ob ich sie ihr gleich stehlen würde.

Wieder einmal ist meine Reaktion sexuell und nicht die übliche Kampf-oder-Flucht-Reaktion, die ich bekomme, wenn ich Leute essen sehe – aber zu meiner Verteidigung, was kannst du sonst erwarten, wenn sie ihre Lippen um ein so phallisch aussehendes Objekt schlingt?

»Stört Sie, dass ich esse?«, fragt sie, nachdem sie geschluckt hat. »Bitte sagen Sie mir, wenn es wie mit der Panna Cotta ist.«

»Ich würde es Ihnen sagen«, antworte ich und nehme mir eines der mit Avocado gefüllten Eier. Wie sie, schlucke ich es beinahe ohne zu kauen.

»Gut«, sagt sie und starrt aufmerksam auf meine Lippen. Ihre Stimme klingt eigenartig gehaucht, was meinen Schwanz zucken lässt.

Verdammt. Ich muss mich zurückziehen. Jetzt. Aber aus irgendeinem Grund weigern sich meine Füße, sich zu bewegen. Wir starren uns an, kaum ein Meter Abstand trennt uns, und mein Herzschlag beschleunigt sich, während sich der Moment ausdehnt – so wie ich mich danach sehne, dass mein Schwanz ihre Muschi ausdehnt.

Nein, was denke ich nur? Ich muss damit aufhören. Jetzt sofort. *Bewegt euch, Füße, zieht euch jetzt zurück.* Aber sie gehorchen nicht, sondern machen einen winzigen Schritt nach vorn, und ich höre, wie ihr der Atem in der Kehle stockt, sehe, wie sich ihre Augen weiten, als sie begreift, was passiert. Und dann … Oh, verdammt, irgendwie küsse ich diese weichen, verführerischen Lippen, und sie – heilige Scheiße – erwidert den Kuss. Ihre zarten Arme schlingen sich um meinen Hals, und sie klettert auf mich wie ein Baby-Koala auf einen Eukalyptusbaum – und das ist das Heißeste, was ich je erlebt habe.

Ein plötzliches Bellen reißt mich aus dem Kuss.

Ich ziehe mich zurück, als Lilly nach hinten springt, als hätte sie sich verbrannt.

Für eine Hundetrainerin erschreckt sie sich erstaunlich stark.

Die Quelle des Bellens ist offensichtlich der Hund, aber er ist nicht beunruhigt, wie ich zunächst angenommen hatte. Er schaut aufgeregt zu uns hoch und wedelt mit dem Schwanz, so viel er kann. Ich vermute, er dachte, der Kuss sei etwas Lustiges und wollte mitmachen.

Lilly und ich blicken uns an, unsere Atemzüge sind ungleichmäßig, und dann sagen wir unisono: »Das war ein Fehler.«

Ich runzele sofort die Stirn, und ein Teil der Hitze verlässt meinen Körper. Ich weiß, warum ich das sage, aber warum sollte sie das tun? Ich bin hier der Arbeitgeber, nicht umgekehrt, und sie ist nicht diejenige, die …

»Ein Fehler?« Lilly zischt und ihre Augen werden schlitzförmig, wie die eines Fuchses.

Bevor ich etwas erwidern kann, macht sie auf dem Absatz kehrt und stürmt davon.

Ich schaue zu dem Welpen hinunter, um zu sehen, ob er versteht, was gerade passiert ist.

Das bezweifele ich. Enttäuscht starrt er Lillys verschwindendem Rücken hinterher.

Ich atme tief ein und langsam wieder aus, dann hebe ich den Hund hoch, um mich weiter zu beruhigen. Es funktioniert – es ist erstaunlich, was ein kleines Fellknäuel für den Gemütszustand tun kann. Es ist wie Alprazolam, das frisst und kackt.

Ich tue mein Bestes, um nicht an den Kuss zu denken, während ich Colossus zurück in mein Schlafzimmer trage und ihn in sein Bett lege, bevor ich es mir in meinem gemütlich mache. Ich schließe meine Augen und versuche zu schlafen, aber ohne den Hund, der mich ablenkt, drängt sich der Kuss in den Vordergrund meiner Gedanken. Der Kuss und seine Folgen. Und je mehr ich mich mit Letzterem beschäftige, desto wütender werde ich.

Warum sollte sie sagen, dass es ein Fehler war? Wenn man *Forbes* glauben darf, bin ich ein guter Fang und sicherlich niemand, den man wie einen Fußpilz behandelt.

Vielleicht ist sie eine Sozialistin oder jemand in der Art, die die Wohlhabenden hasst?

Ich habe keine Ahnung, aber so viel weiß ich: So etwas wie dieser Kuss darf nie, nie wieder passieren.

KAPITEL 18
LILLY

Ein Fehler?

Wie kann er es wagen, zu sagen, dass es ein Fehler war, mich zu küssen? Er war nicht derjenige, der seinen Erzfeind geküsst hat. Er war nicht derjenige, der einen Mann geküsst hat, der anscheinend schon eine Freundin hat ... oder sogar eine Frau.

Ich stürze wütend in mein Bett und schlage auf das Kissen, weil ich mir wünsche, es wäre sein Gesicht.

Was mich am meisten ärgert, ist die Tatsache, dass dieser Kuss einfach unglaublich war.

Der beste meines Lebens.

Besser, als ich mir einen Kuss je vorstellen konnte.

Großartig. Jetzt bin ich noch geiler.

Na ja, es lässt sich nicht vermeiden. Zeit, mich wütend in den Schlaf zu masturbieren.

Als ich zum Frühstücken in die Küche komme, ist das Glück nicht auf meiner Seite. Bruce – dem ich eigentlich aus dem Weg gehen wollte – ist hier und beginnt gerade, seine Eier Benedict zu essen.

»Guten Morgen«, sagt er. »Ich bin froh, dass Sie hier sind. Ich möchte Ihre Pläne für den Tag besprechen.«

Will er das Spiel so spielen? So tun, als wäre nichts passiert?

Gut. Eigentlich bin ich froh darüber. Das Letzte, was ich will, ist, diese Demütigung noch einmal zu erleben.

»Guten Morgen«, sage ich mit gespielter Fröhlichkeit. »Colossus und ich werden an *sitz* arbeiten.«

Als er seinen Namen hört, verlässt Colossus seinen Platz neben Bruces Füßen und rennt schwanzwedelnd zu mir herüber.

»Hi«, säusele ich. »Hast du mich vermisst?«

Wie als Antwort plumpst Colossus auf den Rücken und zeigt, wie wenig Fell er am Bauch hat.

Bitte, bitte, ich will eine Bauchmassage. Und einen Keks. Vielleicht beides?

Ich hocke mich hin und kraule ihn, dann schnappe ich mir meine eigenen Eier Benedict und setze mich auf einen Stuhl neben Bruce.

»Wir werden auch spazieren gehen«, fahre ich fort. »Und ich werde ihm beibringen, wie er mir höflich ein Leckerli aus der Hand nehmen kann.«

Bruce nickt zustimmend, und ich erzähle ihm, was ich heute noch vorhabe, wenn es die Zeit erlaubt.

Während ich rede, beobachte ich Bruce auf Anzeichen dafür, dass es ihn stört, dass ich in seiner Gegenwart esse, aber es scheint ihm gut zu gehen. Warum fühle ich mich dadurch so besonders – besonders nach dem Fiasko gestern Abend?

»Sind Sie eine Sozialistin?«, fragt mich Bruce plötzlich.

Ich verschlucke mich fast an meinem nächsten Bissen. »Eine Sozialistin?«

Er zeigt mit seiner Gabel auf mich. »Eine Sozialistin ist jemand, der der Meinung ist, dass Dinge wie Produktion und Vertrieb von der Regierung und nicht von privaten Unternehmen erledigt werden sollten.«

»Ich weiß, was das ist«, stoße ich hervor.

»Sie geben also zu, dass Sie eine sind?«, fragt er. »Machen Sie sich keine Sorgen. Das disqualifiziert Sie nicht dafür, mit Colossus zu arbeiten.«

Ich schaue den Hund mit einem Grinsen an. »Sind Sie sicher? Wie wäre es, wenn ich ihm beibringe: Fleißige Chihuahuas der Welt, vereinigt euch?«

»Jetzt denken Sie wie die Kommunisten«, sagt er. »Sagen Sie mir, dass Sie keine von denen sind.«

»Ich glaube nicht, dass ich das bin.« Wütend schneide ich mein Essen in kleine Stücke. »Ich denke aber, dass Leute wie Sie zu viel Geld haben.«

Er rollt mit den Augen. »Das nennt man Neid.«

Glaubt er, dass das ein Scherz ist? Ohne es zu

wollen, platzt es aus mir heraus: »Wenn jemand in Schwierigkeiten gerät, finde ich es unfair, dass Ihre Bank ihm sein Haus wegnimmt. Wenn mich das zu einer Sozialistin macht, dann soll es so sein.«

»Das ist ein furchtbares Szenario«, sagt er ernst. »Deshalb habe ich in meiner Bank ein Stundungsprogramm für qualifizierte Personen eingeführt, das auch einen Zahlungsaufschub ermöglicht.«

»Ein was?« Und warum wussten meine Eltern nichts davon?

»Zahlungsaufschub bedeutet, dass jemand eine gewisse Zeit lang die Hypothek nicht bezahlen muss, aber die Zinsen weiterlaufen. Die Stundung ist ähnlich, aber zinslos.«

»Trotzdem.« Ich nehme etwas Ei auf meine Gabel und führe sie zum Mund. »Selbst Ihr Engel von einer Bank würde sie irgendwann hinausschmeißen.« Während ich kaue, fordere ich ihn im Geiste heraus, dies zu bestreiten.

Er zuckt mit den Schultern. »Es ist bedauerlich, aber wir haben keine andere Wahl. Wenn die Leute ihre Hypotheken nicht bezahlen würden, wären wir nicht mehr im Geschäft – und wie sollen dann neue Leute eine Hypothek bekommen?«

»Und da haben Sie es«, sage ich. »Geld ist alles, was zählt, nicht das Leben der Menschen.«

Er stößt einen frustrierten Atemzug aus. »Die Banken halten den Leuten keine Waffen an den Kopf, um sie zu zwingen, ein Haus zu kaufen. Sie könnten schließlich etwas mieten, aber die Leute wollen ihr eigenes Haus besitzen, weil sie hoffen, dass der Wert ihres Hauses steigen wird – sie wollen also in einer fernen Zukunft auch Geld damit verdienen.«

Ich bin so aufgeregt, dass ich vergesse, den nächsten Bissen sorgfältig zu kauen, aber er scheint es nicht zu bemerken.

»Ist es falsch, finanzielle Sicherheit zu wollen, wenn man älter ist?«, frage ich.

»Überhaupt nicht. Aber wissen Sie was? Man braucht Banken, um …«

Jemand lässt lautstark eine Gabel fallen.

Das ist Bob, der Koch. Er starrt mich mit einem entsetzten Gesichtsausdruck an, während ich esse.

»Ich glaube, das ist mein Stichwort, um zu gehen«, sage ich in den Raum.

Nachdem ich mir den Rest meines Eies in den Mund geschoben habe, locke ich Colossus mit einem Kekskrümel zu einem Spaziergang.

Hinter mir höre ich, wie Bruce Bob erklärt, dass ich die Ausnahme von seiner *Allein-essen-Regel* bin – was dieses blöde Gefühl auslöst, etwas Besonderes zu sein. Aber als ich den Irokesenhelm aufgesetzt habe, fühle ich mich nicht mehr besonders, zumindest nicht in der Version dieses Wortes ohne sarkastische Anführungszeichen.

Sobald wir draußen sind, schnüffelt Colossus an einem Busch in der Nähe und hebt dann sein Bein.

»Braver Junge«, sage ich, aber bevor ich ihm ein Leckerli geben kann, hebt er sein Bein wieder an, und zwar ein paar Zentimeter weiter links als beim ersten Mal. Sobald er fertig ist, schnüffelt er an seinem Werk und macht es dann noch einmal.

»Wow«, sage ich mit einem Grinsen. »Du wolltest das wirklich markieren.«

Der Welpe schaut mit zur Seite geneigtem Kopf zu mir auf.

Ja. Ich mache ein Meisterwerk aus Pisse – oder wie die Kunstkritiker es nennen: Masterpiss.

Ich gebe ihm ein Leckerli für die gute Arbeit und gehe dann die Straße hinunter ... nur, um abrupt stehen zu bleiben, weil eine attraktive Frau in Geschäftskleidung auf uns zukommt – in hohen Absatzschuhen auf Schotter.

Was zum Teufel ...? Dies ist ein privates Anwesen, was macht sie also hier? Ist das ein weiteres romantisches Interesse von Bruce?

»Hallo«, sage ich, als wir nah genug sind, um nicht schreien zu müssen, auch wenn es verlockend ist, sie anzuschreien.

»Hallo«, sagt sie fröhlich. »Sie müssen Lilly sein.«

»Das bin ich«, sage ich. »Wer sind Sie?«

»Ich bin Gertrude«, sagt sie. »Ich arbeite für Mr. Roxford.« Sie sieht Colossus an. »Er sagte, dass der Hund Sozialverhalten erlernen muss und ich die erste Fremde sein werde, die der kleine Kerl trifft.«

Hm. »Sie sind eine Bankerin?«

»Das bin ich, aber auch alles andere, wenn Mr. Roxford es verlangt.«

Also wenn er sagt: *spring*, dann springt sie. Sehr interessant.

»Hier.« Ich werfe ihr einen Keks zu. »Wenn wir in Ihre Nähe kommen, geben Sie ihm den, sprechen wie mit einem Baby zu ihm und machen bitte keine plötzlichen Bewegungen.«

Wir gehen weiter.

Je näher wir der Frau kommen, desto zögerlicher wird Colossus – bis er den Keks in ihren Händen sieht. Jetzt scheint er hin- und hergerissen zu sein. Er will das Leckerli, aber es wird von einer Fremden gehalten.

»Weiter«, sage ich beruhigend zu ihm. »Sie ist eine nette Dame.« Wahrscheinlich.

»Hallo, mein Kleiner«, gurrt sie. »Komm, hol ihn dir.« Sie winkt mit dem Keks.

Die Entscheidung scheint gefallen zu sein. Mutig hebt Colossus sein Kinn und macht einen entschlossenen Schritt auf die Frau zu. Dann noch einen.

»Hier.« Sie gibt ihm ein Stück von dem Leckerli.

Mit dem Schwanz wedelnd, nimmt er das Angebot an.

Sie tut es wieder und versucht, ihn zu streicheln – und er lässt sie gewähren.

Wow. Er lernt schnell. Als der Keks fast verschwunden ist, scheint er die Frau als seine neue beste Freundin akzeptiert zu haben.

»Danke«, sage ich, als ich die Lektion für beendet halte. »Ich werde dafür sorgen, dass Bruce weiß, dass Sie hier gute Arbeit geleistet haben.«

Sie strahlt den Welpen an, dann mich, bevor sie zu einem in der Nähe geparkten Auto geht.

Als wir den Spaziergang fortsetzen, sehe ich, dass nicht weit entfernt ein weiteres Auto anhält und diesmal ein Mann aussteigt.

Noch ein Banker?

Ja.

Der Typ ist gesprächiger als die Frau, und so erfahre ich, was Bruce getan hat: Er hat alle Filialen seiner Bank für das Welpen-Sozialisierungsprojekt rekrutiert.

»Also ja«, sagt der Mann zum Schluss, »das Geld ist toll, der Hund ist entzückend und es ist schön, eine Chance zu haben, vom großen Boss wahrgenommen zu werden.«

Ich gebe dem Mann das Leckerli und die gleichen Anweisungen, die ich der Frau gegeben habe, was dazu führt, dass die Begegnung dieses Mal etwas reibungsloser verläuft.

Es überrascht mich nicht, als ein weiteres Auto anhält, sobald wir fertig sind. Der Mann aus diesem trägt eine große Sonnenbrille und – wie sich herausstellt – eine Armprothese.

Diese Begegnung läuft sogar noch besser, auch wenn ich dem Mann nur einen Teil des Leckerbissens gebe.

Ich beginne zu glauben, dass Colossus eigentlich ein freundlicher Hund ist. Er musste das nur über sich selbst lernen.

Die nächste Person ist eine ältere Dame mit blauen

Haaren, die wie die Flugsamen einer Pusteblume von ihrem Kopf abstehen. Der darauffolgende Fremde ist ein Teenager mit Cornrows. Mit immer weniger Keksen freundet sich Colossus mit ihnen allen und den Menschen, die nach ihm kommen, an.

Ich muss Bruces Bank zähneknirschend zugestehen, dass dort eine große Vielfalt an Menschen arbeitet – zumindest in den örtlichen Filialen.

»Bist du bereit für den Rückweg?«, frage ich den Welpen, als es so aussieht, als käme niemand mehr.

Er schaut sehnsüchtig in die Ferne. Ich glaube, er hat heute aus Versehen eine Lektion gelernt – auf einem Spaziergang können lustige Dinge passieren. Na ja, abgesehen vom Schnüffeln und dem Erschaffen seines *Masterpiss*.

Als wir umdrehen, gibt es eine weitere Überraschung.

Prudence kommt auf uns zu, und hinter ihr der Rest von Bruces Haushaltspersonal.

»Wir haben gehört, dass du ihm beibringst, freundlicher zu sein«, sagt Prudence schüchtern. »Besteht die Möglichkeit, dass wir auch daran teilnehmen?«

»Natürlich.« Ich werfe ihr einen Viertelkeks zu. »Gib ihm das, und schau, was passiert.«

Die Bestechung – ich meine, das Leckerli – wirkt Wunder, und Colossus betrachtet Prudence schnell als Freundin, genauso wie Bob und Johnny.

»Mr. Roxford wird sich sehr freuen«, sagt Johnny, nachdem er sich mit dem Hund angefreundet hat.

»Warum?«, frage ich.

»Niemand in den örtlichen Filialen hat einen Schnurrbart«, sagt Johnny, während er seinen ganzen Stolz zwirbelt. »Er sagte, es sei meine Aufgabe, die gesamte Gemeinschaft zu vertreten.«

Ja. Wenn Colossus einen Diktator mit einem Schnurrbart treffen würde – den die meisten von ihnen haben –, würde er cool bleiben. Es würde ihm auch nichts ausmachen, von einem schnauzbärtigen Bösewicht am Set eines Bond-Films namens *Der Chihuahua, der mich liebte* gestreichelt zu werden.

Grinsend bedanke ich mich bei Johnny und locke Colossus mit meinem letzten Stück Keks zurück in die Garage.

Als ich meinen albernen Helm abnehme, schwöre ich mir, mich nie wieder in der örtlichen Filiale von Bruces Bank blicken zu lassen – obwohl ich nicht viel tun kann, damit Prudence und die anderen meine Schande vergessen.

Wie immer rennt Colossus los, um Bruce zu suchen, sobald wir die Villa betreten, aber als er bemerkt, dass ich in die Küche gehe, dreht er um und kommt mit mir mit.

»Wieso bist du nicht voll?«, frage ich ihn. »Bei all den Leckereien lässt du das Mittagessen wahrscheinlich ausfallen.«

Colossus legt seine spitzen Ohren auf seinem Kopf zusammen.

Voll? Ich glaube, diese Sensation ist ein Mythos, wie

Chupacabras, das Monster von Loch Ness oder essbare zuckerfreie Kekse.

Ich schaue im Kühlschrank nach etwas mit weniger Kalorien, was ich für mein weiteres Training verwenden kann, und stoße auf die frischesten Gurken, die ich je gesehen habe.

Hmm. Bruce hat erwähnt, dass Colossus Gurken frisst, und wenn das stimmt, bekommt der Hund durch sie die dringend benötigte Flüssigkeitszufuhr nach dem Spaziergang und gleichzeitig ein Leckerli.

Roach hat keine Gurken gefressen, also bin ich etwas skeptisch, was Bruces Behauptung betrifft.

Ich schneide ein kleines Stück ab und gebe es dem Hund.

Wow. Vor lauter Aufregung beißt er mir fast den Finger ab, als er sich die Gurke schnappt. Mit hörbaren Geräuschen, die tiefe Befriedigung signalisieren, verschlingt Colossus die Gurke wie ein Kannibale, der Bruces – vermutlich – köstliche Leber in die Finger bekommen hat.

»Das magst du, hm?«, frage ich Colossus.

Ohne meine Aufforderung lässt er seinen Hintern auf den Boden plumpsen und sieht mir direkt in die Augen – eine perfekte Ausführung von *sitz*.

Möchte ich nicht an dem großen Haufen schnuppern, den ein Bär macht, wenn er im Wald kackt?

Ich gebe ihm ein weiteres Stück Gurke und sage das Wort *sitz*, in der Hoffnung, dass er das, was er von Natur aus getan hat, mit dem Befehl verbindet.

Er verschlingt die Gurke mit derselben Begeisterung.

Ich schneide ein weiteres Stück ab und halte es ihm vor die Nase, dann etwas darüber – was Hunde automatisch dazu bringt, sich zu setzen. Gleichzeitig sage ich auch den Befehl.

Ja!

Er setzt sich. Ich lobe ihn sowohl verbal als auch mit etwas Gemüse – und Obst, falls jemand ein Botanikfan ist.

Ich wiederhole die ganze Übung.

Er setzt sich wieder.

Und wieder.

»Wow«, sage ich bei seinem fünften erfolgreichen Versuch. »Du lernst schnell.«

Er schaut auf den Tresen, wo der Rest der Gurke liegt, und dann zu mir.

Besteht der Mond nicht aus Käse? Ist die Sonne nicht ein großer Keks, der gerade aus dem Ofen kommt?

Grinsend schneide ich den Rest der Gurke auf, und wir üben noch einmal Sitz – diesmal nur mit dem Wort.

»Ich glaube, du hast es geschafft«, sage ich, als nur noch ein winziges Stück der Belohnung übrig ist.

»Was geschafft?«, fragt Bruce und erschreckt mich damit.

Wie konnte sich ein so großer Mann so heimlich an mich heranschleichen? Wird an der Milliardärsschule auch Ninjitsu unterrichtet?

»Er hat *sitz* gelernt«, erkläre ich ihm.

Colossus, der aufgestanden ist, um Bruce zu begrüßen, fällt mit seinem pelzigen Hintern zurück auf den Boden und schaut dann pflichtbewusst auf meine Reaktion.

Ich gebe ihm den letzten Rest der Gurke und schaue rechtzeitig auf, um Bruce lächeln zu sehen – und es ist genauso verblüffend wie immer. »Ich habe es geahnt, dass er ein schlauer Hund ist.«

Hatte er das? »Wir haben einige Ihrer Angestellten getroffen«, sage ich und verlagere mein Gewicht von einem Fuß auf den anderen. »Und er hat sich mit allen angefreundet.«

Bruce hockt sich vor den Welpen. »Hast du das? Guter Junge.«

Colossus hebt sein kleines Kinn und wedelt mit dem Schwanz, so gut er kann. Zu meinem Entsetzen fängt Bruce an, seinen Schützling unter besagtem Kinn zu streicheln.

Der Welpe scheint das Streicheln sogar noch mehr zu mögen als das Essen – und ich frage mich, ob ich mich mit Bruces Gefühlen für Colossus geirrt haben könnte.

So unvorstellbar es auch scheinen mag, es besteht die Möglichkeit, dass dieser scheinbar herzlose Mann diesen Hund insgeheim liebt.

KAPITEL 19
BRUCE

Der Erfolg des Kommandos *sitz* und das überschwängliche Feedback meiner Mitarbeiter, wie *freundlich* Colossus war, als sie ihn heute getroffen haben, erfüllt meine Brust mit Stolz. Ich komme mir allerdings ein bisschen dumm vor, weil das mein Hund ist, der die Grundregeln des Hundewesens lernt, und nicht mein Sohn, der seinen Abschluss mit Auszeichnung macht.

Als ich merke, dass ich den Hund immer noch vor Lilly streichele und sie das als Hundetrainerin aus irgendeinem Grund missbilligen könnte, stehe ich auf.

Hmm. Sie sieht mich seltsam an, aber ich weiß nicht, ob das eine Kritik oder etwas anderes ist.

»Möchten Sie eine Pause machen?«, frage ich.

Sie schüttelt den Kopf, eine Angewohnheit, die sie zweifellos von einem ihrer flauschigen Schüler gelernt hat. »Wovon?«

»Von ihm.« Ich zeige nach unten.

Ihre Augenbrauen werden lebendig und treffen sich in der Mitte ihrer Stirn. »Warum?«

Ich unterdrücke eine weitere Welle der Irritation. Erst hat sie so getan, als wäre dieser unglaubliche Kuss nie passiert, und jetzt stellt sie meinen Versuch, freundlich zu sein, in Frage.

»Ich werde Videospiele spielen«, stoße ich hervor, »und Colossus sitzt gerne auf meinem Schoß, wenn ich das mache. Zumindest tut er das, wenn ich lese, also dachte ich mir …«

»Das richtige Verb für Videospiele spielen ist *gamen*«, sagt sie. »So nennen wir Kids das heutzutage.«

Ich drehe ihr den Rücken zu. »Ich werde genau das tun, und mein Hund kommt mit mir.«

»Er muss bald rausgehen.«

Sie hört sich missbilligend an, wenn man ihr eine Auszeit geben will – und alle sagen, *ich* sei ein Workaholic.

»Ich mache das«, sage ich und spüre, wie sich mein Schwanz regt, als ich mich daran erinnere, wie sie mir die Technik des Gassigehens beigebracht hat.

Sie schnaubt widerwillig-zustimmend.

Während ich weggehe, frage ich mich für einen Moment, ob Colossus vielleicht lieber bei ihr bleiben würde, als mit mir zu kommen. Sie hat ihn oft gefüttert, und wie sich herausstellt, ist seine Zuneigung leicht zu erkaufen.

Aber nein.

Ich höre das typische Klack-Klack von winzigen Nägeln auf Hartholzböden.

Moment einmal.

Ich schaue nach unten.

Ja.

Das Meer aus Unterlagen ist entfernt worden. Ich schätze, Mrs. Campbell vertraut ihm jetzt – oder vertraut Lilly, dass sie ihren Job macht. So oder so, ein Deal ist ein Deal, also zücke ich mein Handy und stelle sicher, dass Lilly den Bonus bekommt, den ich ihr gegenüber erwähnt habe.

Als ich den Medienraum betrete, komme ich nicht einmal dazu, die Konsole in die Hand zu nehmen, bevor ein Videoanruf von meiner Mutter auf meinem Telefon erscheint.

Ich setze Colossus auf meinen Schoß und nehme den Anruf an. »Hi, Mom.«

Moms Gesicht sieht Angelas unheimlich ähnlich – oder sollte man besser sagen, dass es andersherum ist? Die Biologie spielt natürlich eine kleine Rolle bei ihrer Ähnlichkeit, aber die größere und seltsamere Ähnlichkeit kam zustande, nachdem meine Schwester meine Mutter überredet hatte, ihren Schönheitschirurgen aufzusuchen. Oder war *das* andersherum?

»Brucey, Süßer, wie geht es dir?«, fragt sie, und obwohl sie seit vierzig Jahren nicht mehr raucht, klingt sie, als hätte sie nie aufgehört.

»Mir geht es gut. Was ist mit dir?« Ich wende das Telefon, um Colossus auf meinem Schoß zu zeigen, und anstatt meine Frage zu beantworten, schwärmt meine Mutter eine gefühlte Stunde lang davon, wie süß *ihr Enkel* ist.

»Meine Pause ist bald vorbei.« Ich tippe auf die Uhr an meinem Handgelenk. »Gibt es einen bestimmten Grund für deinen Anruf?«

Was ich nicht hinzufüge, ist, dass es ihn *normalerweise* gibt.

»Kann ich meinen Sohn nicht anrufen, wann immer ich will?«

Ich weiß nicht, ob das biologisch bedingt ist oder von einem Schönheitschirurgen gemacht wurde, aber die Art, wie Mutter ihre Lippen schürzt, ist identisch mit der Art und Weise, wie meine Schwester es tut.

Ich seufze. »Offensichtlich kannst du das.«

»Gut«, sagt sie. »Aber zufälligerweise wollte ich mit dir über etwas reden.«

Ich habe es ja gesagt.

Sie lächelt schelmisch. »Oder sollte ich sagen … jemanden?«

Manche Leute können ihren verdammten Mund nicht halten. »Was hat Angela dir erzählt?«

»Dass du dir eine sehr hübsche Hundesitterin geholt hast«, sagt Mom. »Und dass sie sie bereits missbilligt.«

Ich schnaube. »Ich bin mir nicht sicher, ob es eine Frau auf der Welt gibt, die Angela gutheißen würde.«

Meine Mutter nickt weise. »Ich vertraue auf deine Menschenkenntnis, also wenn du diese Frau magst, werde ich das auch.« Ich höre das

Unausgesprochene *Vor allem, wenn das Enkelkinder bedeutet.*

»Lilly ist nur eine Angestellte«, sage ich fest.

»Lilly«, sagt Mom mit einem Augenbrauenwackeln, das ich bei all dem Botox nicht für möglich gehalten hätte. »Also nicht Miss Wie-auch-immer-ihr-Nachname-ist?«

So fangen Gerüchte an, also sollte ich sie besser im Keim ersticken. »Sie besteht darauf, beleidigend formlos zu sein.«

»Und du machst das mit?« Mom wackelt wieder mit den Augenbrauen. »Wann ist die Hochzeit?«

»Ich muss los«, sage ich und strecke meinen Arm aus, um aufzulegen.

»Warte«, sagt meine Mutter. »Habe ich schon erwähnt, dass wir vorbeikommen werden?«

Mein rechtes Auge zuckt. »Ihr macht *was*?«

»Dein Vater und ich haben dich und Angela schon ewig nicht mehr gesehen«, sagt sie in einem zu anklagenden Ton, wenn man bedenkt, dass *ewig* in meinem Fall nur zwei Monate sind. »Da ihr beide ausnahmsweise am selben Ort sein werdet, haben wir beschlossen, dass es der perfekte Zeitpunkt für einen Besuch ist.«

Da ich sprachlos bin, nicke ich einfach, als meine Mutter mir von ihren Reiseplänen erzählt – und meine Zustimmung eine ausgemachte Sache ist.

»Freust du dich?«, fragt sie, als sie fertig ist.

»Das tue ich«, sage ich mit einem Seufzer. »Aber

ich gehe besser wieder an die Arbeit. Es gibt ein Projekt, das mir sehr am Herzen liegt ...«

»Du bist immer so leidenschaftlich bei deiner Arbeit«, sagt Mom missbilligend. »Was ist es dieses Mal?«

Ich erkläre ihr, wie eine von mir geschaffene Kryptowährung uns dabei helfen wird, das Bankwesen in Teile der Welt zu bringen, in denen es sonst schwierig ist – und sie teilt mir ihre Gedanken dazu mit, da sie selbst Philanthropin ist.

»Danke«, sage ich ihr, als sie fertig ist. »Aber versteh mich nicht falsch: Ich habe vor, am Ende Geld damit zu verdienen.«

»Wenn dein Geldverdienen das Leben der Menschen bereichert, warum nicht?«, fragt sie.

Ich lächele. »Genau.«

»Ich sollte dich besser gehen lassen«, sagt sie. »Aber bemüh dich, auf meine E-Mails zu antworten.«

»Sicher«, sage ich. Ich muss diese Aufgabe an jemand anderen als meinen Assistenten delegieren, weil er zu zimperlich ist. Vielleicht an *seinen* Assistenten? Mehr als neunzig Prozent der Videos, die meine Mutter an andere schickt, sind grausame Clips, in denen jemandem die Pickel ausgequetscht werden. Sie ist sogar so besessen von dieser ekelhaften Tätigkeit, dass sie Medizin studiert und sich als Dermatologin auf diese eine *Behandlung* spezialisiert hat.

»Vergiss nicht, meinen Enkel zu verwöhnen«, sagt sie und grinst. »Bis bald.«

Damit legt sie auf.

Ich führe Colossus nach draußen und wende dabei die Leinentechniken an, die Lilly mir beigebracht hat – eine Technik, die mir in den nächsten Jahren feuchte Träume bescheren wird.

Ich bin mir nicht sicher, ob es an den neuen Fähigkeiten oder an der bisherigen Ausbildung des Hundes liegt, aber der Spaziergang verläuft reibungsloser als in der Vergangenheit.

Als ich zurückkomme, setze ich den Welpen auf den Boden und schaue ihn an. »Bist du bereit, zurück zu Lilly zu gehen?«

Er wird sofort ganz aufgeregt, was stark darauf hindeutet, dass das, was er gehört hat, *Willst du einen Snack?* war.

Ich lasse ihn mir folgen, während ich Lilly suche, aber sie ist nirgends zu finden.

»Du bist ein Hund«, sage ich, als ich kurz davor bin, aufzugeben. »Such Lilly.«

Schwanzwedelnd rennt Colossus nach vorn. Ich folge ihm, aber ich bin mir ziemlich sicher, dass er mich zu seinem Lieblingsplatz führen wird – der Küche.

Nein. Wir gehen an der Küche, dem Medienraum und der Bibliothek vorbei, bevor wir einen Flur hinunter ins Fitnessstudio gehen – ein Ort, an dem er selten, wenn überhaupt, gewesen ist.

Eigenartig.

Ich betrete den Raum.

Oh Mist.

Lilly *ist* hier – und sie macht Yoga. Genauer gesagt den *herabschauenden Hund*. Oder anders gesagt: Sie ist nach unten gebeugt, als wäre sie bereit für einen harten Fick.

Mein Atem stockt.

Ihr fester Hintern sieht in dieser engen Yogahose umwerfend gut aus. Unaufgefordert spielt sich vor meinem geistigen Auge ein pornografischer Film ab, in dem ich in den Höhlenmenschen-Modus übergehe und die Yogahose in Fetzen reiße.

Und da ist es auch schon. Ein Ständer, um sie alle zu beherrschen. Ich habe noch nie Viagra genommen, aber ich wette, so würde sich eine Überdosis davon anfühlen.

Als würde sie mich verspotten, geht Lilly in die Yoga-Hocke – wie ein umgekehrtes Cowgirl, wenn es auf meinem Schwanz hüpft.

Genug. Ich bin ein Perverser. Es ist am besten, wenn ich mich zurückziehe, bevor sie mich bemerkt, damit ich direkt kalt duschen kann.

Ich mache einen Schritt zurück, aber es ist zu spät. Schwanzwedelnd stürmt der Hund zu Lillys Yogamatte hinüber und liegt im Handumdrehen vor ihr auf dem Rücken und bettelt um eine Bauchmassage.

Lilly steht auf und schaut in den Spiegel, bis sie mich sieht. Dann kniet sie sich hin – was ein weiteres Zucken des Schwanzes verursacht – und kratzt Colossus' Bauch. »Wo hast du Bruce gelassen?«

»Ich weiß, dass Sie mich gesehen haben«, knurre ich.

»Was ist los?« Sie legt ihr Ohr an Colossus' Maul, als würde sie ihm beim Flüstern zuhören – und bekommt dafür ihr Ohr abgeleckt. »Ah, ja. Er kann ein echter Miesepeter sein.«

»Sehr witzig«, stoße ich hervor.

Schließlich wendet sie sich mir zu. »Was machen Sie denn hier?«

Ich will ihr gerade sagen, dass der Hund mich hierhergeführt hat, als mir klar wird, dass das wie eine erfundene Ausrede für einen Perversen klingt.

Nein. Ich sollte mir einen besseren Grund überlegen, um hier zu sein.

Und dann fällt er mir ein.

Ich bin im Fitnessstudio, also kann ich genauso gut etwas von der Energie verbrennen, die durch meine Adern fließt. Das ist zwar nicht so effektiv wie eine kalte Dusche, aber besser als nichts – und ich komme ohnehin zu spät zu meinem Meeting.

Ich verkünde also entschlossen: »Ich bin hier, um zu boxen.«

Lillys Augenbrauen scheinen ein wenig zu tanzen – wie zwei niedliche Raupen, die auf dem Weg sind, sich in die schönsten Schmetterlinge der Welt zu verwandeln. »Prudence hat erwähnt, dass Sie boxen.«

»Hat sie das?« Ich gehe zum nahen Regal und nehme meine Boxhandschuhe heraus. »Glaubt jeder hier, dass Geheimhaltungsvereinbarungen nur höfliche Vorschläge sind?«

Lilly zuckt zusammen. »Das war natürlich ein

Scherz. Sie hat mir gar nichts gesagt. Ich habe online über Ihr Boxen gelesen.«

»Netter Versuch.« Ich hole mein Handy heraus und sage Johnny, dass er das Meeting, zu dem ich ohnehin zu spät käme, einfach verschieben soll. Das Gute daran, mein eigenes Unternehmen zu leiten, ist, dass ich im Gegensatz zu allen anderen nicht zu Meetings erscheinen muss, wenn ich es nicht möchte. Natürlich möchte ich das normalerweise.

»Nun«, sagt Lilly. »Sie machen Ihr Ding, und ich versuche es mit Welpen-Yoga.«

»Welpen-Yoga?«, frage ich. »Hat das etwas mit der Welpenpose zu tun?«

»Nein«, sagt sie. »Es ist genauso, wie es klingt: Yoga machen, während Welpen in der Nähe sind. Sie werden sehr neugierig und kuschelig, und aus offensichtlichen Gründen kann so eine Art Yoga sehr beruhigend sein.«

Sie nimmt die Kobra-Pose ein: Brust raus, Rücken durchgedrückt, Arme in Liegestützposition und Unterkörper auf der Matte.

Natürlich denkt Colossus, dass es bei dem, was sie tut, nur um ihn geht, also springt er auf ihren unteren Rücken und schnüffelt an ihrem Hintern.

Ich kann nicht anders, als zu lächeln. »Werden beim Welpen-Yoga die Hunde in die Posen einbezogen?«

»Das werden sie, und ich versuche es auch«, sagt sie, ohne ihre Pose zu verändern. »Wenn ich die Leichenstellung einnehme, ermutige ich ihn, auf meine Brust zu steigen, und in der Lotusstellung kann er auf meinem Schoß sitzen.«

Glücklicher Hund. »Ich habe kein Problem damit, solange Colossus glücklich ist – und er hat offensichtlich viel Spaß.«

»Toll«, sagt sie. »Ich kann das täglich machen, wenn Sie möchten.«

»Sagen Sie mir einfach, wann«, sage ich entschlossen – damit ich in Zukunft nicht mehr zu diesen Zeiten hierherkomme.

»Das werde ich«, sagt sie. »Jetzt gehen Sie boxen.«

Ah. Richtig. Aber ich habe ein Problem. Ich habe nicht mein übliches Tanktop an. Oder Shorts.

Andererseits weiß sie auch nicht, was ich hier normalerweise trage. Ich trage Boxershorts unter meinen Hosen, die auch als Shorts durchgehen könnten, und viele Leute trainieren ohne Shirt.

So. Lilly nimmt die Haltung des Kindes ein, das heißt, sie kann mich nicht sehen. Ich ziehe mich schnell aus, die Handschuhe an und stelle mich vor den Boxsack.

Als ich mit dem Aufwärmteil des Trainings beginne, wird mir klar, dass es eigentlich ein glücklicher Zufall war, dass ich hier im Fitnessstudio gelandet bin. Durch den Kuss, den ich am liebsten vergessen würde, und den Familienbesuch, der sich am Horizont abzeichnet, habe ich eine Menge aufgestauter Energie – und das hier ist eine tolle Möglichkeit, sie zu verbrennen.

Aus dem Augenwinkel sehe ich, wie Lilly in die *Brücke* wechselt.

Scheiße. Wie kann ein Auszug aus einer uralten

spirituellen Praxis so sehr wie eine Szene aus *Showgirls* aussehen?

Ich löse meinen Blick von der Hundetrainerin und richte ihn fest auf den Boxsack. Ich atme scharf ein, stoße die Luft mit einem zischenden Geräusch aus und schlage mit der Faust auf den Sack.

KAPITEL 20

LILLY

Colossus läuft weg.

Hmm. Ist er Bruce gefolgt?

Ein zischendes Geräusch erregt meine Aufmerksamkeit – und als ich mich umdrehe, wird all die Gelassenheit, die ich während der Yogapraxis gewonnen habe, von einem Tsunami von Hormonen weggespült.

Bruce ist oberkörperfrei.

Und ohne Hosen.

Schweißperlen sammeln sich auf seinen angespannten Muskeln.

Bei Anubis, sogar der Hund starrt Bruce an, als würde er sagen:

Er sieht männlicher aus als ein Rudel Rüden – und das, ohne auch nur ein Bein zu heben.

Bruce trifft den armen Sack mit einem vernichtenden Schlag. Und noch einmal.

Irgendwie ist sogar die Aggressivität in seinen

Gesichtszügen heiß – so heiß, dass ich spüre, wie sich unerwünschte Hitze in meinem Unterleib sammelt.

Grr. Es ist, als würde dieser Mann aktiv versuchen, mich in einem Zustand ständiger Erregung zu halten.

Zähneknirschend fange ich an, *Katze-Kuh* zu machen.

Nein. Im Gegensatz zu allen anderen Malen, an denen ich das gemacht habe, werde ich mir meiner Beckenbodenmuskeln übermäßig bewusst – also wechsele ich zur *Eidechse*.

Zum Teufel. Diese Pose ist noch schlimmer, und das *Happy Baby* macht mich extrem unglücklich. Und lässt mich sein Baby austragen wollen.

Das Problem bleibt bestehen, als ich den *Pflug* mache, und sogar beim Schulterstand. Also stehe ich wieder auf und versuche den *Adler* – ich stehe auf einem Fuß, verschränke die Arme vor dem Körper und hake den rechten Fuß um die linke Wade.

Oh nein.

Mit meinen so verdrehten Beinen habe ich gerade Druck auf meine überempfindliche Klitoris ausgeübt. Wenn ich die Pose auch nur eine Sekunde länger beibehalte, könnte ich …

Und da passiert es schon. Ich komme mitten in Bruces Fitnessstudio – direkt vor ihm. Heilige Scheiße. Meine Orgasmen wurden schon immer leicht ausgelöst, aber das hier ist eine ganz andere Ebene.

Ich entwirre meine Beine, und Gott sei Dank kommt kein Stöhnen über meine Lippen – ein

Kunststück, das eine gewaltige Willensanstrengung erfordert.

»Hey, Colossus«, sage ich mit heiserer Stimme. »Lass uns apportieren lernen.«

Bruce unterbricht sein Training und sagt: »Seine Spielsachen sind neben seinem Bett.«

Großartig. Ich bin auf dem Weg zu Bruces Schlafzimmer.

Wenigstens wird er nicht dabei sein.

Ich verlasse das Fitnessstudio, aber der Hund folgt mir nicht.

Mit einem Seufzer hebe ich ihn auf. Ich habe nicht daran gedacht, ein Leckerli mitzubringen, und habe daher nichts, womit ich ihn locken könnte.

Als wir in Bruces Schlafzimmer sind, nehme ich ein paar Spielsachen und widerstehe dem starken Drang, mich nackt auszuziehen, in Bruces Bett zu springen und einen weiteren Höhepunkt zu erreichen, während ich seinen Geruch in der Bettwäsche genieße.

Colossus bemerkt das Spielzeug und wedelt mit dem Schwanz.

Gut. Jetzt, wo ich seine Aufmerksamkeit habe, nehme ich ihn mit in mein Zimmer und werfe ihm das erste Spielzeug zu – einen Plüschhai, der mit einem Motor ausgestattet ist, der ihn mit dem Schwanz wedeln lässt.

Der Welpe rennt dem Hai hinterher, schnappt ihn sich, bringt ihn aber nicht zurück.

Das ist in Ordnung. Ich will keine Leckerli verwenden, da er heute schon zu viel gegessen hat.

Außerdem geht es bei Spielzeug um Spaß. Wenn er also nicht spielen will, werde ich ihn nicht zwingen. Stattdessen tue ich so, als ob ich von seinem anderen Spielzeug fasziniert wäre – einem kleinen Affen, der quietscht.

Es funktioniert. Sobald er merkt, wie viel Spaß ich mit dem Affen habe, kommt er, um ihn zu untersuchen – immer noch mit dem Hai zwischen den Zähnen.

Sobald er in Reichweite ist, lobe ich ihn, damit er weiß, dass es mir gefällt, wenn er zu mir kommt, und dann werfe ich den Affen. Er lässt den Hai fallen und rennt dem neuen Spielzeug hinterher.

Ich wiederhole das Ganze noch einige Male und warte dann ab, was er tut.

Er bringt den Affen schwanzwedelnd zu mir.

»Braver Junge«, sage ich, während ich nach dem Spielzeug greife. »Danke.«

Nicht so schnell. Er lässt das Spielzeug nicht los – ein typisches Hundeverhalten. Statt zu apportieren, will er Tauziehen spielen, und warum eigentlich nicht?

Ich spiele Tauziehen mit ihm, wobei ich ihn manchmal gewinnen lasse – und die anderen Male das Spielzeug werfe.

Er bringt es zurück.

Wir haben schon die Hälfte geschafft.

Wir spielen noch eine Weile so weiter, und ich achte darauf, ob er Anzeichen dafür zeigt, dass er aufs Töpfchen gehen muss – was nach dem Spielen häufig der Fall ist. Nein. Er geht einfach zu meinem Schmutzwäschehaufen hinüber und schläft ein.

Ich grinse. Das passierte auch, als Roach noch ein Welpe war.

In der wenigen freien Zeit, die mir bleibt, ziehe ich meine Yogasachen aus, eile ins Bad, um mich frisch zu machen, und ziehe mich vorzeigbarer an – für den Fall, dass ich in der Mittagspause jemanden treffe.

Niemand Bestimmtes … einfach irgendjemand.

Sobald ich angezogen bin, fange ich an, *The Witcher* zu lesen, während ich darauf warte, dass der Welpe aufwacht. Zwei Seiten später klingelt mein Telefon.

Ich gehe schnell dran. »Hallo«, flüstere ich.

»Hallo auch an dich«, sagt Aphrodite. »Ich verlange einen vollständigen Statusbericht.«

Um Colossus nicht zu wecken, gehe ich zum Telefonieren ins Badezimmer, wo ich meiner Cousine widerwillig von dem Kuss erzähle.

Das Quietschen am anderen Ende des Telefons ist so hoch und laut, dass ich fast erwarte, dass der Hund aufwacht, obwohl er in einem anderen Raum ist. »Ich habe es dir gesagt«, sagt Aphrodite, als sie wieder zu Atem kommt. »Denk daran, dass der Eisprung zwischen zwölf und achtundvierzig Stunden dauern kann, du bist also noch in diesem Zeitfenster und wirst es bis morgen sein.«

»Er tut so, als hätte es den Kuss nicht gegeben«, sage ich und rolle mit den Augen. »Nicht, dass ich ihn überhaupt in die Nähe meiner Eier lassen würde.«

»Sicher, sicher, sicher. Es wird nichts passieren – so wie der Kuss nicht passiert ist.«

Ich umklammere das Telefon fester. »Das ist etwas anderes.«

»Ja, ja, ja.« Irgendwie kann ich hören, dass sie ein dummes Grinsen im Gesicht hat. »Benutz einfach ein Kondom, wenn es nicht passiert. Oder nicht – je nachdem, welche Pläne du nicht hast.«

»Gibt es einen ähnlichen Begriff wie Brudermord, aber für den Mord an deiner Cousine?«, frage ich.

»Hey, ich bin hier auf deiner Seite«, sagt sie. »Kurzmeldung: Es handelt sich um einen heißen Milliardär, der anscheinend auch gut küssen kann.«

»Wann habe ich dir gesagt, dass er ein toller Küsser ist?«

»Niemals«, sagt sie. »Aber was du gerade gesagt hast, beweist es.«

Mein Telefon klingelt mit einem Videoanruf von meiner Mutter.

»Ich muss weg«, sage ich. »Mama ruft an.«

»Oh, ja«, sagt Aphrodite verlegen. »Deshalb habe ich angerufen. Es besteht eine winzige Chance, dass ich meiner Mutter von deinem neuen Job erzählt habe … und du weißt ja, wie unsere Mütter sind.«

»Tschüss«, sage ich wütend und nehme Moms Anruf entgegen.

Sie und Papa sind beide am anderen Ende, so dass es verdächtig nach einem Familientreffen aussieht.

»Ich wollte dir gerade etwas erzählen«, sage ich anstelle einer Begrüßung.

»Das von deinem neuen Job mit Unterkunft?«, fragt Mama spitz.

»Genau, das. Alles ging so schnell, dass …«

»Du hattest Zeit, es Aphrodite zu erzählen«, sagt Mama. »Und sie hat es der größten Klatschtante der Familie erzählt.«

Jetzt ist eigentlich nicht der richtige Zeitpunkt, um zu fragen, wer diesen Titel tragen sollte, aber hier ein Hinweis: Sie ist diejenige, die sich am meisten darüber ärgert, dass sie nicht die Erste war, die etwas Saftiges erfahren hat.

»Erzähl uns von dem Mann, der dich eingestellt hat«, verlangt Papa.

Mama dreht sich zu ihm um. »Das ist sexistisch. Niemand hat gesagt, dass der reiche Arbeitgeber ein Mann ist.«

Papa seufzt. »Erzähl uns von der Person, die dich eingestellt hat.«

Okay. Ich schätze, das wird wie das Abreißen eines Pflasters sein. »Bruce Roxford.«

Ich zucke zusammen und erwarte eine Verurteilung, aber die Gesichter der beiden sind ausdruckslos.

»Ihm gehört diese böse Bank«, sage ich.

Sie sehen noch ausdrucksloser aus.

Ich sage ihnen den tatsächlichen Namen der betreffenden Bank. »Ihr wisst schon«, füge ich hinzu. »Die Bank, von der ihr eure Hypothek hattet.«

»Ah«, sagt Mama.

»Das ist gut«, sagt Papa.

Hm? Ist das gut? »Solltet ihr nicht wütender sein? Seine Bank hat euer Haus übernommen.«

Mama zuckt mit den Schultern. »Das war bedauerlich, aber nicht persönlich gemeint.«

Das war es für mich.

»Außerdem«, sagt Papa, »waren sie eigentlich ziemlich nett zu uns, zumindest vor der Räumung.«

»Ein Widerspruch in sich«, sage ich mit einem Augenrollen.

»Junge Dame«, sagt Mama streng. »Beleidige deinen Vater nicht.«

»Papa ist nicht das Oxymoron. Die Phrase ›nett zu uns vor der Räumung‹ ist es.«

»Aber sie waren nett«, sagt Mama. »Zuerst haben sie uns einen Aufschub gewährt, und dann eine Stundung.«

Ich starre sie mit offenem Mund an. »Warum höre ich das alles zum ersten Mal?«

Mama und Papa tauschen Blicke aus. Schließlich sagt sie: »Immer wenn damals die verflixte Hypothek erwähnt wurde, hast du versucht, uns dein ganzes Geld zu geben.«

»Und hast darüber geschimpft, wie ungerecht das Leben ist«, fügt Papa hinzu.

Ich hätte schwören können, dass es bei meinen Wutausbrüchen um ihre Bank ging und nicht um das Leben im Allgemeinen, aber wenn sie sich so daran erinnern, wer bin ich dann, um zu widersprechen?

»Ihr habt also nichts dagegen, dass ich für Bruce Roxford arbeite?«

Mama zwinkert mir zu. »Sicher. Arbeiten.«

»Ja. Seinen Hund trainieren. Was hat Aphrodite gesagt?«

Mama wirft einen Blick auf Papa. »Nicht jetzt.«

Weia! Wenn sie nicht will, dass Papa es erfährt, muss sie den Eisprung erwähnt haben, und auch, wie heiß Bruce ist.

Colossus tappt ins Bad und streckt sich vor mir wie eine Katze.

»Da ist er«, sage ich dankbar und wende die Kamera nach unten. »Mein Schützling.«

»So süß!«, quiekt Mama.

»Zu klein«, murrt Papa, aber ich weiß, wenn er hier wäre, würde er Colossus genauso sehr knuddeln wie damals Roach.

Colossus fängt an, auf eine verdächtige Art und Weise herumzuschnüffeln, die ich sofort erkenne. »Mama, Papa, ich muss los«, sage ich. »Er sucht eine Toilette.«

»Du bist in einem Badezimmer«, sagt Mama.

»Ja, aber das wird ihm nicht helfen.« Ich schnappe mir den kleinen Kerl, bevor er einen Unfall haben kann. Normalerweise machen Hunde nichts, wenn sie in deinen Armen liegen, aber es wäre schade, mich dieses Mal zu irren. »Tschüss.«

Sie winken zum Abschied, und wir legen alle auf.

Sobald Colossus und ich draußen sind, fängt er an, seinen *Masterpiss* auf dem ganzen wunderschönen Weg zu machen. Dann, wie ein Déjà-vu, kommt genau dieselbe attraktive Frau in hohen Absätzen auf uns zu. Ich glaube, ihr Name ist Gertrude.

Bei dieser Begegnung gibt es jedoch einen entscheidenden Unterschied. Gertrude hat eine Leine in der Hand, mit einem kleinen Yorkshireterrier am anderen Ende.

»Sie haben einen Hund?«, frage ich sie aus der Ferne.

Sie nickt. »Mr. Roxfords Assistentin hat für alle Hunde gemietet, damit Colossus sie kennenlernen kann.«

Wow. Wenn man seine Probleme mit Geld lösen kann ... Wo kann man Hunde überhaupt *mieten*? Wahrscheinlich von jemandem, der reich ist, denn dieser Yorkie sieht aus wie ein Exemplar mit Stammbaum.

Zeit für soziale Kontakte. Ich überprüfe meine Taschen und stelle fest, dass ich keine Leckereien habe.

Oh, na gut. Es ist ja nicht so, dass der kleine Yorkie sie Colossus überlassen würde.

Es stellt sich heraus, dass Colossus Yorkies liebt, oder zumindest diesen hier, denn er wedelt mit dem Schwanz und beschnuppert die Hundedame fast sofort. Er versucht sogar, jagen zu spielen.

»Sehr süß«, sagt Gertrude.

Dem muss ich zustimmen, und diese Begegnung ist erst der Anfang. Die nächste Person aus der örtlichen Filiale hat einen Zwergpudel – und Colossus liebt ihn genauso sehr wie den Yorkie. Das Gleiche gilt für den Shih Tzu, der folgt, und den Mops danach.

»Vielleicht hast du mich doch nicht gebraucht«, sage ich zu Colossus nach einer weiteren erfolgreichen Sozialisierungsbegegnung mit einem sehr ruhigen Deutschen Schäferhund alias Hund Nummer zwanzig. »Du bist sehr freundlich zu Hunden.«

Colossus sieht zu mir auf, und das Hecheln vor lauter Aufregung verzieht seine Lippen zu dem typischen Chihuahua-Grinsen.

Wenn menschliche Hintern so gut riechen würden wie die von Hunden, hätte ich die Menschen auch von Anfang an gemocht. Jetzt gib mir bitte einen Keks! Das letzte Mal ist schon hundert Jahre her.

»Weißt du, ich habe auch einen kleinen Hunger«, sage ich und schaue auf die Uhr.

Natürlich, es ist fast Mittag.

Da wir nun in Bezug auf unsere Grundbedürfnisse auf einer Wellenlänge sind, machen wir eine Kehrtwende und kehren zum Herrenhaus zurück. Sobald Colossus von der Leine ist, rennt er irgendwo hin – wahrscheinlich in die Küche.

Ich gehe auch dorthin und treffe auf Bruce, der gerade isst.

Er sieht mich kühl an. »Hallo.«

Ich schaue mich um. »Ist der Hund hier?«

»Er sollte bei Ihnen sein.« Und einfach so verwandelt sich die Kühle in seinem Blick in ein eisiges Frösteln.

Ich öffne den Mund, um zu erklären, dass er vorausgelaufen ist, vielleicht um eines seiner

Spielzeuge aus meinem Zimmer zu holen, aber genau in diesem Moment taucht der Welpe auf.

Verdammt.

Nach dem, was er im Mund hat, lag ich gar nicht so falsch. Er ist in mein Zimmer gelaufen, um etwas zu holen. Es war aber nicht sein Spielzeug.

Es war eines meiner Unterhöschen.

KAPITEL 21

BRUCE

Ich starre auf den Spitzenstoff im Maul meines Hundes.

Könnte das ...?

Ja. Der Röte nach zu urteilen, die sich auf Lillys Gesicht ausbreitet, ist das ihre Unterwäsche.

Ich wiederhole: Glücklicher Hund.

Sie rennt los, um sich ihre Unterwäsche zurückzuholen, aber Colossus beschließt, dass er sie behalten will, und entflieht ihren Händen.

»Bitte«, sagt sie. »Gib das zurück.«

Er wedelt mit dem Schwanz, lässt aber das Höschen nicht los.

Sie ist eindeutig verzweifelt, denn die Lösung ist ziemlich offensichtlich, und ich bin nicht einmal ein Hundetrainer.

Ich springe auf, gehe zum Kühlschrank und öffne ihn.

Einfach so lässt Colossus das Höschen los und eilt herbei, um zu sehen, was ich herausholen werde.

Mit einem zufriedenen Grinsen nehme ich sein Essen heraus und stelle es auf den Boden.

Wie immer stürzt er sich darauf, als ob sein Überleben von dieser Mahlzeit abhängt.

Lilly stürzt sich genauso auf ihre Unterwäsche, aber ich sehe sie mir genauer an, bevor sie sie in ihrer Tasche verstaut.

Es ist ein Tanga.

Scheiße. Das muss der Grund sein, warum ihr Hintern in dieser Yogahose so gut aussah.

Und … schon bin ich wieder hart. Ich setze mich wieder an den Tisch, um das zu verstecken.

»Das war eine gute Idee«, murmelt sie, während sie ihr Mittagessen holt und es neben mich stellt. »Danke.«

Ich wollte sie gerade wegen der Erstickungsgefahr, die sie für meinen Hund geschaffen hat, zurechtweisen, aber etwas an ihren rosigen Wangen lässt mich die Kritik herunterschlucken – zusammen mit einer Gabel Süßkartoffelpüree.

»Ist es für Sie immer noch okay, wenn ich hier esse?«, fragt sie.

Ich nicke mit vollem Mund.

»Wie gefällt Ihnen das Spiel?«, fragt sie.

»Es macht süchtig«, antworte ich, »aber nicht so sehr wie das Ausgangsmaterial. Apropos, was halten Sie von dem Buch?«

»Ich muss zugeben, es ist toll. Aber ich bin mir nicht sicher, ob ich es überhaupt mit dem Spiel vergleichen will.«

»Stimmt«, sage ich. »Weil es gewinnen würde.«

Sie rollt mit den Augen. »Weil es so ist, als ob man Äpfel mit Birnen vergleicht.«

»Ich verstehe diese Redewendung nicht«, sage ich. »Äpfel sind natürlich besser.«

»Da spricht der New Yorker in Ihnen«, sagt sie. »Als gebürtige Floridianerin bin ich vertraglich dazu verpflichtet, Orangen zu bevorzugen.«

Das Gespräch entwickelt sich zu einem weiteren Streit zwischen New York und Florida, der aber weniger hitzig ist als zuvor.

Wir werden von Mrs. Campbell unterbrochen, die den Raum mit einem Stapel grüner Quadrate betritt.

»Ah, die Schleckmatten«, sagt Lilly. »Colossus wird endlich eine Mahlzeit genießen können.«

Neugierig geworden, lasse ich Lilly ein wenig Erdnussbutter auf eine der Matten streichen und reiche sie dem Welpen zum Test.

Interessant. Er braucht ein paar Minuten, um das zu tun, wofür er normalerweise einen einzigen Herzschlag bräuchte, und er scheint es zu genießen, anstatt frustriert zu sein, wie ich befürchtet hatte.

Wieder einmal hatte Lilly recht.

Vielleicht vertraue ich ihr von nun an einfach – zumindest, wenn es um Hundeangelegenheiten geht. So oder so, für mich ist das eine Seltenheit.

»Kann ich Sie etwas Privates fragen?«, fragt Lilly und wird wieder rot.

»Sie können gerne fragen«, sage ich zu meiner eigenen Überraschung. »Ich muss ja nicht antworten.«

Sie winkt mit der Gabel ab. »Vergessen Sie es.«

»Ich glaube nicht, dass ich dazu in der Lage sein werde«, sage ich. »Fragen Sie einfach.« Und seit wann tut sie so, als hätte sie Taktgefühl?

Sie schaut zur Decke, als ob sie göttlichen Beistand sucht. »Ich bereue es jetzt schon, das angesprochen zu haben.«

»Was angesprochen zu haben?« Und warum steigt mein Blutdruck immer so stark an, wenn sie in meiner Nähe ist?

»Gut.« Sie beißt sich auf die Lippe. »Erschwert es die Misophonie Ihnen, zu daten?«

Ich runzele die Stirn. Vielleicht war es ein Fehler, darauf zu bestehen. Doch aus irgendeinem Grund fühle ich mich gezwungen, zu sagen: »Man kann sich verabreden, ohne zusammen essen zu müssen. Es gibt Museen. Oper. Golf.« Übertreibe ich es mit den Aktivitäten, die die Leute als Klischees über reiche Leute ansehen?

»Sie haben recht«, sagt sie. »Es tut mir leid.«

Ich atme aus. »Nein. Ich weiß, was Sie meinen. Ich kann mir vorstellen, dass das in einer ernsthaften Beziehung ein Problem wäre, vor allem wenn man zusammenzieht oder so etwas. Bisher war keine meiner Beziehungen ernsthaft, und ich habe Frauen kennengelernt, die bereit waren, ein paar Exzentrizitäten in Kauf zu nehmen – vor allem, wenn sie Geschenke mit Diamanten bekommen haben.«

Sie rollt mit den Augen, wie ich es erwartet habe. Sie hat auf jeden Fall eine sozialistische Ader, oder wie auch immer man Leute nennt, die die Wohlhabenden nicht mögen.

»Also«, fragt sie zaghaft, »hat Ihre derzeitige Freundin Sie noch nie essen sehen?«

Ich lege meine Gabel weg. »Meine derzeitige Freundin?« Was für ein Fantasiewesen ist das?

»Colossus' ursprüngliche Mutter«, sagt sie verlegen. »Sie wissen schon ... die Frau von dem Videoanruf.«

»Angela?«

Sie nickt.

Ich lache. »Sie ist meine Schwester – und ich bin ein Fan von *The Witcher*, nicht von *Game of Thrones*.«

Lillys Wangen erröten erneut, und ich kämpfe gegen den seltsamen Drang an, sie zu küssen. »Jetzt, wo Sie es sagen, ergibt das so viel mehr Sinn. Warum sonst sollten Sie ihren Hund adoptieren?«

»Fangen Sie bloß nicht damit an. Sie ist meine Schwester, aber ich bin mir immer noch nicht sicher, warum ich Ja gesagt habe.«

Sie blickt nach unten. »Ich glaube, ich weiß es.«

Wenn sie meint, dass der Welpe zu niedlich ist, um ihm zu widerstehen, könnte sie recht haben – auch wenn ich das nicht laut zugeben möchte. Schon gar nicht, wenn der kleine Unruhestifter zuhört. Auf diesem Weg liegen die verwöhntesten Hunde.

»Was ist mit Ihnen?«, frage ich.

Sie klimpert mit ihren vollen Wimpern. »Mit mir?«

Netter Versuch. »Beeinträchtigt es Ihr Dating-Leben, eine Sozialistin zu sein?«

Sie schnaubt. »Es gibt nicht so viel Dating-Leben, über das ich sprechen könnte.«

Warum hört sich das so gut an?

»Nichts Ernstes?«, frage ich zur Sicherheit nach. »Niemals?«

Moment einmal. Ich sollte das zurücknehmen. Bei der Arbeit würde mir der Personalchef sagen, dass solche Fragen unangebracht sind.

Noch schlimmer ist, dass sie die Stirn runzelt – eine Seltenheit für sie.

»Ich hatte nur einen festen Freund«, sagt sie, bevor ich einen Rückzieher machen kann. »Aber das Ende war unschön.«

Mein Essen verliert plötzlich jeglichen Geschmack. »Was hat er getan?« Und – ganz unabhängig davon – wie viel verlangen Attentäter heutzutage?

Mein Ton muss rauer sein, als ich beabsichtige, denn sie zieht sich zurück. »Er hat mir nicht wehgetan oder so – falls Sie das denken. Er hatte eine kurze Zündschnur, deshalb haben wir uns oft vor meinem Hund gestritten – der genauso reagiert hat wie Colossus, als wir uns neulich gestritten haben.«

Mit einem Anflug von Schuldgefühlen werfe ich

dem Hund ein Stück Gurke von meinem Salat zu, das er erfreut verschlingt.

»Aber dann«, fährt sie fort, »als Roach krank wurde ...«

»Warten Sie«, sage ich. »Sie sind mit jemandem namens Roach ausgegangen?«

Das wäre ein zu netter Zufall, denn der Typ klingt wie jemand, den ich zerquetschen möchte.

»Nein. Das ist der Name meines verstorbenen Hundes«, sagt sie. »Der Name meines Ex war Ennis.«

Das hört sich nicht viel besser an, denn bei *Penis* wird ein *p* hinzugefügt und ein *n* entfernt, und so klingt dieser Typ auch. Oder besser gesagt wie ein Schwanz.

Dann trifft es mich. »Roach bezieht sich auf das Pferd des Witchers, richtig?« Sie ist wirklich genauso ein Fan des Spiels wie ich von den Büchern.

Sie nickt. »Als Roach operiert werden musste, dachte Ennis, dass es eine Geldverschwendung sei. Wir hatten einen riesigen Streit und ich habe schließlich mit ihm Schluss gemacht.«

Meine Hand umklammert die Gabel. »Was für ein Mann stellt Geld über das Leben eines Hundes?«

»Gesprochen wie ein reicher Mann«, sagt sie.

»Touché. Was ist dann passiert?«

»Ich habe entschieden, dass es sich lohnt, das Geld für die Operation auszugeben, und dank dieser Operation hat Roach noch zwei weitere wunderbare Jahre gelebt. Das war das Beste, wofür ich mein Geld jemals ausgegeben habe.«

»Ich werde mit meiner Mutter reden«, sage ich entschlossen. »Sie könnte daran interessiert sein, einen Fonds zu eröffnen, der Geld für Menschen bereitstellt, die es für die medizinische Versorgung eines geliebten Wesens benötigen, egal ob es sich um einen Vierbeiner oder einen Menschen handelt.«

Ihre Augen leuchten auf. »Tolle Idee. Ich habe über die Philanthropie Ihrer Eltern gelesen, und ich finde, dass das eines der bewundernswertesten Dinge ist, die Wohlhabende tun.«

Hat Karl Marx auch so gedacht? Ich frage mich, was sie über mein eigenes philanthropisches Projekt denken würde – ein Projekt, das ich erst seit kurzem in Angriff genommen habe.

Sie wird wahrscheinlich denken, dass ich angeben will, also ist es am besten, wenn ich es nicht anspreche.

»Es sind nicht meine Eltern«, sage ich stattdessen. »Meine Mutter ist die treibende Kraft hinter der Philanthropie. Apropos meine Eltern – sie kommen hierher. Angela auch. Mit ihrem *echten* Freund. Der nicht ich bin.«

»Har har. Aber wow. Das ist so aufregend.«

»Sie reagieren wie jemand aus einer normalen Familie.«

Sie verschluckt sich fast an ihrem Kartoffelbrei. »Sie denken, meine Familie ist normal? Bei unserem letzten Strandausflug rasierte meine Mutter die Brusthaare meines Vaters in Form eines BHs. Er lief also herum und sah aus, als trüge er einen Bikini aus Bärenfell.«

Ich kann mir das Lächeln nicht verkneifen, das sich auf meinen Lippen formt. »Vor ein paar Jahren hatte der beste Freund meines Vaters einen Kater und bat um Aspirin. Als Streich hat mein Vater ihm stattdessen diese spezielle Vierhundert-Dollar-Pille gegeben, die Exkremente aussehen lässt, als wären sie aus Gold.« Ihre Augen weiten sich, also fahre ich fort. »Und wenn Ihnen das nicht reicht, meine Mutter hat eine Notaufnahme im Haus meiner Eltern bauen lassen.«

»Moment einmal«, sagt Lilly und klingt gespielt schockiert. »Sie haben keine Notaufnahme auf diesem Anwesen?«

Jetzt grinse ich richtig. »Sie haben recht. Das ist ein furchtbares Versehen meinerseits. Wenn ich einen Herzinfarkt hätte, müsste ich ins gleiche Krankenhaus gehen wie der Pöbel.«

Sie wölbt eine ihrer mächtigen Augenbrauen. »Pöbel?«

»Es bedeutet *die breite Masse.*« Oder das Proletariat, wie ihre Genossinnen und Genossen es nennen würden.

Sie erschaudert theatralisch. »Oh, nein. Sie meinen die dreckigen Wichte, die die anderen neunundneunzig Komma neun Prozent ausmachen? Sie würden sich nicht unter sie mischen wollen.«

»Das könnte eine gute Überleitung für etwas sein, was wir heute Nachmittag machen«, sage ich. Ursprünglich wollte ich sie das allein machen lassen, aber jetzt bin ich aus irgendeinem Grund in der Stimmung, mitzumachen.

»Veredeln wir Kaviar?«, fragt sie. »Oder verwandeln Kacke in Diamanten?«

Ich schüttele den Kopf. »Wir gehen in den Zoo.«

»Oh. Aber was ist mit dem ganzen Pöbel dort?«

»Das wird heute kein Problem sein«, sage ich. »Ich habe den ganzen Laden gebucht.«

Sie starrt mich an. »Warum?«

Ich mache eine Geste in Richtung des Hundes, der wie immer zu unseren Füßen sitzt und stillschweigend darauf wartet, dass einer von uns einen Bissen von seinem Teller fallen lässt. »Sie haben gesagt, dass er mit Tieren zusammen sein muss.«

»Tiere, die er im echten Leben treffen könnte, wie eine Katze oder ein Eichhörnchen. Keine Löwen.«

Ich zucke mit den Schultern. »Ich denke, wenn er mit einem Löwen klarkommt, wird er auch ruhig sein, wenn er eine Katze trifft. Und wenn es ihm nichts ausmacht, ein Wasserschwein zu sehen, wird ihn auch kein anderes Nagetier erschrecken, egal ob es ein Eichhörnchen oder eine New Yorker Ratte ist.«

Sie schüttelt langsam den Kopf. »Gut, aber warum den ganzen Laden buchen?«

Ich verenge die Augen. »Wie können wir die Situation kontrollieren, wenn die normalen Gäste da sind?«

»Ich schätze, das ergibt irgendwie einen Sinn … in einem Universum, in dem man versucht, so viel Geld wie möglich auszugeben.«

»Sollten wir besser nicht gehen?« Als ich diese

Frage stelle, fühle ich aus irgendeinem Grund Enttäuschung.

»Können Sie eine Rückerstattung bekommen?«, fragt sie.

»Natürlich nicht. Der Zoo ist schon leer.«

»Wenn das so ist.« Sie schaut mit einem breiten Grinsen auf Colossus herab. »Wir gehen in den Zoo.«

ls ich mich für den Ausflug in den Zoo anziehe und schminke, ertappe ich mich dabei, wie ich übermäßig aufgeregt bin – als würde ich mich auf ein Date vorbereiten.

Was zum Teufel …? Liegt es daran, dass ich erfahren habe, dass Bruce Single ist? Oder weil er mir von seinem Liebeskummer erzählt hat – wenn man das überhaupt als *Kummer* bezeichnen kann?

Ich zügele meinen Enthusiasmus ein wenig, aber am Ende sehe ich immer noch so gut wie möglich aus – warum auch nicht? Vielleicht gibt es einen süßen Zoowärter bei den Gorillas.

Als ich in der Küche ankomme, erklärt der Koch gerade das Essen, das er für uns alle gepackt hat, einschließlich Colossus'. Er hat sogar schon eine Gurke zerschnitten und winzige Kekse gebacken.

Colossus schaut sehnsüchtig auf die Kühlbox, in der seine Leckereien verstaut sind.

»Hast du nicht gerade gefrühstückt?«, fragt Bruce ihn.

Colossus reißt seine Augen von der Kühlbox los und schaut seinen Menschen mit einem Blick an, der die Herzen von Cruella de Vil, der bösen Hexe des Westens und Martha Stewart zusammen schmelzen lassen würde.

Ich will jetzt einen Snack. Es ist ewig her, dass wir gefrühstückt haben. Jahrhunderte, sage ich dir. Wie soll ich mit einem so leeren Magen funktionieren?

Bruce schüttelt den Kopf, geht zur Kühlbox und holt eines der Gurkenstücke heraus.

Okay. Er macht sich nicht mehr die Mühe, es geheim zu halten – er ist verrückt nach dem Welpen, und das ist genauso sexy wie das Boxen.

Er würde es wahrscheinlich abstreiten, wenn ich ihn damit konfrontieren würde, dass er in den Hund verliebt ist, aber ich erkenne die Zeichen. Ich fange selbst an, einige von ihnen zu zeigen.

»Die Limousine steht bereit«, sagt Johnny und nimmt die Kühlbox.

Als wir in den Wagen einsteigen, zeige ich auf eine taschenähnliche Vorrichtung, die an einem Sitz befestigt ist, und frage Bruce, was das ist – obwohl ich eine Theorie habe.

»Ein Autositz für den Hund«, sagt Bruce, und das hatte ich mir auch gedacht. »Maßgeschneidert und crashgetestet.«

Bitte sehr. Ein weiteres Zeichen dafür, dass er diesen Hund anhimmelt.

Und hat er eine andere Limousine zu Schrott gefahren, um den Hundesitz zu testen? Das würde mich nicht überraschen. Wenn es mehrere Möglichkeiten gibt, etwas zu tun, entscheidet sich Bruce für diejenige, die am meisten kostet.

Nachdem er Colossus in der Vorrichtung angeschnallt hat – es gibt zuggeschirrähnliche Gurte und alles –, setzt sich Bruce auf den Nachbarsitz, sagt mir, ich solle mich anschnallen, und macht das Gleiche mit sich.

Ich nehme an, er will, dass ich mich auf den Platz so nah wie möglich bei meinem Schützling setze, der sich zufällig auch direkt neben Bruce befindet. Ich setze mich also hin und bin darauf gefasst, weiter weg zu rücken, falls Bruce das verlangt, denn es ist fast schon komisch, dass wir uns in einer ansonsten leeren Limousine so nahe sind.

Nein. Bruce ist es entweder egal – oder er hat kein Problem mit meiner Nähe.

Andererseits bin ich mir nicht sicher, ob ich selbst damit einverstanden bin. Wir sind uns so nahe, dass ich die Hitze seines kräftigen Körpers spüre und den leckeren Gurkenduft an seinen Fingern wahrnehme, der mich dazu bringt, sie ablecken zu wollen …

»Wie sehr störe ich Ihren Lehrplan mit diesem Ausflug?«, fragt Bruce und holt mich aus meiner hormonell bedingten Träumerei.

Ich zucke mit den Schultern. »Es ist ja nicht so, dass ich Colossus beim Pauken für seine Abschlussprüfung helfe.«

Colossus muss wissen, dass wir über ihn reden, denn er wedelt mit dem Schwanz.

Ich mache die Prüfung, wenn ein Keks dafür rausspringt. Und Gurke. Und Bauchkratzen. Aber vor allem der Keks.

Die Limousine setzt sich in Bewegung, und wir fahren für ein oder zwei Minuten schweigend. Ich habe das Gefühl, dass es sich für Bruce angenehm anfühlt, auch wenn ich es unangenehm finde.

»Was machen Sie denn so zum Spaß?«, platze ich damit heraus und erschaudere dann sofort. Trotz unseres dateähnlichen Ziels ist dies keine Verabredung, aber die Frage *ist* typisch für Dates.

Zu meiner Erleichterung beschwert er sich nicht, weil ich so neugierig bin. Stattdessen runzelt er die Stirn und tut so, als ob *Spaß* etwas ist, über was man genauso viel nachdenken muss wie über den Sinn des Lebens, das Universum und die Zahl zweiundvierzig.

»Definieren Sie Spaß«, sagt er schließlich.

Ich lache mit einem versehentlichen Schnauben. »Spaß ist etwas, was man tut, um sich zu amüsieren.«

»Nun ja … ich habe Spaß an meiner Arbeit.«

»Nein«, sage ich. »Ich trainiere gerne Hunde, aber wenn mich jemand fragt, was ich zum Spaß mache, kann ich nicht Arbeit sagen. Ich würde sagen, Videospiele. Oder mit meiner Cousine bowlen. Oder an den Strand gehen, um den Sonnenuntergang zu beobachten. So etwas in der Art.«

Er rollt mit den Augen. »Gut. Lesen.«

Ich rolle ebenfalls mit den Augen. »Was Sie nicht sagen. Lassen Sie mich raten – sie mögen *The-*

Witcher-Bücher. Ich muss übersinnliche Begabung haben.«

»Ich koche gerne«, sagt er zähneknirschend.

»Das ist schon besser«, sage ich, frage mich aber insgeheim, warum jemand, der einen Privatkoch hat, kochen will. Vielleicht frage ich mich das aber auch, weil ich überhaupt nicht kochen kann und es mir auch keinen Spaß macht. »Sonst noch etwas?«

Er schüttelt den Kopf. »Ich habe keine Zeit für etwas anderes. Die Woche hat einhundertzwölf wache Stunden, und ich arbeite achtzig davon. Von den restlichen zweiunddreißig verbringe ich sieben mit Sport und etwa einundzwanzig mit Essen und anderen Körperfunktionen. Dann bleiben nur noch vier Stunden Freizeit, das ist etwa eine halbe Stunde pro Tag. Die meisten Hobbys erfordern ein größeres zeitliches Engagement, aber lesen ist perfekt, genauso wie kochen, wenn man es nicht muss.«

Ich weiß nicht, ob ich mich über einen Milliardär, der so wenig Spaß in seinem Leben hat, lustig machen oder ihn bemitleiden soll. »Was ist mit Spaziergängen auf Ihrem riesigen Grundstück?«, frage ich. »Angeln in den Seen, die Ihnen gehören, oder Kajak fahren? Was ist damit, Filme in Ihrem Heimkino anzuschauen? Oder schwimmen – sei es in Ihrem riesigen Pool oder an dem Privatstrand? Oder mit …«

»Keine Zeit«, sagt er. »Aber ich könnte all diese Dinge tun. Eines Tages.«

Ich atme verzweifelt aus. »Es ist, als ob Ihr ganzes Geld an Ihnen verschwendet ist.«

Seine Kiefermuskeln zucken. »Wenn ich daran interessiert wäre, Spaß zu haben, hätte ich nicht so viel Geld.« Er gestikuliert in der schicken Limousine herum.

Ich winke ihn weg, als wäre er eine lästige Fliege. »Wenn Sie keine Pause einlegen, um Spaß zu haben, wozu verdienen Sie dann das ganze Geld? Und außerdem sind Ihre Eltern reich, also hätten Sie auch Geld, wenn Sie nicht wie ein Verrückter arbeiten würden.«

Er schnaubt. »Ich glaube, Sie verstehen den Unterschied zwischen Milliardären wie mir und Millionären wie meinen Eltern nicht.«

Ich kann nicht glauben, dass er das mit ernster Miene gesagt hat. »Ich bin mir sicher, dass dieser Unterschied nicht so groß ist wie der zwischen Millionären und Leuten wie mir.«

»Falsch«, sagt er. »Wenn Sie ein mittleres Gehalt verdienen, können Sie in etwa zwanzig Jahren eine Million verdienen. Um eine Milliarde zu schaffen, würde man zweiundzwanzigtausend Jahre brauchen.«

»Ich glaube, wir haben Ihr Hobby gefunden«, sage ich. »Unnützes Rechnen und mehr Geld horten, als man ausgeben kann.«

Er schmunzelt. »Das Proletariat hat wieder gesprochen.«

»Das hat die Bourgeoisie auch«, erwidere ich schnaubend.

Die Limousine hält an, und ich werfe einen Blick aus dem Fenster.

Das ist nicht der Zoo. Ehrlich gesagt haben wir das riesige Anwesen eigentlich noch gar nicht verlassen.

»Das ist der Hubschrauberlandeplatz«, erklärt Bruce.

Ich schnalle mich ab. »Der Hubschrauber ist ein eindeutiges Indiz.«

»Tut mir leid, dass es so lange gedauert hat, bis wir hier waren«, sagt Bruce. »Ich hätte den Hubschrauberlandeplatz näher am Haus bauen sollen.«

»Ja, ich hasse es auch, wenn ich mit dem Auto zu meinem Hubschrauber fahren muss. Aber was hat ein Hubschrauber mit dem Zoo zu tun?«

Er schmunzelt. »Er wird uns dorthin bringen.«

Ich schnalle Colossus ab. »Sie wissen schon, dass wir fast die Hälfte der Strecke gefahren sind, die wir bis zum Zoo zurückgelegt hätten. Damit treibt er die Sache mit der teuersten Lösung viel zu weit.«

Bruce schnallt seinen Sicherheitsgurt ab. »Wir gehen nicht in den Palm Beach Zoo.«

»Ach nein?«

»Ich bevorzuge den in Miami.« Er hält mir die Tür auf, während der Fahrer sich die Kühlbox schnappt.

»Miami?«, flüstere ich Colossus zu. »Ich hatte schon fast erwartet, dass er sagt, wir fahren zum Zoológico de Chihuahua – nach Mexiko.«

Wir steigen aus dem Auto aus und gehen zum Hubschrauber, wo bereits ein Pilot wartet.

»Ist Colossus schon einmal geflogen?«, frage ich Bruce, als wir unsere Plätze einnehmen.

»Einige Male«, sagt Bruce, »und ich glaube, es gefällt ihm.«

Hm. Soll ich zugeben, dass ich eine Helikopter-Jungfrau bin?

Nein.

Ich schnalle mich einfach an und schlucke mein überdrehtes Herz zurück in meinen Hals.

Die Motoren heulen auf und wir heben ab.

Der Lärm ist so ohrenbetäubend, dass man nicht sprechen kann – aber das macht mir nichts aus, denn ich will nur die herrliche Landschaft unter mir bestaunen.

Zu meinem Entsetzen holt Bruce die Nintendo Switch heraus und beginnt, *The Witcher 3* zu spielen.

Ist er ein wenig zu sehr verwöhnt? Selbst wenn ich schon tausendmal mit diesem Hubschrauber geflogen wäre, würde ich immer noch aus dem Fenster schauen wollen – und ich bin der größte Fan dieses Videospiels.

Viel zu schnell landet der Hubschrauber auf einem leeren Parkplatz, der gar kein Hubschrauberlandeplatz ist. Zweifellos bekommen nur Leute wie Bruce die Erlaubnis, so etwas zu tun.

Wir schnallen uns ab, lassen unser schickes Transportmittel zurück und gehen zum Eingang des Zoos.

Ich nehme Colossus an die Leine, und er muss die Tiere in der Nähe schon riechen, denn er wedelt aufgeregt mit dem Schwanz.

Bevor wir den eigentlichen Zoo betreten können, kreuzt ein ungepflegter, streng aussehender älterer

Herr unseren Weg, dessen Missbilligung fast greifbar ist.

»Mr. Roxford?« Es ist halb eine Frage, halb eine Aussage.

»Ja.« Bruce streckt seine Hand aus. »Und Sie sind?«

»Ich bin Doktor Smith.« Er ergreift die dargebotene Hand, als wolle er sie behalten. »Laut dem Präsidenten brauchen Sie jemanden mit einem Doktortitel in Zoologie für ein kleines Date?«

Kleines Date? Soll das etwa ich sein? Außerdem hoffe ich, dass der *Präsident* derjenige ist, der für diesen Zoo verantwortlich ist, nicht für dieses Land.

Bruce reißt seine Hand aus dem seltsamen Händedruck. »Wie bitte?«

Dr. Smith rümpft seine kleine spitze Nase. »Ich wollte damit sagen, dass ich wichtigere Dinge zu tun habe, als einen überqualifizierten Reiseleiter zu spielen.«

Ich habe noch nie einen schlimmeren Fall gesehen, in dem man der falschen Person seine Meinung gesagt hat. Bruces Gesichtsausdruck wird nahezu arktisch, und ich erwarte fast, dass Wassertropfen auf seiner Haut kondensieren, wie auf einer Limonadendose frisch aus dem Kühlschrank.

»Das ist ein Missverständnis«, sagt Bruce, und jedes Wort trieft vor flüssigem Stickstoff. »Wir brauchen keine Hilfe von einem aufgeblasenen Vollidioten.«

Als wolle er die Worte unterstreichen, knurrt Colossus Dr. Smith an – zweifellos hat er Bruces Haltung aufgegriffen.

»Nehmen Sie diese pelzige Ratte mit in den Zoo?«, fragt Dr. Smith und klingt dabei entsetzt.

Colossus sieht erst Bruce an und dann mich – er ist sich nicht sicher, ob er das Knurren in ein Bellen umwandeln soll.

Ich bin keine Ratte. Ich würde meine Kameraden niemals verraten, nicht einmal für eine Gurke … Vielleicht nicht einmal für einen Keks.

»Hören Sie, Mister«, sage ich, weil ich verhindern will, dass Bruce diesen Idioten niederschlägt und später eine siebenstellige Abfindung zahlen muss. »Sie haben gesagt, dass Sie zu beschäftigt sind – toll! Warum gehen Sie nicht und tun, was auch immer Sie tun müssen?« Sich selbst zu ficken wäre gut, aber das ist ja nicht meine Entscheidung.

»Richtig. Betreten Sie einfach keine Gehege«, sagt Dr. Smith abfällig. »Und lassen Sie das Ding nicht aus den Augen, sonst wird es noch gefressen.« Er zeigt auf Colossus.

»Super hilfreich«, sage ich mit einem Augenrollen. »Wie wäre es, wenn Sie jetzt Gorillascheiße schaufeln gehen oder was auch immer Sie hier tun?«

Bruces Gesichtsausdruck erwärmt sich augenblicklich. Er holt einen der Mikro-Kekse heraus, die der Koch zubereitet hat, und gibt ihn Colossus. Und einfach so vergibt Colossus alles – und vergisst.

Mit einem Schnauben macht Dr. Smith auf dem Absatz kehrt und schreitet davon, als hätte er einen Besen im Hintern.

»Nach Ihnen«, sagt Bruce und gibt mir und Colossus ein Zeichen, dass wir zuerst eintreten sollen.

Das tun wir, und trotz eines etwas nervigen Starts spüre ich meine steigende Aufregung.

Sie wird noch größer, als Bruce mir verrät, dass er ein golfwagenähnliches Fahrrad für zwei Personen gemietet hat, mit dem wir über das Zoogelände fahren können, anstatt zu laufen.

»Warum?«, frage ich.

»Wissen Sie, wie gerne Colossus sein Revier markiert?«, fragt er.

Ich nicke.

»Wir werden nicht weit kommen, wenn wir den Zoo zu Fuß durchqueren, aber das sollte helfen. Stört es sie?«

»Natürlich nicht«, antworte ich, und es stimmt fast. Wenn es mich stören würde, dann nur, weil sich diese Art der Fortbewegung wie ein Date anfühlt. Oder vielleicht wäre *romantisch* ein besseres Wort?

»Toll.« Bruce sichert Colossus in dem Bereich des Fahrrads, der normalerweise für Kinder gedacht ist. »Möchten Sie steuern?«

Ich nehme gnädigerweise die Seite des Fahrrads, die das Deko-Lenkrad hat. »Wenn Sie schon zahlen, können Sie auch steuern.«

Andererseits wird er normalerweise überallhin chauffiert, also vielleicht …

Nein.

Ich sehe ihm an, dass er sich darauf freut, zu steuern. Wie sonst lässt sich die Begeisterung erklären, mit der er in die Pedale tritt und den Zweisitzer ohne meine Hilfe bewegt?

Nach einer Minute beginne ich, ihm zu helfen, aber wir bleiben bald neben einem Gehege stehen, das auf den ersten Blick leer erscheint – nur ein Graben, der eine Insel mit einem indonesischen Tempel in der Mitte umgibt.

Colossus' kleine Nase wird hyperaktiv, denn es gibt eindeutig ein Tier zu erschnüffeln, wenn auch nicht zu sehen.

Und dann entdecke ich eines.

Einen Tiger.

KAPITEL 23
BRUCE

Beim Anblick der riesigen Katze verkrampft sich Lilly, aber Colossus starrt die Tötungsmaschine nur mit einer Neugier an, die er normalerweise für Stofftiere, Staubsaugerroboter und neue Schuhe aufbringt.

Notiz an mich selbst: Wenn ich jemals auf eine Safari gehe, wird der Hund zurückbleiben, denn er könnte an einem Tigerhintern schnuppern, wenn er die Chance dazu hätte.

Als Lilly aus ihrer Träumerei aufschreckt, belohnt sie Colossus' ruhiges Verhalten mit einem Leckerli. Dann fahren wir weiter und halten erst wieder an, als wir in der Nähe ein Krokodil sehen.

Diesmal scheint Colossus ein wenig beunruhigt von dem zu sein, was er sieht. Das ist wahrscheinlich auch gut so, denn in Florida wimmelt es nur so von den Alligator-Cousins dieser Kreatur, und nur wenige Chihuahuas würden den Versuch überleben, sich mit einem von ihnen anzufreunden. Dann, als wollte er beweisen, wie schlecht er gefährliche von ungefährlichen Tieren unterscheiden kann, bellt Colossus den malaiischen Tapir an.

»Ich weiß, Süßer«, sagt Lilly beruhigend. »Das Ding muss sich entscheiden, ob es ein Schwein oder ein Ameisenbär ist.«

Irgendwie beruhigen ihre Worte den Welpen, und sobald er ruhig ist, belohnt sie ihn mit einem Keks.

»Tapire sind eigentlich mit Pferden und Nashörnern verwandt«, rutscht mir heraus.

Lilly streckt mir ihre winzig kleine Zunge entgegen. »Und ich dachte schon, Dr. Smith zu verlieren würde bedeuten, dass wir langweilige Vorträge ausfallen lassen würden.«

Scheiße. Könnte ich ihr verbieten, das noch einmal zu machen, und auch alles andere, was mit dieser köstlichen Zunge zu tun hat, vor allem, wenn ich versuche, in die Pedale zu treten? Fahrräder und Ständer passen definitiv nicht zusammen.

Nein, schlechte Idee. Im besten Fall könnte ich sie höflich darum bitten. Aber da sie eine Querdenkerin ist, wäre das so, als würde man ihr einen Keks geben. Sie würde es einfach häufiger tun.

Colossus fängt wieder an zu bellen, dieses Mal bei einem Orang-Utan.

»Schscht«, sagt Lilly beruhigend zu ihm. Zu mir sagt sie mit einem Grinsen: »Nicht, dass man es ihm verübeln könnte. Er denkt wahrscheinlich, dass das Ihr Koch ist – nackt.«

Ich breche in Gelächter aus. Jetzt, wo Lilly darauf hingewiesen hat, ist die Ähnlichkeit unheimlich.

Mein Lachen scheint den Hund zu beruhigen, und Lilly gibt ihm noch ein Leckerli, bevor wir zu den Lippenbären fahren.

Natürlich. Colossus wedelt mit dem Schwanz vor dem Bären.

»Ist es möglich, dass er schlau genug ist, sich bei gefährlichen Tieren einzuschleimen?«, frage ich Lilly. »Und nur die zu belästigen, die ihn nicht fressen können?«

»Ich bin mir ziemlich sicher, dass der Koch – ich meine, der Orang-Utan – eine Gefahr für einen Hund von Colossus' Größe darstellen könnte.«

Wir fahren weiter, und Colossus beweist, dass meine Theorie falsch ist, als er sich freut, die Meerkatzen zu sehen, aber einen Elefanten anbellt. Im Löwengehege wedelt er mit dem Schwanz, aber er tut es auch für ein Kamel.

»Vielleicht entscheidet er sein Verhalten nach dem Geruch?«, murmele ich. »Oder an den Formen der Wolken über uns?«

Lilly deutet in die Ferne. »Der nächste Zwischenstopp sollte interessant werden.«

Sie hat recht. Im nächsten Gehege entdecken wir Afrikanische Wildhunde.

Hm. Sie müssen so sehr wie ein normaler Hund riechen, dass Colossus an ihren Hintern schnüffeln will, und er sieht enttäuscht aus, als er das nicht darf.

Wir fahren zum nächsten Gehege, einem mit Hyänen.

Colossus beginnt zu knurren.

Lilly besänftigt ihn. »Ich weiß, Süßer. Niemand mag sie – nicht, seit sie Scar bei seinen bösen Plänen gegen Simba und Mufasa geholfen haben.«

Aber haben sich die Hyänen nicht etwas rehabilitiert, als sie Scar am Ende erledigt haben?

Was auch immer der Grund für seine Abneigung gegen die Hyänen sein mag, nach den Hyänen scheint Colossus schlechte Laune zu haben und bellt Gazellen an und dann Antilopen, gefolgt von Oryx und Addax.

»Vielleicht mag er sie nicht, weil sie so viele Hörner haben«, sagt Lilly mit einem breiten Grinsen. »Denken Sie mal darüber nach: Sie sind groß, und sie sind *horny*.«

Ich lache und füge nicht hinzu, dass nach ihrer Logik auch Colossus mich anbellen sollte, da ich ziemlich groß bin und Lillys Nähe mich geiler macht als ein Teenager, der gerade das Internet entdeckt hat.

Je weiter wir fahren, desto weniger Logik scheint es für Colossus' Vorlieben und Abneigungen zu geben. Er freut sich über das Zwergflusspferd, aber nicht über das Spitzmaulnashorn, er bellt Gorillas an, freut sich aber über Schimpansen – auch wenn diese mit ihren Fäkalien *Die heiße Kartoffel* zu spielen scheinen. Danach wedelt er mit dem Schwanz, als er die Giraffen sieht, aber er knurrt ihren nahen Cousin, das Okapi, an.

Wir fahren so weiter, bis wir die riesigen Galapagos-Schildkröten erreichen, die sich gerade gegenseitig das Hirn aus dem Leib bumsen, als wir uns nähern.

Lilly wird rot und räuspert sich. »Nun, dann. Das ist komisch.«

Ja. Sie sehen aus wie zwei Panzer, die in Zeitlupe aufeinander losgehen, und der Hund scheint von dem Spektakel fasziniert zu sein, während ich nur neidisch bin.

»Sie brauchen eine Weile«, sagt Lilly, nachdem wir mindestens ein paar Minuten fasziniert zuschauen. »Sie müssen Schildkrötentantra praktizieren.«

»Sie sind die am längsten lebenden Landwirbeltiere«, sage ich. »Es würde Sinn ergeben, wenn ihr Beischlaf auch am längsten dauern würde.«

Colossus gähnt – wahrscheinlich ist er von den geilen Reptilien gelangweilt. Ich fahre uns zur nächsten Attraktion, die zufällig die Harpyie ist.

Colossus reagiert völlig neutral, als würde der Vogel gar nicht existieren.

»Glauben Sie, das sind zu viele Tiere auf einmal für ihn?«, frage ich.

»Wahrscheinlich«, sagt Lilly. »Und es ist kurz vor dem Mittagessen.«

Sie hat recht. Ich gebe Gas und fahre uns zu einem kleinen Platz an einem Bach, wo unser Picknick bereits aufgebaut ist.

»Wow«, sagt Lilly, als sie es sieht. »Das ist sehr schön.«

Wenn sie mit schön unnötig romantisch meint, dann muss ich ihr zustimmen. Für Lilly und mich gibt es eine kuschelige Decke auf der Wiese, Wein und ein wahres Vorspeisenbuffet. Für Colossus gibt es einen mit einem Netz abgedeckten Platz mit Babytor – zum Schutz vor Raubvögeln – und eine Auswahl an unterschiedlichen Dingen, die auf Schleckmatten verteilt sind, um seine Geschmacksnerven zumindest für einige Minuten zu stimulieren.

Ich setze mich, nehme mir eine geräucherte Forellenkrokette und gebe Lilly ein Zeichen, sich zu mir zu gesellen. Sie tut es, und während sie eine mit Ziegenkäse gefüllte Dattel verschlingt, gebe ich mein Bestes, ihr nicht zu sehr auf den Mund zu starren – egal, wie faszinierend er ist.

»War das okay?«, fragt sie und sieht verlegen aus. »Ich verspreche, dass ich den nächsten Bissen ein wenig länger kauen werde.«

Ich sehe sie mit einem verwirrten Blick an, bis es mir klar wird. »Sie meinen meine Misophonie?«

Sie nickt.

»Das habe ich ganz vergessen«, sage ich ehrfürchtig. »Das ist das erste Mal, dass das passiert ist.«

KAPITEL 24
LILLY

Durch sein Geständnis fühle ich mich besonderer als die Green Berets – und das nicht zum ersten Mal.

Trotzdem nehme ich vorsichtshalber die kleinste gefüllte Tomate und esse sie mit so wenig Kauen wie möglich. Dann, vor allem, um seine Aufmerksamkeit von meinem Essen abzulenken, frage ich: »Als Sie gesagt haben, dass eine Milliarde eine viel größere Menge Geld ist als eine Million, habe ich mich gefragt ... Wozu brauchen Sie überhaupt so viel Geld?«

Er überlegt es sich bei einem Crostini. »Ich weiß, dass Sie denken, dass es hier in den USA eine Einkommensungleichheit gibt, und das will ich auch gar nicht bestreiten, aber wenn Sie sich die Welt als Ganzes ansehen, gibt es eine viel größere Ungleichheit – und dagegen wollte ich etwas tun. Um etwas zu tun, braucht man aber eher Milliarden als Millionen.«

Ich bin sprachlos. Der Typ, den ich für das menschliche Äquivalent von Dagobert Duck hielt, kümmert sich tatsächlich um Einkommensungleichheit? »Was genau wollen Sie denn machen?«, frage ich plötzlich.

Er erzählt es mir. Seine Erklärung wird etwas technisch, aber soweit ich es verstehe, wird er bald eine Kryptowährung in die Welt setzen, die es Menschen, die keinen Zugang zu Banken haben, ermöglicht, elektronisch zu bezahlen, wo sie es vorher nicht konnten. Noch wichtiger ist, dass die Kryptowährung es wohlhabenden Menschen ermöglicht, Geld direkt an Menschen zu spenden – etwas, was Bruce als Pionier vorantreiben will.

»Aber gibt es nicht schon Kryptowährungen?«, frage ich. »Bitcoin und dergleichen?«

»Meine wird umweltfreundlicher sein«, sagt er. »Und hoffentlich stabiler.«

»Wow«, sage ich. »Das rückt Ihre Arbeitssucht in ein fast engelhaftes Licht.«

»Nun, dann sollte ich Ihnen die ganze Wahrheit sagen«, antwortet er. »Ich gehe davon aus, dass ich am Ende sogar noch reicher werde – vorausgesetzt, ich beschließe nicht, das neue Geld, das ich mit dieser Initiative verdiene, zu spenden.«

»Wie?«

Er erklärt es mir, aber ich verstehe es nur vage und schäme mich zu sehr, es zuzugeben.

»Was ist mit Ihnen?«, fragt er, als er mit seinem

Krypto-Jargon fertig ist. »Haben Sie ein großes Ziel, das Sie erreichen wollen?«

Ich bin mir nicht sicher, ob es an dem schönen Tag liegt, den wir miteinander verbracht haben, oder an der Tatsache, dass ich spüre, dass wir uns gut verstehen, oder an der Erinnerung an den Kuss, aber ich lege alle meine Karten auf den Tisch – oder besser gesagt auf die Decke. »Ich möchte Diensthunde ausbilden.«

Stirnrunzelnd unterbricht er den Weg eines winzigen Gurkensandwichs, das gerade in seinen Mund wandern wollte. »Ich dachte, das machen Sie jetzt schon. Haben Sie mir nicht erzählt, dass der Hund Ihrer Cousine darauf trainiert ist, Unfruchtbarkeit zu erschnüffeln?«

»Der Hund riecht, wenn jemand fruchtbar ist, und ja, das habe ich ihm beigebracht, aber das war bisher mein einziger Diensthund. Tut mir leid, wenn es so klang, als hätte ich mehrere trainiert. Mit dem Geld aus diesem Job plane ich, eine Fachschule zu besuchen und eine Reihe von Zertifikaten zu erwerben.«

Er nickt zustimmend. »Sagen Sie mir Bescheid, wenn Sie im Voraus Geld brauchen, um die Schule zu bezahlen und so weiter. Außerdem kann ich jetzt, wo Colossus sozialisiert ist, dafür sorgen, dass jemand vom Hauspersonal ein paar Stunden am Tag auf ihn aufpasst, während Sie lernen.«

Bei Anubis, wenn er damit experimentiert, nett zu sein, und das auch noch während eines romantischen Picknicks, kann ich nicht für meine Handlungen –

oder das Ausziehen meines Höschens – verantwortlich gemacht werden.

»Oh, und wenn Ihnen eine Spezialisierung als Diensthund für Colossus einfällt, würde mich das sehr interessieren«, fügt er hinzu.

Die Idee kommt mir blitzschnell. »Was ist mit Ihrer Misophonie?«

Scheiße. Meine blöde Erinnerung scheint seine gute Laune verpuffen zu lassen. »Wie kann ein Hund dabei helfen?«

»Sagen Sie es mir«, sage ich. »Er könnte Ihnen emotionalen Beistand leisten, wenn Sie ihn brauchen, oder ich könnte ihm beibringen, jeden anzubellen, der in Ihrer Nähe kaut. So sind Sie nicht der Einzige, der von einem nervigen Geräusch belästigt wird.«

Er wird munterer. »Das könnten Sie ihm beibringen?«

Ich nicke. »Das Essen erregt bereits seine Aufmerksamkeit, und wir wissen, dass er bellen kann, also sollte es nicht schwer sein, beides zu kombinieren.«

Ein schelmisches Glitzern tritt in seine Augen. »Wie schnell können Sie das machen?«

Ich zucke mit den Schultern. »Bis wann brauchen Sie es?«

»Bis morgen«, sagt er.

»Warum?«

Er seufzt. »Meine Familie respektiert meine Krankheit nicht wirklich. Es wäre schön, wenn Colossus ihr Verhalten ändern würde.«

In dieser Aussage steckt eine Menge Information, aber ich habe im Moment keine Zeit für eine Psychoanalyse. Ich versuche verzweifelt, das effizienteste Trainingsprogramm zu finden ... und komme nicht weiter. Es sei denn ... »Was, wenn wir schummeln?«

Bruce zieht eine Augenbraue hoch.

»Ich könnte ihm beibringen, zu bellen, wenn er ein Gestenkommando sieht«, erkläre ich. »Sie könnten die Geste dann heimlich machen, wenn jemand in Ihrer Nähe isst – aber wir könnten ihnen sagen, dass er bellt, weil er ein Misophonie-Diensthund ist.«

Meine Belohnung ist eines dieser seltenen Lächeln, die sein Gesicht zum Inbegriff von Schönheit machen. »Wie wäre es mit dieser Geste?« Er massiert seine Schläfe mit seinem rechten Zeigefinger.

»Ich glaube, ich könnte ihn sehr schnell dazu bringen, darauf zu bellen. Möglicherweise sogar heute Abend. Ich muss nur wissen, was ihn momentan zum Bellen bringt, damit ich das Verhalten markieren kann.«

»Franzbranntwein«, sagt er. »Ich habe ihn einmal aufgetragen, nachdem ich mich beim Rasieren geschnitten hatte. Er hat gebellt, als ob ich ein Gorilla wäre.«

»Er muss den Geruch hassen«, sage ich mit einem Daumen nach oben.

»Das habe ich mir auch gedacht.«

Ich greife nach einer Miniatur-Quesadilla, und er tut dasselbe – und unsere Finger berühren sich.

Oh, wow. So muss sich Frankensteins Monster gleich nach dem wiederbelebenden Blitzschlag gefühlt haben.

Wir vergessen die Quesadilla und lehnen uns angezogen von der Energie, die unsere Finger gerade ausgetauscht haben, zueinander.

Ich befeuchte meine Lippen. Er schaut mich hungrig an und senkt dann seinen Kopf. Gerade als sich unsere Lippen berühren, ertönt Hundegeheul.

Wir fliegen auseinander wie zwei Magnete mit sich abstoßender Polarität.

Errötend drehe ich mich um und stelle fest, dass die kläglichen Geräusche – wenig überraschend – von Colossus kommen. Er muss mit seinen Schleckmatten fertig gewesen sein, als er sah, dass wir uns küssen wollten, und sich übergangen gefühlt haben.

»Er will wahrscheinlich nach Hause«, sagt Bruce.

Ja. Sicher. Der Hund will nach Hause, nicht sein Vater, der wieder einmal bereut, dass er fast die Angestellte geküsst hätte.

Ich berühre meine unzufriedenen Lippen. »Großartig. Das sollte mir mehr Zeit für seine Ausbildung geben.«

Bruce springt auf und reicht mir seine Hand, um mir beim Aufstehen zu helfen. Ich tue so, als würde ich sie nicht sehen, stehe auf und nehme Colossus aus seinem Bereich, um ihn anzuschnallen.

Auf der Rückfahrt zum Hubschrauber reden wir nicht viel, und der Lärm während des Fluges lässt es nicht zu, dass wir auf dem Rückweg zum Anwesen miteinander sprechen.

»Haben Sie Franzbranntwein hier?«, frage ich Bruce, als wir in die Limousine steigen. »Ich möchte sofort mit dem Training beginnen.« Und wenn das bedeutet, dass wir nicht reden müssen – oder in Versuchung kommen, uns zu küssen – umso besser.

Er kramt im Erste-Hilfe-Kasten, aber es stellt sich heraus, dass er statt Franzbranntwein zum Desinfizieren eine antibiotische Salbe enthält. Er beugt sich zur Bar, schnappt sich eine Flasche Absolut Crystal und fragt Colossus: »Würdest du bei Wodka bellen?«

Colossus wedelt mit dem Schwanz. Zweifellos war die Frage, die er gehört hat: »Willst du einen Keks?«

»Probieren wir es aus.« Ich bereite einen Keks vor. »Öffnen Sie die Flasche, tauchen Sie eine Serviette hinein und lassen Sie ihn daran schnuppern.«

Als er mit der Vorbereitung fast fertig ist, füge ich hinzu: »Legen Sie Ihren Finger so an die Schläfe, dass er es sehen kann.«

Bruce lässt Colossus an dem Wodka schnuppern. Der Welpe bellt.

Dieser Geruch ist ein Affront für die Geruchswahrnehmung – und das von jemandem, der in dem Aroma eines reifen Pos schwelgt.

Verspätet berührt Bruce seine Schläfe, und ich gebe Colossus einen Keks.

»Versuchen Sie es jetzt nur mit der Schläfe«, sage ich.

Bruce tut es, aber es funktioniert noch nicht, also beziehen wir den Wodka wieder ein, und danach noch ein paarmal.

Am Ende der Limousinenfahrt beginnt Colossus zu verstehen, was wir zu tun versuchen, und bellt manchmal, wenn Bruce seine Schläfe berührt.

»Daran werden wir den Rest des Tages weiterarbeiten«, sage ich, als wir stehen bleiben.

»Ja«, sagt Bruce gebieterisch. »Machen Sie das.«

————

»Bist du bereit, Schluss zu machen?«, frage ich Colossus, als ich mich zum zehnten Mal beim Gähnen erwische.

Er legt den Kopf schief und schaut mich mit seinen Welpenaugen an.

Klar, aber kann ich mir auch Träume wünschen, in denen ich Kekse esse?

»Sieh mich nicht so an«, sage ich, als die Traurigkeit in besagten Welpenaugen noch größer wird. »Gut. Wie wär's mit noch einem – aber einem letzten?« Ich lege meinen Finger an meine Schläfe.

Der Welpe bellt triumphierend und nimmt stolz sein Leckerli entgegen. Er beherrscht diesen Trick jetzt und ist bereit, das Bellen unter anderen Bedingungen zu lernen.

Ich schaue auf die Uhr.

Es ist schon lange nach der Schlafenszeit.

»Geh schlafen.« Ich zeige auf die winzige

Nachbildung von Bruces Bett, die jemand vorausschauend hierhergebracht hat, während wir im Zoo waren. »Das ist dein neues Zimmer.«

Colossus geht hinüber, um das Bett zu beschnuppern, dann schnappt er sich das Bettzeug mit seinen Zähnen und fängt an, daran zu zerren – erfolglos.

Vielleicht will er sie weiter von der Wand entfernt haben? Ich bewege das Bett ein wenig, aber das Ziehen hört nicht auf.

Seltsam. Ist es ein Ritual oder eine seltsame Art, sich zuzudecken? Vielleicht arbeitet er darauf hin, dass er sich im Bett austoben kann? Roach bumste gelegentlich sein Bett. Und den Hocker neben meinem Liegestuhl. Und den Besen.

Ich lasse Colossus tun, was immer er auch möchte, ziehe mich aus, schnappe mir mein Nachthemd und gehe ins Bad, um zu duschen. Als das warme Wasser meine Haut umspült, schließe ich die Augen, aber das führt dazu, dass mir unerwünschte Bilder in den Sinn kommen – Bilder von Bruce, seinen Lippen und anderen Körperteilen.

Das reicht. Sobald ich im Bett bin, werde ich mit einem meiner Spielzeuge etwas von der sexuellen Spannung abbauen.

Ich verlasse die Dusche, trockne mich ab und ziehe das Nachthemd an. Dann fällt mir ein, dass ich mir bisher nicht die Zähne geputzt und keine Zahnseide benutzt habe. Ich bin mitten im Zähneputzen, als ich ein herzzerreißendes Wimmern höre, das unheimlich wie das Weinen eines Babys klingt.

Ich verschlucke die Zahnpasta und laufe barfuß hinaus, um nachzusehen, was los ist.

Colossus sitzt unglücklich neben seinem Bett und winselt.

»Ich bin hier«, sage ich ihm beruhigend. »Geh schlafen.«

Er hört nicht zu, und nichts, was ich versuche, funktioniert – vom Bauchkraulen bis zum Hinter-den-Ohren-Kratzen.

Zeit für die großen Geschütze. Ich hebe ihn auf und bringe ihn zu meinem Bett. Wenn das für Bruce ein großes Tabu ist, kann er mich später dafür bestrafen.

Das Gewinsel geht weiter. Ich beginne zu ahnen, was Colossus will – der Hinweis darauf ist, dass seine kleine Nase zielsicher auf die Tür zeigt.

»Willst du Daddy?«, frage ich.

Er winselt wieder.

»Er schläft wahrscheinlich schon«, sage ich. »Er wäre mürrisch, wenn wir ihn wecken würden.« Oder mörderisch.

Ein weiteres Winseln.

»Ernsthaft. Kannst du nicht bis morgen warten?«

Nein. Der Welpe scheint untröstlich zu sein.

Oh, na gut. Meine Chancen, gefeuert zu werden, sind gerade in die Höhe geschnellt. Ich schlüpfe mit meinen nackten Füßen in meine Hausschuhe, nehme Colossus in eine Hand und sein Bett in die andere und durchquere die Villa, die nur für diesen Anlass gewachsen zu sein scheint.

Als ich Bruces Zimmer erreiche, keuche ich, und Schweißperlen haben sich auf meinen Schläfen gesammelt. Das Gute ist, dass Colossus still ist, was meine Theorie bestätigt.

»Bitte benimm dich«, flehe ich den Welpen an. »Am besten schleiche ich mich hinein und wieder heraus, bevor Bruce aufwacht.«

Ich bete, dass die Tür nicht knarrt, und öffne sie nur einen Spalt.

Mist.

Es ist stockdunkel im Vergleich zum Flur.

Ich schließe meine Augen und zwinge sie, sich an die Dunkelheit zu gewöhnen. Gleichzeitig streichele ich Colossus und hoffe, dass er so kurz vor seinem Ziel nicht winselt.

Meine Strategie zahlt sich aus. Als ich die Augen wieder öffne, kann ich gut genug im Schlafzimmer sehen, um mich hineinzuschleichen.

Ich beschwöre meinen inneren Ninja, halte den Atem an und schleiche auf Zehenspitzen zum ehemaligen Standort des Hundebetts.

Okay. Ich bin hier und bis jetzt unentdeckt.

Ich setze das Bett ab und lege Colossus hinein.

Ja! Ich habe es getan, und Bruce hat nichts gemerkt – zumindest nicht bis morgen früh.

Ich gehe wieder in den Tarnmodus und drehe mich zur Tür. In diesem Moment fängt eine dicke Schweißperle an meiner rechten Schläfe an, sich unerträglich anzufühlen, und ich wische sie geistesabwesend weg.

Colossus bellt.

Scheiße.

Ich bin eine Idiotin. Ich habe ihm gerade stundenlang beigebracht, zu bellen, wenn er sieht, dass jemand seine Schläfe berührt, und ich habe ihm versehentlich den Befehl gegeben.

»Alexa, Schlafzimmerlicht an!«, ruft Bruce – und ich habe ein Déjà-vu, als ich für einen Moment blind werde.

Ich drehe mich zu meinem Verhängnis und blinzele gegen die Helligkeit über mir an – und meine Augen drohen aus den Höhlen zu springen und sich Zungen wachsen zu lassen, damit sie etwas von dem lecken können, was sie sehen.

Bruce, der absolut nichts anhat, steht fast direkt vor mir, sein Blick ist eiskalt, jeder Muskel ist angespannt und Titan ist voll erigiert und ragt wie der tadelnde Zeigefinger eines Riesen hervor.

Angetrieben von purem Adrenalin gehe ich einen Schritt zurück, und dann noch einen … und in dem Moment trete ich auf die Kante von Colossus' Bett und verliere das Gleichgewicht.

Ich beginne mit den Händen zu fuchteln.

Oh nein. Wenn ich auf den kleinen Hund falle, werde ich ihn verletzen. Also tue ich das Einzige, was ich tun kann, um ihn zu retten – ich werfe mich nach vorn, direkt auf Bruce.

ch sehe, wie Lilly um sich schlägt, und kann mir schon bildlich vorstellen, wie ihr winziger Kopf auf dem Boden aufschlägt – und welchen Schaden das anrichten würde.

Nein. Nicht unter meiner Aufsicht. Mit Adrenalin, das meine Muskeln zu ungeahnten Meisterleistungen treibt, springe ich nach vorn und schaffe es gerade noch rechtzeitig, sie in meine Arme zu nehmen.

Selbst in diesem Zustand kann ich erkennen, dass ihr die Luft weggeblieben ist – aber das ist nichts im Vergleich zu dem Alptraum, der das hier hätte werden können. Wenn ich so darüber nachdenke, klingt die Notaufnahme meiner Mutter gar nicht mehr so übertrieben.

Ich werde auch eine bauen lassen. Morgen früh geht es los.

Lilly schnappt nach Luft und blinzelt mich an. Ihre haselnussbraunen Augen mit den grünen Sprenkeln sehen erschrocken aus – und ihre Augenbrauen so lebhaft, dass es mich nicht wundern würde, wenn sie anfangen würden, im Morsecode zu sprechen und sich als eigenständig empfindungsfähig erweisen würden.

»Sie haben mich aufgefangen«, keucht sie.

»Gerade noch so.« Und da ich mir nicht sicher bin, ob sie nicht wieder umkippt, wenn ich sie auf ihre Füße stelle, trage ich sie stattdessen zu meinem Bett. Als sie sicher auf der Matratze liegt, frage ich: »Geht es Ihnen gut?«

Sie nickt.

»Sind Sie auf Drogen?«, frage ich.

Sie blinzelt. »Drogen?«

Ich nicke Colossus zu, der bereits tief und fest schläft, als hätte sich seine Trainerin nicht gerade fast den Schädel gebrochen. »Sie bringen den Hund hierher. Sie verlieren Ihr Gleichgewicht. Drogen und Alkohol sind die harmloseren Erklärungen, die mir einfallen. Soweit ich weiß, haben Sie keinen Schwindel oder ...«

»Ich bin nur gestolpert«, sagt sie, aber sieht mich dabei nicht an. »Sie waren nackt, also habe ich nicht geschaut, wohin ich trete.«

»Oh.« Ich merke, dass ich immer noch nackt bin und das nicht gesellschaftsfähig ist, zumal mein Schwanz immer noch ...

»Der Hund hat Sie vermisst«, sagt sie mit wachsender Zuversicht. »Er fing an zu winseln, also habe ich ihn hierher gebracht. Wenn Sie mich feuern wollen ...«

»Vielen Dank. Ich mag es nicht, wenn er traurig ist.« Jetzt, da ich weiß, dass sie keine Überdosis genommen hat und auch sonst sicher ist, nehme ich ihr Outfit beziehungsweise sein Fehlen in Augenschein und bereue es sofort, denn meine Erektion wird dadurch fast schmerzhaft intensiv.

Sie schaut mir in die Augen. »Sie haben Gefühle für ihn.« Wie um ihre Worte zu unterstreichen, betrachtet sie meinen nackten Körper, während sich die Röte von ihren Wangen bis tief in ihr Nachthemd ausbreitet.

Warum zieht sie mich so an? Es ist, als wäre sie ein Keks und ich mein Hund. Ohne es zu wollen, formen meine Lippen zwei Worte. »Das stimmt.«

Und das war es. Es ist, als ob ein Damm gebrochen wäre. Sie beugt sich zu mir, und ich überwinde den verbleibenden Abstand in einem Wimpernschlag. Dann verschlingt mein Mund den ihren, und es ist genauso köstlich wie vorher, nur noch ursprünglicher und leidenschaftlicher.

Aber nein. Ich ziehe mich zurück. »Wir können das nicht.«

Ihre Lippen sind verführerisch und rosa. »Warum nicht?«

Wo soll ich anfangen? »Sie arbeiten für mich.«

Sie schnauft spöttisch. »Das ist mir völlig egal.«

»Es gibt auch …«

»Ich weiß, dass Sie es wollen.« Sie blickt auf meinen Schwanz.

»Wollen? Ich brauche Sie, aber …«

Sie schüttelt vehement den Kopf. »Kein Aber.«

Scheiß drauf. Ich küsse sie erneut, und zwar nicht nur auf die Lippen, sondern auch auf ihren köstlich kleinen Hals, ihr zierliches Schlüsselbein, ihre zarte Schulter ... Schwer atmend ziehe ich mich zurück, um ihr die Chance zu geben, zur Vernunft zu kommen – aber stattdessen schlüpft sie aus ihrem Nachthemd.

»Wow«, murmele ich ehrfürchtig. »Du bist umwerfend.«

»Du auch«, haucht sie, und dann macht sie das Schönste, was ich je in meinem Leben gesehen habe – gleich nach ihren Yogastellungen und dem Leinentraining, das sie mit mir gemacht hat.

Sie geht auf alle viere und krabbelt auf das Bett, in die Nähe meiner Kissen. Ihr frecher kleiner Hintern ist so perfekt, wie er nur sein kann, wenn man außerhalb des Bereichs der reinen Mathematik ist.

Ist ihr klar, was sie da tut? Mein Herzschlag pocht in meinen Schläfen, und meine Nasenlöcher beben wie die eines wilden Tieres.

Über ihre Schulter murmelt sie: »Hast du Kondome?«

Ich reiße fast die Schublade aus der Verankerung, als ich mir ein Kondom aus dem Nachttisch schnappe. »Bist du dir sicher?« Meine Worte sind ein leises Knurren.

»Absolut.« Sie spreizt leicht ihre Beine und gibt mir einen Blick auf die rosa Farbe frei.

Verdammte Scheiße. Ich werde explodieren. Die nächsten paar Sekunden sind verschwommen – wahrscheinlich, weil mein Schwanz das ganze Blut für sich beansprucht und nur wenig für mein Gehirn übrig bleibt. Ich ziehe sie an mich und küsse mich an ihrem Körper hinunter, bis ich die rosafarbene Muschi erreiche, die ich gesehen habe, und dann verliere ich mich darin und lecke ihre Falten, als wäre es meine letzte Mahlzeit.

Sie stöhnt, was mich anspornt, und ich schiebe einen Finger in sie hinein, um die samtige Wärme zu spüren, von der ich geträumt habe, seit wir uns kennengelernt haben.

Oh Mist. Sie fühlt sich besser an als in meinen Träumen. Ich will einfach nur in sie eindringen, aber ich widerstehe. Ich muss sie so kommen lassen.

Ihr Stöhnen wird immer verzweifelter.

Ja! Ich bin kurz davor, die Kontrolle zu verlieren.

Zeit, es zu Ende zu bringen. Ich sammele die sich schnell auflösenden Fetzen meiner Selbstbeherrschung, lege meine Zunge auf die kleine Knospe ihrer Klitoris und drücke mit meinem Finger von innen auf die gleiche Region.

Ihr Stöhnen geht in Schreie über, und dann zittert ihr Körper, während sich ihre Muschi um meinen Finger schlingt.

Ihr Orgasmus setzt etwas Ursprüngliches in mir frei. Ich halte ihren Blick fest, ziehe meinen Finger heraus und lecke jeden Tropfen von ihr ab.

»Ich will dich in mir haben«, haucht sie, als sie die Kondomverpackung aufreißt und meinen Schwanz umhüllt.

Mit einem Knurren hebe ich sie hoch und stelle sie

so hin, wie ich es will – auf allen vieren, genau wie damals, als sie für mich gekrochen ist.

Sie greift nach meinem Schwanz und führt ihn ins gelobte Land, während ich ihre Pobacken fest umfasse.

Es kostet mich all meine Willenskraft, langsam einzudringen. Einmal. Zweimal. Dann, als ich spüre, dass sie nachgibt, stoße ich mit allem, was ich habe, in sie hinein.

»Ja!«, schreit sie.

Es scheint, als würde ich fast auf der Stelle kommen. Aber das passiert nicht. Unglaublicherweise beschleunige ich mein Tempo und stoße zu, als ob unser Leben davon abhinge, dass ich tiefer und härter in sie eindringe – als ob das meine Existenzberechtigung wäre.

Sie stöhnt und schreit, und ihre Hände krallen sich in die Laken.

Ich stöhne ebenfalls vor Vergnügen und schwebe kurz vor meinem Orgasmus.

Ihr nächster Aufschrei hört sich an, als hätte sie Schmerzen, und dann krampft ihre Muschi um mich herum und löst eine Kettenreaktion aus, die mich mit der Kraft einer Atombombe zum Platzen bringt.

Keuchend fällt sie mit dem Gesicht nach unten auf das Bett, und jeder Muskel ist entspannt.

Ich lasse mich neben ihr nieder und versuche, zu Atem zu kommen.

Ein schläfriger postkoitaler Dunst trifft mich hart. Ich unterdrücke ein Gähnen und umarme Lilly, als wäre sie ein Teddybär – vor allem, um sicherzugehen, dass sie noch da ist. Immer noch echt. Um sicherzugehen, dass das, was gerade zwischen uns passiert ist, keine Wiederholung meines wiederkehrenden feuchten Traums mit Lilly war.

Aber nein. Sie ist extrem real. Der herrliche Geruch ihres Haares, die luxuriöse Wärme ihrer Haut – mein schlafendes Gehirn ist einfach nicht in der Lage, solche exquisiten Details zu erkennen.

Schließlich verliere ich den Kampf gegen das Gähnen, und sie erwidert es und schmilzt dann in meinen Armen, während ihr Atem langsamer und gleichmäßiger wird.

Sie schläft, ist mein letzter Gedanke, bevor ich ihrem Beispiel folge.

KAPITEL 26
LILLY

ch wache auf und weigere mich, meine Augen zu öffnen. So kann ich mir eine Sekunde lang erlauben, zu glauben, dass alles, was passiert ist, ein Traum war. Andererseits lässt sich die Realität nur schwer leugnen. Warum bin ich zum Beispiel so wund? Und was hat es mit der harten Männlichkeit in meiner unmittelbaren Nähe auf sich – ganz zu schweigen von Bruces unverkennbarem Duft?

Ich seufze. Ich schätze, es hilft nichts. Ich öffne blinzelnd meine Augen – und Überraschung: Ich habe mich wie eine Königsboa um Bruce geschlungen.

Keine Zweifel mehr. Es ist wirklich passiert. Ich habe mit meinem Erzfeind geschlafen, und es war mehr als unglaublich.

Eigentlich ist es nicht mehr fair, ihn als meinen Erzfeind zu betrachten. Meine Eltern sind nicht sauer auf die Bank. Wenn überhaupt, klangen sie fast dankbar für den Aufschub und das alles. Darüber hinaus arbeitet er an einem Projekt, das vielen Menschen helfen wird, und – was für mich fast genauso wichtig ist – er liebt Colossus aufrichtig.

Trotzdem ist er mein Chef. Das ist unbestreitbar. Andererseits ist das hier kein Unternehmen, in dem die Leute denken könnten, dass ich befördert werde, weil ich mit ihm geschlafen habe. Ich bin die einzige Hundetrainerin hier. Und es ist ein vorübergehender Job. Sobald Colossus alles gelernt hat, was ich zu lehren habe, bin ich weg.

Mein Herz zieht sich schmerzhaft zusammen. Diese Idee gefällt ihm überhaupt nicht.

Ich muss an etwas anderes denken. Gestern Abend ist zum Beispiel etwas passiert, was auch nicht dazu passt, dass wir Feinde sind – Bruce schien ziemlich besorgt von der Vorstellung, dass ich verletzt werden könnte. Oder hatte er nur Angst, verklagt zu werden?

Nein. Er hat genügend Geld, um von mir verklagt zu werden.

Okay, wenn wir also keine Feinde sind, was sind wir dann? Ein One-Night-Stand? Wahrscheinlich. Aber könnten wir, rein hypothetisch, mehr als ein Angestellten-Chef-Verhältnis haben?

Es ist erschreckend, wie leicht ich mir das vorstellen kann. Ich meine, ich löse seine Misophonie nicht aus, was mir sehr wichtig erscheint. Und der Sex war nicht von dieser Welt – und ich konnte sehen, dass er das auch spürte. Wir lieben denselben Hund und sind verrückt nach *The Witcher*, wenn auch in verschiedenen Formaten. Er ist brutal ehrlich, und ich hasse Lügen – das funktioniert gut. Ich kann nicht einmal unter Waffengewalt kochen, aber er hat einen Koch und kocht noch dazu auch selbst gern. Außerdem …

Das laute Klingeln eines Telefons holt mich wieder auf den Boden der Tatsachen zurück.

Bruce wacht auf und greift nach dem lästigen Ding. »Hallo?« Sein Tonfall impliziert: *Ich hoffe, es ist wichtig.*

»Hier?«, fragt er. »Schon?«

Er legt auf, flucht kreativ und dreht sich dann zu mir um. »Aus irgendeinem unerfindlichen Grund haben meine Eltern einen Nachtflug genommen. Sie haben gerade das Sicherheitstor passiert.«

Hmm … Heißt das, dass jetzt ein schlechter Zeitpunkt wäre, ihn zu fragen, was ihm die letzte Nacht bedeutet hat? Vorausgesetzt, ich kann zuerst herausfinden, was sie für mich bedeutet.

Bruce springt vom Bett auf und zieht sich eilig an. Ich folge seinem Beispiel. Als ich in mein Nachthemd schlüpfe, fällt es mir ein. »Ich bin nicht mitten in der Nacht mit Colossus rausgegangen«, sage ich schuldbewusst. »Er hatte wahrscheinlich einen Unfall.«

»Nein. Ich bin mit ihm gegangen«, sagt Bruce, während er sein Hemd zuknöpft.

»Bist du?«

Er nickt. »Ich bin zufällig gegen drei Uhr aufgewacht, um auf die Toilette zu gehen.«

»Du hättest mich wecken sollen. Das ist mein Job und so.«

Er wirft mir einen unergründlichen Blick zu. »Du hast sehr fest geschlafen.«

»Du hast mich beim Schlafen beobachtet?« Und warum ist das heiß und nicht gruselig?

»Wie auch immer«, sagt er. »Wenn du mit ihm gegangen wärst, hätte er vielleicht gedacht, dass du ihn aus meinem Zimmer bringen willst, und hätte wieder gewinselt.«

Ich beiße mir auf die Lippe. »Das ist ziemlich plausibel.«

»Ich werde meine Eltern begrüßen«, sagt Bruce und geht zur Tür. Über die Schulter fügt er hinzu: »Wenn du sie triffst, solltest du vielleicht mehr anhaben.«

Ich erröte. Mehr – kein Scheiß. Ich drehe mich um, um in mein Zimmer zu gehen, aber ich sehe, wie Colossus die Augen öffnet und mit dem Schwanz wedelt.

»Hallo«, sage ich zu ihm. »Wie hast du geschlafen?«

Er dreht sich auf den Rücken und verlangt ein Kratzen am Bauch.

Die Ehre, mich zu streicheln, kostet dich einen Keks. Nein, zwei Kekse. Eigentlich wären drei sogar noch besser.

Er folgt mir in mein Zimmer und beobachtet neugierig, wie ich mich zurechtmache, um Bruces Familie kennenzulernen. Als ich fast fertig bin, bemerke ich, dass Colossus misstrauisch am Bein meines Bettes schnüffelt.

»Oh nein, das tust du nicht«, sage ich streng und nehme ihn hoch. »Zeit für deinen Spaziergang.«

Auf dem Weg zur Garage höre ich Stimmen, die

Bruce grüßen. Ich eile hinaus, bevor der Welpe einen Unfall hat. Als wir zurück sind, rennt Colossus ins Haus, und ich folge ihm – in die Küche, wie sich herausstellt.

Am Eingang zur Küche bleibt Colossus stehen und legt den Kopf schief. Ich will ihn gerade fragen, was los ist, als ich Bruce sagen höre: »Nein, wir reden nach dem Frühstück. Ich habe ein Meeting.«

»Geht es wieder um unser lautes Kauen?«, fragt eine gereizte weibliche Stimme, woraufhin der Hund mich mit einem verwirrten Blick ansieht. »Ich dachte, mit deinem Einkommen hättest du dein Problem irgendwie gelöst …«

»Dein Kauen ist nicht laut«, sagt Bruce. »Aber ich kann es trotzdem nicht ertragen.«

»Aber was ist mit heute Abend?« Der Tonfall wird noch gereizter. »Wir sind den ganzen Weg hierhergeflogen und …«

»Theodora, Liebste, was bringt es, sich zu streiten?«, mischt sich eine dröhnende Männerstimme ein. »Du weißt, wie Bruce über Mesopotamien denkt.«

Nachdem ich genug gehört habe, hebe ich Colossus – der Angst vor seinen Großeltern zu haben scheint – auf und gehe hinein. »Ich habe das Wort Mesopotamien gehört«, sage ich mit einem Lächeln. »Das ist die Wiege der Zivilisation, nicht wahr?«

Um Bruces Augenwinkel bilden sich Fältchen. »Lilly, das sind meine Eltern, Mr. und Mrs. Roxford, oder wie Sie sie unbedingt nennen wollen: Ambrose und Theodora.« Zu seinen Eltern gewandt, sagt er:

»Lilly ist die Hundetrainerin, von der ich euch erzählt habe.«

Wir siezen uns wieder und ich bin lediglich eine Hundetrainerin? Gut. »Es ist mir ein Vergnügen, Sie kennenzulernen«, sage ich und widerstehe dem seltsamen Drang, einen Knicks zu machen. Ich bin mir nicht sicher, ob Namen wie Ambrose und Theodora weniger formell klingen als Mr. und Mrs. Roxford, aber wir sind noch nicht in der Phase unserer Beziehung, in der ich ihnen Spitznamen wie *A* und *Die* geben könnte.

»Das Vergnügen ist ganz auf unserer Seite«, sagt Theodora und begutachtet mich wie ein Pfandleiher einen Ehering mit einem Zirkonia. »Ich muss allerdings sagen, dass Sie kleiner sind, als wir erwartet haben.«

Ist das das königliche *Wir*?

»Mutter«, sagt Bruce streng.

»Es ist in Ordnung«, sage ich. »Ich bin mir meiner besonderen Größe bewusst.«

Theodora schaut mich von oben bis unten an. »Kleinwüchsige Frauen sind sehr liebenswert und haben so viele Vorteile, wie zum Beispiel mit Männern jeder Größe ausgehen zu können. Aber ...«

»Im Ernst, Mama«, sagt Bruce. »Es reicht.«

Was ich wissen möchte: Hat sie eine Dissertation über Menschen mit vertikaler Behinderung geschrieben?

»Wir haben das Recht, uns Sorgen zu machen«, sagt Theodora, und obwohl sie *wir*, sagt, tritt Ambrose von ihr weg und sieht äußerst unbehaglich aus. Er will eindeutig nicht in das einbezogen werden, worüber sie spricht. »Bei ihrer Größe«, so Theodora weiter, »könnte sie Schwierigkeiten bei der Geburt haben.«

Ich verschlucke mich fast an meiner Zunge. »Geburt? Von welchem Baby?« Ist sie so verrückt, dass sie Löcher in Bruces Kondome gestochen hat?

»Eine hypothetische«, sagt Theodora.

Wenn man vom Erröten schwanger werden könnte, würde ich hier und jetzt auf einen Test pullern.

»Die Arbeit, die ich für Ihren Sohn mache, hat mit solchen Hypothesen nichts zu tun«, sage ich so ruhig, wie ich kann. »Und wenn wir schon über willkürliche Hypothesen reden: Die Situation, die Sie beschreiben, ist für mich kein Thema. Ein Becken, das für die Geburt zu schmal ist, hat nichts mit der Körpergröße zu tun.« Als sie eine königliche Augenbraue hochzieht, füge ich hinzu: »Meine Cousine ist Fruchtbarkeitsexpertin, und sie führt auch gern unaufgefordert Babygespräche.«

»Aber«, Theodora wirft ihrem Sohn einen kurzen Blick zu, »was ist, wenn der hypothetische Vater ein großer Mann ist?«

Ich glaube, ich würde es vorziehen, wenn Colossus eines meiner Sexspielzeuge hierherbringen würde – das wäre sogar weniger peinlich als dieses Gespräch. »So funktioniert die Babygröße nicht«, sage ich. »Es kommt nicht auf die Größe im Erwachsenenalter an, sondern auf die Größe von Vater und Mutter als Baby.«

»Das ist noch schlimmer«, sagt Theodora. »Meine Tochter Angela war ein zehn Pfund schweres Ungetüm.«

Ambrose legt seiner Frau eine Hand auf die Schulter. »Schatz, du vergisst, dass Bruce ein Milliardär ist. Er kann ihr die beste medizinische Versorgung der Welt besorgen oder eine großgewachsene Leihmutter engagieren, die das riesige Baby austrägt.« Er sieht mich schuldbewusst an, als er hinzufügt: »Rein hypothetisch, meine ich.«

Theodora sieht tatsächlich beruhigter aus, aber es ist unklar, ob es die Worte oder die Hand ihres Mannes sind, die das bewirkt haben. Mein Wunsch, im Erdboden zu versinken, wird immer größer.

»Diese Unterhaltung ist vorbei.« Bruce geht zum Kühlschrank und holt drei Frühstücke heraus: sein eigenes, Colossus' und meines. »Hier.« Er reicht mir das Essen. »Ich glaube, Sie haben eine lange Trainingseinheit mit Colossus vor sich.«

Ich bin dankbar und verärgert zugleich. Es ist gut, seinen Eltern nicht mehr Zeit zu geben, aber lehnt er mich auch ab, weil er ihre Annahme hasst, dass wir zusammen sind?

Wie auch immer. Ich reiße ihm das Essen aus den Händen und stapfe hinüber in mein Zimmer.

Nach unseren jeweiligen Mahlzeiten arbeite ich mit Colossus. Zuerst verstärke ich etwas von dem, was er schon weiß, und dann bringe ich ihm das Kommando *bleib* bei – das mir die Begegnung in der Küche ersparen können hätte.

Nach ein paar Stunden hat Colossus genug und lässt sich auf den Bauch plumpsen, um so weit entfernt von mir, wie es der geschlossene Raum zulässt, an einem Spielzeug zu kauen.

Gut. Ich kann mein eigenes Ding machen. Ich nehme The Witcher in die Hand, um zu lesen, aber mein Telefon klingelt.

Hm. Wie ein Klatschmedium ... Es ist Aphrodite, die anruft.

Ich überlege einen Moment, ob ich drangehen soll, aber dann tue ich es doch, in der Hoffnung, dass das Gespräch mit ihr mir hilft, das Geschehene zu verstehen.

»Hallo«, sage ich zaghaft.

»Du Schlampe«, ruft Aphrodite aus. »Du hast schon mit ihm geschlafen?«

Ich seufze. »Ja.«

Ihre Antwort ist ein so lautes Quietschen, dass ich das Telefon vom Ohr weghalten muss, um nicht mein Gehör zu verlieren.

Colossus schaut verwirrt von seinem Kaugummi auf.

Das klang wie das Quietschen einer Chihuahua-Maus. Bekommst du einen Anruf aus dem Heimatland meiner Rasse?

Als sie sich beruhigt hat, fragt meine Cousine: »Und? Wie war es?«

Ich seufze noch einmal. »Ich bin offiziell für alle anderen verdorben.«

In Aphrodites nächstem Quieken sind

Andeutungen eines eingeklemmten Schweins zu hören, und Colossus wirft mir einen weiteren *Was-zum-Henker*-Blick zu.

»Erzähl mir alles«, sagt sie, sobald sie wieder zu Atem gekommen ist. »Alles.«

Ich zögere nur kurz und erzähle es ihr dann, wobei ich ab und zu eine Pause mache, um sie quieken zu lassen. Ich erwähne die Küsse – ja, im Plural –, den Ausflug in den Zoo und so viel wie möglich über das große Ereignis selbst – ja, ich habe mich geschützt. Ich erzähle von der Begegnung mit seinen Eltern und frage dann: »Was denkst du, was das bedeutet?«

»Das bedeutet, dass ich recht hatte«, sagt sie triumphierend.

»Ja, ja«, sage ich mit einem Augenrollen. »Was denkst du, was ich Bruce bedeute?«

Sie atmet ein. »Was hat er heute Morgen gesagt?«

»Nichts. Seine Eltern sind früher gekommen.«

»Nun, was glaubst du?«, fragt sie. »Wenn man bedenkt, dass er dich auf ein Date mitgenommen und dann deine rosa Festung gestürmt hat.«

Ich werfe einen fragenden Blick auf mein Handy. »Welches Date?«

»Der Zoo?«

»Das war für den Hund.« Apropos, ich sehe nach Colossus, der eingeschlafen ist.

»Sicher. Der Hund.« Ihre Anführungszeichen sind hörbar. »Jeder nimmt Fido mit in den Zoo … mit dem Hundetrainer. War das romantische Picknick auch für den Hund?«

War es das?

»Was ist mit seinem Schwanz?«, fragt sie weiter. »War der für den Hund?«

»Vielleicht hat er einfach eine günstige Gelegenheit genutzt.«

»Ach, komm schon. Ein gut aussehender Milliardär? Er kann einen Finger krumm machen, und alle stehen Schlange.«

»Also … glaubst du, es war ein Date?« Ich hasse es, wie hoffnungsvoll ich klinge.

»Ganz sicher. Und jetzt, wo seine Eltern dich gutheißen, wette ich, dass er …«

»Warte, was?«

»Seine Eltern«, sagt sie. »Weißt du noch, wie du dir Sorgen gemacht hast, dass sie ihn nie mit jemandem wie dir ausgehen lassen würden? Irgendein Blödsinn über altes Geld, das sich nicht mit weißem Abschaum vermischt, auch wenn ich immer noch nicht denke, dass wir das sind.«

»Daran erinnere ich mich«, sage ich. »Aber was hat sich daran geändert?«

»Bist du verrückt?«, sagt sie. »Warum sollte sich seine Mutter sonst Sorgen machen, dass du seine Kinder zur Welt bringst? Und dann sagte sein Vater: Löse das Problem einfach mit Geld, als ob es selbstverständlich wäre, dass du von ihrem Sohn schwanger wirst.«

»Warum macht das so einen verdrehten Sinn?«, frage ich, mehr zu mir selbst als zu ihr.

»Weil du, meine Liebe, Mrs. Roxford wirst«, sagt

sie. »Bitte frag ihn, ob er einen reichen Freund hat. Ein einfacher Millionär ist in Ordnung. Oh, und frag ihn, ob ich bei deinem nächsten Hubschrauberflug mitfliegen darf.«

»Erzähl deiner Mutter nichts davon«, sage ich nachdrücklich. »Sonst bekomme ich noch einen Anruf von meiner. Wieder.«

»Nichts davon?« Sie klingt wie ein Kind, das am Weihnachtsmorgen keine Geschenke hat.

»Wenn du das tust, erzähl ich dir nie wieder etwas, und du kannst dich von dem imaginären Helikopterflug verabschieden.«

»Gut«, sagt sie mürrisch. »Aber kann ich kommen, nachdem er bestätigt hat, dass es ein Date war?«

»Du kommst, wenn ich es dir sage«, sage ich und lege auf, bevor sie mich anflehen kann, meine Meinung zu ändern.

Aus dem Augenwinkel sehe ich, wie Colossus um mein Bett herumschnüffelt, also gehe ich mit ihm raus.

Als wir wieder im Haus sind, befehle ich Colossus, zu bleiben.

Nein. Irgendetwas – höchstwahrscheinlich die Küche – ist zu interessant, um zu widerstehen.

Als ich hinter ihm herlaufe, höre ich Stimmen in der Küche und erwarte, dass ich wieder Ambrose und Theodora treffe, aber das sind nicht diejenigen, die ich dort vorfinde. Es ist Angela, Bruces Schwester – und offenbar Trägerin des gefürchteten Riesenbaby-Gens. Man sieht ihr nicht an, dass sie bei der Geburt so groß war. Zurzeit ist sie dünn und schmalbrüstig und nicht *so* groß, zumindest nicht im Vergleich zum Rest ihrer Familie. Apropos große Menschen: Neben Angela sitzt ein Mann mit einer Bräune wie aus der Flasche und einem Lächeln, das seine Augen nicht berührt – die, wenn man mich fragt, zu nah beieinanderliegen.

»Peanut!«, ruft Angela aus, als sie den Welpen entdeckt.

»Er heißt Colossus«, erinnere ich sie.

»Ah, richtig«, sagt sie. »Colossus, bitte halt dich von Champ fern. Er ist allergisch.«

Der Name ihres Freundes ist Champ? Nimmt er es auch wie einer?

»Hey«, sage ich beruhigend zu Colossus, und als er mich ansieht, hole ich einen kleinen Keks heraus, um meinen Standpunkt zu unterstreichen. Es funktioniert. Der Hund bleibt stehen, bevor er mit Champ in Kontakt kommen kann, und rennt zu mir. Gut. Das Letzte, was wir wollen, ist, dass der Champion schmilzt wie die böse Hexe.

»Sie sind Lilly, richtig?«, fragt mich Angela, als ich mir den Welpen schnappe.

»Ja«, sage ich. »Und Sie?«

»Sie können mich Angela nennen«, sagt sie und lässt es wie den größten Akt der Nächstenliebe klingen, den die Menschheit kennt.

»Schön, Sie kennenzulernen, Angela«, sage ich. »Diesmal in Fleisch und Blut.«

Sie nickt. »Sie haben sehr auffällige Augenbrauen.«

»Danke.«

Sie berührt ihre eigenen, viel dünneren. »Machen Sie Wachstumsmittel drauf?«

»Nein«, sage ich und verzichte darauf, die Stirn zu runzeln – denn dann würden sich die Augenbrauen bewegen und noch mehr Aufmerksamkeit auf sich lenken. »Wie auch immer, Colossus und ich haben noch viel zu trainieren.«

»Warten Sie, bevor Sie gehen …« Sie wendet sich an Champ. »Kannst du uns einen Moment allein lassen?«

Champ wirft mir einen seltsamen Blick zu. »Sicher. Ich gehe eine rauchen.« Er dreht sich um und geht hinaus.

Warum hat er mich so angeschaut? Ich werfe einen Blick auf mein Spiegelbild in der glänzenden Mikrowelle, um sicherzugehen, dass ich nicht immer noch den Irokesenhelm trage.

Nein. Alles in Ordnung.

Wie auch immer. Als Champ weg ist, setze ich Colossus wieder auf den Boden. Das hat er offensichtlich gebraucht, denn er rennt zu seinem Wassernapf und schlürft gierig, als wäre er in der Wüste gewesen.

»Also, was ist los?«, frage ich Angela, während ich seine Schüssel nachfülle.

Sie drängt sich vor mich und versperrt mir den Weg zurück zu Colossus. »Läuft da etwas zwischen Ihnen und meinem Bruder?«

Okay, langsam. Diese Familie ist mehr als neugierig und unverblümt. Stehen die Baby-Fragen vor der Tür? »Ähm … was geht Sie das an?«

Sie rümpft ihre kleine Nase ganz leicht. »Meine Familie geht mich etwas an.«

Hm. Mit ihrem New Yorker Akzent klang das wie eine Zeile aus einem Mafia-Film.

»Warum fragen Sie nicht Bruce?«, schlage ich vor. *Und bitte, bitte sag mir dann, was er geantwortet hat.*

Sie zieht eine Grimasse. »Inzwischen wissen Sie wahrscheinlich, dass mein Bruder schwierig sein kann.«

»Schwierig? Bruce? Reden wir von demselben Mann?«

Angelas Lächeln ist echt – zumindest nehme ich das an. Bei all dem Botox ist es schwierig, das zu erkennen. »Ich muss zugeben, es wäre lustig, zu sehen, wie er mit jemandem ausgeht, der ihm Kontra gibt ...«

»Aber?«, frage ich nach.

»Aber Sie beide wären keine gute Idee«, sagt sie und klingt dabei gleichermaßen aufrichtig und bedauernd.

Trotzdem stellen sich meine Nackenhaare auf. »Oh? Und warum?«

Sie zuckt zusammen. »Ich dachte, das wäre offensichtlich.«

»Für mich ist es das nicht.« Aber ich ahne schon, worauf sie hinauswill, und das gefällt mir überhaupt nicht. Auch wenn ich vor nicht allzu langer Zeit das Gleiche gedacht habe.

Sie schürzt ihre Lippen. »Wenn es um Verabredungen geht, sollten sich Gleich und Gleich zusammentun.«

Und da ist es auch schon. Wenn ich den Anschein

von Herzlichkeit wahren wollte, würde ich mich jetzt zurückziehen, aber das ist längst nicht mehr der Fall. »Können Sie mir das bitte erklären?«

Sie wirft einen Blick auf den Welpen. »Wenn Sie beide Hunde wären, wäre Bruce einer dieser Ausstellungshunde mit einem Stammbaum, der bis in die Zeit zurückreicht, als seine Rasse entwickelt wurde. Sie hingegen würden eher einem Straßenköter entsprechen.«

Wenn ich ein Hund wäre, würde ich laut knurren.

»Danke, dass Sie nicht gesagt haben, dass ich auch der Zwerg meines Wurfes sein würde«, erwidere ich sarkastisch.

»Hören Sie zu, vielleicht kam das hart rüber, aber ...«

»Es kam wie etwas rüber, was eine Hündin sagen würde.«

Sie errötet. »Ich ...«

»Hast du sie schon gefragt?«, fragt Theodora laut und betritt den Raum.

Ist sie auch daran beteiligt? So viel zu Aphrodites Illusionen, dass diese Familie mich akzeptieren würde.

»Noch nicht«, sagt Angela.

Hm. Also vielleicht ...

»Dann werde ich sie fragen«, sagt Theodora und dreht sich zu mir um, wobei ihr Lächeln auf unheimliche Weise an das ihrer Tochter erinnert. »Werden Sie dabei helfen?«

»Wobei?«

»Der Party«, sagt Theodora.

Ich weiche zurück, und es ist ein Wunder, dass ich nicht auf den armen Colossus trete. »Welche Party?«

»Die Offensichtliche«, sagt Theodora. »Die, die wir heute geben.«

»Ähm …« Ich bezweifele, dass sie den besten Sex meines Lebens feiern wollen, aber wenn das nicht der Fall ist, bin ich ratlos.

Theodora runzelt die Stirn, während Angela den Kopf schüttelt und mit der Zunge schnalzt.

»Sie wissen es wirklich nicht?« Theodora starrt mich mit Bruces blauen Augen an.

Ich schüttele den Kopf.

»Was ist heute?«, sagt Angela spitz.

Als ich mit den Schultern zucke, hat Theodora endlich Mitleid mit mir. »Es ist Bruces Geburtstag.«

KAPITEL 27
BRUCE

G erade als ich mein Zoom-Gespräch mit meinem CTO über einen Durchbruch in der Kryptowährung beende, kommt mein Vater herein.

»Störe ich?«, fragt er.

Ich muss noch ein paar E-Mails beantworten, aber ich winke ihm zu. Zum einen, weil ich nicht mehr so viel Zeit mit meinen Eltern verbringe, und zum anderen, weil es für mich eine Chance ist, Lillys Workaholismus-Vorwürfe zu widerlegen.

»Du arbeitest an deinem Geburtstag?«, fragt Dad.

»Willst du mich einen Workaholic nennen?«, erwidere ich.

Mein Vater lächelt. »Ich will sagen, dass ich stolz auf deine Arbeitsmoral bin.«

Ja, und da ich sie von ihm habe, was soll er sonst sagen?

»Also ...« Dad setzt sich hin. »Deine Freundin ist nett.«

Ich hätte ihm doch von den E-Mails erzählen sollen. »Bezeichnest du Lilly als meine Freundin – oder reden wir über jemand anderen?«

Dads Lächeln wird immer breiter, bis hin zum Joker. »Lilly.«

»Hast du sie gefragt, ob sie mit der Bezeichnung Freundin einverstanden ist?«

Selbst wenn sie es heute Morgen in Erwägung gezogen haben sollte, wird sie die Idee nach dem Gespräch mit Mutter bestimmt als verrückt abtun.

Dad liest etwas in meinem Gesichtsausdruck und sagt: »Sei nicht böse auf deine Mutter. Schließlich ... ist deine Lilly furchtbar klein.«

Meine Lilly. Das hört sich wirklich gut an.

Sehr.

Aber ihr frecher Körper ist nicht zu klein. Er ist die pure Perfektion – und von nun an mein Typ, obwohl ich immer dachte, ich hätte keinen Typ. Nicht, dass ich vorhätte, meinem Vater etwas davon zu erzählen. Es war schon schlimm genug, als ich mir mit fünf Jahren seine Version von *Die Vögel und die Bienen,* anhören musste und er lachte, als ich eine Frage stellte, die ich immer noch für vernünftig halte: *Tut es weh?*

Ich meine, den meisten Frauen tut es beim ersten Mal weh, also ...

»Du bist das Gegenteil von klein«, fährt Dad fort. »Ich hoffe also, dass es bei euch beiden in dieser Hinsicht klappen wird.«

»Wie alt bist du, zwölf?«, frage ich. Ich habe nicht vor, ihm zu sagen, dass die Dinge besser gelaufen sind, als ich es mir je hätte vorstellen können. Es war atemberaubend. Der beste …

»Es tut mir leid«, sagt Dad mit sichtbarer Reue. »Oh, und zu meiner Verteidigung sollte ich erwähnen, dass ich nicht hierhergekommen bin, um über dein Liebesleben zu sprechen.«

»Nein?« Ich mache mir nicht einmal die Mühe, den Teil mit dem *Liebesleben* zu korrigieren.

»Die weiblichen Mitglieder der Familie planen eine Party.«

Ich beiße die Zähne zusammen. »Geburtstag?«

Dad nickt.

»Was denken sie sich dabei? Ich habe die ersten vierunddreißig Geburtstage gehasst, aber dieses Jahr wird es auf magische Weise anders sein?«

»Du hast deine fünfte Geburtstagsparty gemocht«, sagt mein Vater.

Vielleicht. Dort gab es einen Clown und kein Essen, soweit ich mich erinnern kann. Aber abgesehen von dieser einen Ausnahme verabscheue ich alle Veranstaltungen, bei denen Essen ein zentrales Thema ist – vor allem die böse Dreifaltigkeit: Thanksgiving, Weihnachten und Geburtstage.

»Warum hast du sie nicht aufgehalten?«, frage ich.

Dad schnaubt. »Wenn sie aufgehalten werden können, warum tust du es dann nicht?«

Er hat recht.

In meinem Kopf gehe ich verzweifelt verschiedene Ausreden durch.

Ein Notfall bei der Arbeit? Schwach.

Blinddarmentzündung? Nein, sie würden mir ins Krankenhaus folgen.

Durchfall?

Scheiße.

Warum habe ich mir kein Körperdouble gesucht, wie Saddam Hussein, Kim Jong-un und Keanu Reeves?

Ich schätze, es ist nicht zu ändern. Um gesund zu bleiben, muss ich Ohrstöpsel in Industriestärke oder High-End-Kopfhörer mit Geräuschunterdrückung benutzen, weil es keinen Weg daran vorbei gibt.

Ich muss mich durch eine weitere verdammte Geburtstagsparty kämpfen.

KAPITEL 28
LILLY

»Er hat heute Geburtstag?« Ich schaue die Frauen nacheinander an. »Er hat kein Wort darüber verloren.« Aber warum sollte er seiner bescheidenen Angestellten solche persönlichen Details erzählen, oder? Ich bin froh, dass er ...

»Machen Sie sich nichts draus«, sagt Theodora. »Wenn es um Feiertage geht, ist Bruce der Grinch der Familie.«

»Aber wir glauben, dass er es insgeheim mag, wenn wir uns um ihn kümmern«, sagt Angela. »Wenn wir keine Feier für ihn organisieren, arbeitet er einfach Überstunden.« Sie rümpft ihre perfekte Nase. »Ich glaube nicht, dass er sich jemals etwas anderes gegönnt hat, als an seinem Geburtstag ein besonders intensives Training zu absolvieren.«

Das kann ich mir gut vorstellen. »Aber isst man denn nicht auf Partys?«, frage ich und komme mir dabei dumm vor. »Und trinkt?«

»Nun, ja«, sagt Angela. »Und Sie haben recht. Das könnte ein Teil des Grundes für sein Grinch-Verhalten sein.«

»Teil? Könnte sein?« Ich kann das nicht glauben. »Bruce hat Misophonie. Die Geräusche von Essen und Trinken sind Auslöser.«

Theodora räuspert sich. »Wir können auf der Party kleine Vorspeisen anbieten, die die Leute ganz schlucken können.«

»Und Schnäpse«, sagt Angela. »Winzige, die man herunterkippen kann, ohne dass sie zu viel Lärm machen.«

Bruce hat nicht übertrieben, als er sagte, dass seine Familie seine Krankheit nicht respektiert.

»Niemand wird mehr vor Bruce essen oder trinken«, befehle ich. Als sie mich fragend ansehen, füge ich weniger selbstbewusst hinzu: »Ich habe Colossus antrainiert, jeden davon abzuhalten, es zu versuchen.«

Beide sehen mich an, als wären mir Hörner gewachsen, aber keiner fragt, wie ein kleiner Chihuahua Menschen vom Essen oder Trinken abhalten soll.

»Nachdem ich das gesagt habe«, füge ich hinzu, »warum richten wir nicht zwei Essensstationen ein: eine nur für Bruce und eine andere für alle anderen, außerhalb von Bruces Hörweite? Und zwei Bars, die ähnlich konzipiert sind.«

»Das ist sehr schlau«, sagt Theodora. »Das machen wir so.«

»Wir können die Musik auch laut aufdrehen«, sage ich. »Oder noch besser: eine Kopfhörerparty veranstalten.«

»Setzen wir die zweite Idee um«, sagt Angela. »Bruce trägt bei den meisten Essensveranstaltungen ohnehin Kopfhörer, und so sieht es nicht so aus, als würde es ihm an Umgangsformen mangeln.«

Wenn er Kopfhörer trägt, sieht es nicht so aus, als ob es ihm an Umgangsformen mangelt. Diese Ehre gebührt demjenigen, der vor ihm isst oder trinkt, obwohl er von seinem Problem weiß.

»Das wäre dann geklärt«, sagt Theodora. »Ich lade seine Freunde ein und engagiere einen DJ, der das mit den Kopfhörern arrangieren kann.«

Angela klatscht aufgeregt in die Hände. Die Party ist eindeutig mehr für sie als für Bruce. »Wir brauchen auch ein Thema.«

»Wie wäre es mit *The Witcher*?«, platze ich damit heraus.

»The was?«, fragen sie unisono.

Wie können sie das nicht wissen? »Das ist seine Lieblingsbuchreihe.«

Theodora sieht Angela bedeutungsvoll an und konzentriert sich dann auf mich. »Das hat er Ihnen gesagt?«

Ich erröte. »Ich mag zufällig ein Videospiel, das auf dieser Serie basiert, und wir haben zufällig darüber gesprochen.«

»Gemeinsame Interessen«, sagt Theodora zufrieden. »Dann sagen Sie uns, was wir machen sollen, wenn wir das zum Thema der Party machen wollen.«

Ich zucke mit den Schultern. »Können Sie ein paar Outfits besorgen, die denen ähneln, die im mittelalterlichen Osteuropa getragen wurden?«

Angela wirft mir einen *Natürlich*-Blick zu.

»Wir können die Männer Schwerter tragen lassen«, sage ich, und komme langsam in Stimmung. »Und die Frauen können sich extra so zurechtmachen, dass sie den Zauberinnen dieser Welt ähneln.« In The Witcher verwenden die Zauberinnen Magie, um so gut wie möglich auszusehen, nicht anders als diese Mutter und ihre Tochter, die sich einer Schönheitsoperation unterziehen, damit sie gut in ihre Rollen passen.

»Was noch?«, fragt Angela.

»Können Sie einen Barden anheuern?«, schlage ich vor.

Angela zieht ihre schmale Augenbraue hoch. »Einen Barden?«

»Das ist wie ein Minnesänger«, erkläre ich. »Stellen Sie sich einen Typen vor, der die gleiche Kleidung wie alle anderen trägt, der Gedichte rezitiert und auf einer Laute spielt.«

»Ah, klar«, sagt Angela. »Das sollte einfach sein.«

Sollte es das? Ich schätze, reiche Leute haben Zugang zu Barden – und bekommen sie wahrscheinlich im selben Supermarkt, in dem sie auch gruselige Masken und Prostituierte für ihre *Eyes-Wide-Shut*-Partys kaufen.

»Der Hund sollte ein Outfit haben«, sagt Theodora. »Irgendeine Idee?«

Ich grinse. »Er kann ein Werwolf sein – ein Chihuahua bei Tag, eine verfluchte Bestie bei Nacht.«

Theodora und Angela schauen skeptisch auf das kleine Fellknäuel hinunter. Fragen sie sich, ob er mit seinen Werwolfskräften die Leute vom Essen und Trinken vor Bruce fernhalten will?

»Gibt es eine noch etwas anderes?«, fragt Theodora.

»Er kann ein Pferd sein«, sage ich zögernd. Was ich nicht hinzufüge, ist, dass ich diese Idee an Halloween mit meinem Hund ausprobiert habe oder mein Hund nach dem Reittier des Hexers benannt war.

»Das sollte so kurzfristig einfacher sein«, sagt Theodora.

Ach? Also gibt es Grenzen für den *Eyes-Wide-Shut*-Supermarkt. Gut zu wissen.

»In Ordnung«, sagt Angela. »Wir haben viel zu tun, also fangen wir besser an.«

»Darf ich Ihre Nummer haben?«, fragt mich Theodora. »Für den Fall, dass ich Fragen zum Thema habe?«

Ich gebe meine Telefonnummer in ihre Kontakte ein und gehe dann noch einmal mit Colossus spazieren.

Draußen sehe ich Champ, der zu diesem Zeitpunkt wahrscheinlich schon seine zweite Stange Zigaretten raucht.

»Mad Max Cosplay?«, fragt er grinsend und deutet

auf meine Kopfbedeckung. »Sie brauchen auch einen BH mit Spikes.« Damit starrt er auf meine Brüste, während er sich besagtes Outfit ausmalt.

»So clever«, sage ich mit zusammengebissenen Zähnen. »Ich habe fast vergessen, wie dumm Bruce mich auf diesen Spaziergängen aussehen lässt.«

»Wer kann es dem Kerl verübeln?« Champ wirft seine Zigarette auf den Boden. »Wenn Sie für mich arbeiten würden, würde ich Sie auch spezielle Outfits tragen lassen.«

Igitt. »Ganz ruhig, Champ. Ihre Freundin ist nur einen Meter entfernt.«

»Das war nur ein verdammter Scherz.« Champ drückt seine Zigarette aus, dreht sich um und macht sich aus dem Staub.

Wow. Als Angela sagte, dass sich Gleich und Gleich zusammentun sollten, hat sie da gedacht, dass er ihr ebenbürtig ist?

Colossus geht hinüber, um an dem Zigarettenstummel zu schnüffeln, also ziehe ich ihn weg, damit er sie nicht frisst.

Nach dem Spaziergang trainiere ich mit Colossus und kämpfe gegen den Schwindel an, den ich verspüre, wenn ich mir Bruces Geburtstagsparty im Witcher-Stil vorstelle. Von Zeit zu Zeit schreibt mir Theodora eine SMS, um mich nach detaillierteren Vorschlägen zum Thema zu fragen, und an einem Punkt informiert sie mich über etwas, was ich offensichtlich schon lange wusste – dass The Witcher auch eine Fernsehserie auf Netflix ist, in der, ich zitiere, *der superscharfe, superschöne Superman Henry Cavill*, mitspielt.

Ich habe sie noch nicht gesehen, antworte ich.

Vielleicht können Sie sie sich mit Bruce ansehen, schlägt Theodora vor.

Wer weiß, schreibe ich zurück und frage mich, ob ihr klar ist, dass sie ihrem Sohn und mir gerade *Netflix und Chillen* vorgeschlagen hat.

Eine Stunde nach dem Mittagessen bekomme ich eine weitere SMS von Theodora:

Welches dieser Outfits gefällt Ihnen?

Bilder überschwemmen mein Handy, und die Auswahl ist groß, aber ich entscheide mich für die schwarzen Optionen, weil das die Lieblingsfarbe meiner weiblichen Lieblingsfigur im Spiel ist, Yennefer von Vengerberg.

Nach kurzer Überlegung texte ich Theodora meine Auswahl: hohe Stiefel, einen Umhang, einen Gürtel, lange Handschuhe, eine Reithose, einen Pelzkragen und zu guter Letzt einen Hüftgürtel.

Welche Größe, fragt sie.

Als ich sie ihr sage, gibt es eine Pause, und dann antwortet sie mit:

Wir haben Glück, dass dieser Ort sowohl auf Erwachsene als auch auf Kinder vorbereitet ist.

Großartig. Sind wir wieder bei dem Thema meiner geringen Größe?

Zu meiner Erleichterung lässt mich Theodora nach dieser SMS in Ruhe, zumindest bis sie und Angela zurückkommen und an meine Zimmertür klopfen. Als ich sie öffne, drückt mir Theodora einen Haufen Einkaufstüten in die Hand.

»Wie viel schulde ich Ihnen?«, frage ich.

»Nichts«, sagt Theodora gnädig.

Angela nickt. »Wir lieben die Themenidee so sehr, dass wir uns fühlen, als würden wir Ihnen etwas schulden.«

Ich habe ihnen nur etwas gesagt, was sie hätten wissen müssen, aber okay.

»Die Party beginnt in drei Stunden, im Ballsaal«, sagt Angela. »Ich hoffe, das ist genug Zeit für Sie, um sich fertig zu machen.«

War das ein Diss nach dem Motto: »Du bist so hässlich, dass du extra lange brauchen wirst, um alles zu verdecken?«

»Nur drei Stunden?« Theodora schaut mit einem entsetzten Blick auf ihre Uhr. »Ist es zu spät, alles nach hinten zu verschieben? Es ist unmöglich, dass ich rechtzeitig fertig werde.«

»Nein«, sagt Angela. »Dad hat sich eine Ausrede ausgedacht, um Bruce genau zu diesem Zeitpunkt in diesen Raum zu bringen. Wenn sich die Zeit ändert, könnte Bruce Verdacht schöpfen.«

»Dann muss ich mich beeilen«, sagt Theodora. »Bis dann.«

Während ihre Mutter davonstürmt, bleibt Angela aus irgendeinem Grund zurück.

Oh nein. Bekomme ich jetzt wieder einen Vortrag über meine Untauglichkeit für ihren Bruder? Vielleicht werde ich dieses Mal mit einem einfachen Donut-Loch verglichen und er mit einer Sekttorte?

»Ich beeile mich auch besser. Ich brauche noch länger, um mich fertig zu machen, als Mama«, sagt Angela, aber bewegt sich nicht.

Ich seufze. »Was ist es denn diesmal?«

Sie wechselt fast unmerklich von einem Absatzschuh auf den anderen. »Vielen Dank. Ich weiß Ihre Hilfe bei dieser Party zu schätzen.«

Sie lässt mich mit offenem Mund stehen und stöckelt davon.

»Was sollte das denn?«, frage ich Colossus.

Er neigt seinen Kopf.

Wenn ich so gut im Verstehen von Menschen wäre, würde ich euch alle dazu bringen, mir jede Sekunde des Tages Kekse zu reichen.

———

Ich komme ein paar Minuten zu früh in meinem Yennefer-Outfit im Ballsaal an. Colossus ist bei mir und sieht aus wie das kleinste Pony in der Geschichte der Pferde.

Johnny empfängt uns gekleidet wie ein Barde am Eingang.

Ich lächele ihn an. »Es ist, als hätte dein Schnurrbart sein ganzes Leben lang auf diesen Abend gewartet.«

Mit einem zufriedenen Erröten zwirbelt Johnny

den Schnurrbart gekonnt. »Die sind für dich.« Er reicht mir ein Paar Ohrstöpsel.

Um meine Ohren freizulegen, muss ich die tiefschwarzen Locken meiner Perücke zurückschieben. Sobald die Kopfhörer an Ort und Stelle sitzen, höre ich leise Lautenmusik, genau wie in einer Taverne in Novigrad, meiner Lieblingsstadt im Spiel.

Schön.

Ich schaue mich um.

Die Dekoration ist so perfekt, dass es mich nicht wundern würde, wenn Theodora und Angela einen Bühnenbildner engagiert hätten. Der Ballsaal erinnert mich an Kaer Morhen, die alte Burg, in der alle Hexer trainieren.

Als ich Bruces Vater an einer Nicht-Bruce-Essensstation entdecke, gehe ich hinüber und schaue mir die Auswahl an.

Wow. Sogar die Hors d'œuvres sind thematisch abgestimmt, mit Bezeichnungen wie *Mutton Slider* und *Wyvern Tartar*. Während ich mir einen Teller mit verschiedenen Käsesorten und Früchten nehme, schnappe ich mir eine Gurke für Colossus, die er gierig verschlingt, obwohl er sein Abendessen auf dem Weg hierher gegessen hat.

Ambrose knallt versehentlich seine Scheide auf die Tischkante. »Glauben Sie, Bruce wird das alles gefallen?«

»Ich bin ein genauso großer Fan dieser Welt wie er«, sage ich. »Und ich liebe es.«

Nachdem ich mein Essen schnell in dem dafür

vorgesehenen Bereich zu Ende gegessen habe, komme ich heraus, um mir die versammelte Menge anzusehen.

Alle sind angemessen gekleidet, und ich erkenne Bob, den Koch, Prudence, die Haushälterin, den Gärtner, wie auch immer er heißt, und einige Sicherheitsleute. Dann kommt eine Gruppe vertrauter Gesichter herein, die ebenfalls verkleidet sind, und ich brauche eine Sekunde, um mich daran zu erinnern, dass sie von der nahegelegenen Filiale von Bruces Bank sind – genau die, die bei Colossus' Sozialisierung geholfen haben.

Als Colossus den Geruch seiner menschlichen Bekannten wahrnimmt, rennt er los, um sie zu begrüßen – oder zu überprüfen, ob sie Leckerlis haben.

Angela, Angelas Freund und Theodora kommen herein. Beide Frauen sind hervorragende Mitzauberinnen, während Champ wie ein nilfgaardischer Hofnarr aussieht. Sie schließen sich Ambrose an, der als König gekleidet ist, wahrscheinlich Radovid V., der Stern.

»Er kommt«, sagt Johnny und zwirbelt nervös seinen Schnurrbart. »Macht euch bereit.«

Ich beobachte neugierig den Eingang.

Bruce kommt herein und sieht in seiner modernen Kleidung wie ein Anachronismus aus.

»Überraschung!«, rufen wir alle. »Happy birthday!«

Mit großen Augen schaut Bruce sich ein bisschen überfordert um.

Ambrose geht zu seinem Sohn und drückt ihm ein Bündel Kleidung in die Hand. »Bitte zieh das an und komm zurück«, sagt er und klingt dabei etwas entschuldigend. »Dies ist eine Themenparty.«

Colossus rennt zu Bruce und wedelt mit dem Schwanz.

Beim Anblick des Pferdeoutfits schenkt Bruce uns allen eines seiner seltenen Lächeln. »Bist du Mini-Roach?«

Der Welpe wedelt noch stärker mit dem Schwanz.

Es ist mir egal, wie du mich nennst, solange ein Keks für mich drin ist.

»Gut, lass uns gehen«, sagt Bruce zu dem Hund, und sie verschwinden zusammen.

Ich gehe zur Nicht-Bruce-Bar und bestelle einen Wodka. Als ich wieder auf der Tanzfläche bin, kommen Bruce und Colossus zurück.

Heiliger Anubis. Ich hätte ahnen müssen, dass Angela und Theodora das tun würden, aber ich bin unvorbereitet und brauche ein neues Höschen.

Bruce ist schon von Natur aus breitschultrig, aber mit den charakteristischen Schulterplatten seines Kostüms sieht er einfach riesig aus. Und angesichts der grauen Perücke, der beiden Schwerter auf seinem breiten Rücken und des charakteristischen Wolfsanhängers an seinem Hals gibt es keinen Zweifel daran, wer er ist: Geralt von Riva – oder, wie ihn alle nennen, *The Witcher.*

KAPITEL 29

BRUCE

Obwohl ich mit einer Überraschungsparty rechnete, hatte ich dieses Thema nicht erwartet und konnte es kaum glauben.

Später, während ich mich umzog, hatte ich die Chance, alles zu verarbeiten, und mir wurde klar, dass ich zum ersten Mal meine blöde Geburtstagsparty genießen könnte ... oder sie zumindest leichter zu ertragen wäre. Es hat auch nicht lange gedauert, bis ich herausfand, wem ich das zu verdanken habe. Schließlich ist sie ein genauso großer Fan dieses Universums wie ich.

Als Colossus und ich zurück in den Ballsaal gehen, suche ich Lilly in der Menge.

Wegen der vielen Outfits brauche ich ein paar Augenblicke, aber als ich mich auf die Körpergröße – oder deren Fehlen – und die Augenbrauen – oder deren Überfluss – konzentriere, entdecke ich sie – und spüre, wie sich meine Augen zu wölben beginnen, wie die eines Cartoon-Wolfs, was angesichts des Anhängers an meinem Hals passend ist.

Sie sieht verdammt sexy aus – und natürlich ist sie als die Geliebte meiner Figur gekleidet.

Ich gehe zu ihr hinüber, ziehe die Ohrstöpsel unter meiner Perücke hervor und sage Hallo.

Sie entfernt ebenfalls ihre Kopfhörer und singt *Happy Birthday*, auf diese besondere Art und Weise, die Marilyn Monroe berühmt gemacht hat, aber ersetzt dabei *Mr. President* durch *Mr. Roxford*.

Während ich zuhöre, frage ich mich, wie falsch es wäre, wenn ich sie mir über die Schulter werfen und in mein Schlafzimmer rennen würde. Würde jeder denken, dass es zum Cosplay gehört? Wahrscheinlich nicht, also benehme ich mich besser.

»Danke.« Ich gestikuliere herum. »Wer auch immer sich das Witcher-Thema ausgedacht hat, ist ein Genie.«

Sie klimpert mir kokett mit den Wimpern. »Ich frage mich, wer sie wohl war?«

Ich zucke theatralisch mit den Schultern. »Ich stelle mir eine wunderschöne Frau vor. Aufmerksam. Wahrscheinlich kann sie gut mit Hunden umgehen.«

Da ist sie, die Röte, die ich mit allen Mitteln zu erzeugen versucht habe. »Haben Sie schon gegessen?« Sie deutet auf die Ecke, in der sich niemand aufhält. »Das ist Ihr Buffet, das von allen anderen getrennt ist.«

Ich trete näher. »Deine Idee?«

Sie schaut zu mir auf und nickt.

Ich beuge mich herunter. »Du bist unglaublich.«

Sie stellt sich auf die Zehenspitzen. »Es war mir ein Vergnügen.«

Reden wir immer noch über diese Party?

Spielt keine Rolle.

Ich werde diese Lippen wieder schmecken.

Ich beuge mich noch ein Stück vor, aber gerade als ich Lilly küssen will, tippt mir eine Hand auf die Schulter.

Ich drehe mich um und bereite mich darauf vor, den Störenfried mit einem meiner Schwerter aufzuschlitzen, aber es stellt sich heraus, dass es meine Mutter ist, also muss ich mich mit einem tödlichen Blick begnügen. »Was ist los?«

»Ihr beide solltet den ersten Tanz tanzen«, sagt meine Mutter.

Ich schaue von ihr zu Lilly. »Gibt es auf Geburtstagen erste Tänze?« Ich dachte immer, das wäre eine Hochzeitssache.

»Wegen eurer Outfits«, sagt Mutter nüchtern. »Der Hexer muss mit seiner Zauberin tanzen.«

Lilly zeigt auf Gertrude, die eine rote Perücke trägt. »Das ist Triss Marigold. Im Spiel führt eine Romanze mit ihr zu einem einfacheren und stabileren Leben.«

»Keine Spoiler.« Ich stecke meine Ohrstöpsel wieder ein. »Nicht, dass ich mich für jemand anderen als Yennefer entschieden hätte, egal, was du sagst.«

Langsame Musik spielt in meinen Ohren, und ich reiche Lilly meine Hand. Sie steckt ebenfalls ihre Hörer ein, dann legt sie ihre Hand in meine, und ich führe sie in die Mitte der Tanzfläche, während alle zuschauen.

»Ich bin froh, dass du deine Schwerter auf dem Rücken trägst«, flüstert Lilly so laut, dass ich es durch die Ohrstöpsel hören kann. »Wenn du sie an deinem Gürtel tragen würdest, bestünde die Gefahr, dass ich abgestochen werde.«

»Du bist immer noch gefährdet.« Ich fühle mich wie ein Kind beim Abschlussball und werfe einen Blick auf meine enger werdende Hose.

Lilly errötet auf eine Art und Weise, die gar nicht zu Yennefer passt, nimmt meine dargebotenen Hände, und ich ziehe sie nah an mich heran, während ich mich im Stil eines Gesellschaftstanzes zur Musik bewege, da ich keine Ahnung habe, wie Tanzen in der Witcher-Welt aussehen soll.

Lilly in meiner Nähe zu haben ist berauschend. Sie blickt sittsam zu mir auf, ist an den richtigen Stellen weich, und ihr zarter Duft nach Kirschen, Weihrauch und Rosen lässt mir den Kopf schwirren.

Scheiße. Meine Situation mit dem »Schwert« wird immer offensichtlicher – und da sich ihre Augen weiten, muss sie es bemerken.

Die Musik hört auf zu spielen.

Ich verbeuge mich. »Du bist eine tolle Tänzerin.«

»Oh, danke.« Sie macht einen Knicks. »Wie wäre es, wenn du etwas isst und trinkst und wir es dann wieder tun?«

»Das ist ein Date«, sage ich und gehe zu dem Buffet, das sie für mich aufstellen lassen hat. Um ehrlich zu sein, bin ich nicht mehr hungrig oder durstig.

Zumindest nicht auf Lebensmittel.

D ieser Tanz war heiß, und das nicht nur, weil er meine Fantasien über den Hexer angeregt hat. In letzter Zeit hat Bruce so viel mehr Fantasien ausgelöst, als es eine Videospielfigur jemals könnte.

Ich fächele mir mit meiner Handfläche Luft zu und bedauere, dass zu meinem Outfit kein Fächer oder eine Fliegenklatsche gehört. Nein. Immer noch heiß und nervös. Ich schalte die Musik aus und atme tief durch, dann gehe ich zur Bar und hole mir ein Glas Wasser mit viel Eis.

Selbst das kalte Getränk hilft nicht. Vielleicht würde es besser funktionieren, einen Eiswürfel in mein Höschen zu stecken, aber das scheint nicht die beste Idee zu sein, wenn ich von so vielen Menschen umgeben bin.

»Eure Majestät«, höre ich Theodora plötzlich theatralisch flüstern. »Besteht die Möglichkeit, dass wir uns herausschleichen und unser Quartier besuchen, wenn niemand hinsieht?«

Ich nehme an, dass sie mit Ambrose spricht und ich nicht die Einzige bin, die diese Outfits als Aphrodisiakum empfindet. Außerdem sollte ich besser vorsichtig sein mit dem, was ich heute Abend sage. Wenn die Musik stummgeschaltet ist, blockieren die Ohrstöpsel nicht viel Schall.

»Ja, holde Maid«, antwortet Ambrose, bevor ich die Musik wieder wahrnehmen und so die unwillkommenen Informationen unterdrücken kann. »Du wirst vielleicht schon bald die Ehre haben, deinem König zu dienen.«

Ich höre nicht, was Bruces Mutter antwortet, weil die Musik in meinen Kopfhörern es glücklicherweise übertönt, aber ich brauche trotzdem Bleichmittel für mein Gehirn.

Um etwas Abstand zwischen mich und Bruces Eltern zu bringen, verlasse ich den Barbereich und stoße direkt mit Champ zusammen.

Igitt. Ich spüre, wie einige Teile von ihm meinen Körper berühren, und werde von seinem Atem belästigt – einer schrecklichen Mischung aus Zigaretten, Knoblauch, Wodka und Kaffee.

Ich weiche schnell zurück. Das Gute daran ist, dass ich jetzt keine kalte Dusche mehr brauche.

Champ lehnt sich zu mir und bläst mehr von seinem Atem in mein Gesicht. »Möchte die Zauberin tanzen?«

Ich atme durch meinen Mund. »Nein. Danke.«

Er runzelt die Stirn. »Warum nicht?«

»Sie tanzt nur mit mir«, knurrt Bruce drohend hinter mir und erschreckt damit sowohl mich als auch Champ.

Champ hebt seine Hände. »Es ist nur ein Tanz. Puh.«

»Wir sind dem Thema sehr verschrieben«, sage ich, »und seine Figur würde nur mit meiner tanzen, und umgekehrt.«

Mit einem mädchenhaften Augenrollen macht Champ auf dem Absatz kehrt und geht davon.

»Danke«, sage ich zu Bruce.

»Du kannst dich mit einem Tanz bedanken«, antwortet Bruce und streckt mir seine Hände entgegen, genau wie vorhin.

Jetzt geht's los. Mein Höschen ist wieder in Schwierigkeiten.

Ich nehme seine Hände, und er zieht mich gekonnt an sich heran und hüllt mich in seine Körperwärme ein.

Die Musik ist dieses Mal etwas schneller, aber das ist nichts im Vergleich zu meinem rasenden Herzschlag.

Sein Arm umgibt meinen Rücken und führt mich sanft zum Rhythmus.

Hat derjenige, der das Tanzen erfunden hat, gemerkt, wie sehr es an Sex erinnert?

Ich keuche bei jedem Schritt, und meine hochgeschobenen Brüste heben und senken sich. Dann treffen Bruces Augen auf meine, und in ihren blauen

Tiefen ist keine Spur von dem üblichen Eis. Stattdessen erinnern sie mich an das karibische Meer, in dem ich gerne nackt baden würde.

Die Musik ändert sich, und Bruce beugt mich sanft im Takt nach hinten. Ich falle beinahe in Ohnmacht.

»Du bist eine hervorragende Tänzerin«, murmelt Bruce in mein Ohr, als das Lied aufhört.

»Ich? Du bist derjenige, der die ganze Arbeit macht.«

Er lächelt. »Du unterschätzt dein Gefühl für Rhythmus.«

Tue ich das – oder habe ich andere, wichtigere Dinge im Kopf?

»Ich möchte dir noch einmal danken«, sagt er. »Wenn es um Geburtstagsgeschenke geht, ist es hart, mich zu befriedigen, aber heute hast du es geschafft.«

Ich gebe den Wörtern *hart* und *befriedigen* die Schuld für das, was ich als Nächstes sage: »Diese Party ist nicht mein Geschenk.«

Seine Augen glänzen. »Ist sie nicht?«

Errötend sage ich: »Was hältst du davon, die Nacht mit Yennefer von Vengerberg zu verbringen?«

Oh je. Wie viel habe ich getrunken? Normalerweise bin ich nicht so mutig.

Er schüttelt den Kopf, und mein Herz bleibt fast stehen. »Ich will Yennefer von Vengerberg nicht«, murmelt er. »Nicht, wenn ich Lilly Johnson haben kann.«

Der Atem, von dem ich nicht wusste, dass ich ihn angehalten habe, zischt aus meinen Lungen. Ich öffne meinen Mund, um über Logistik zu sprechen, aber Bruces Gesicht verzieht sich, als hätte er Schmerzen.

Ich drehe mich um.

Champ steht hinter mir und kaut wie ein verdammter Höhlenmensch mit offenem Mund einen Mini-Lammburger.

»Was zum Teufel …?«, sage ich streng. »Sie sollen in dem dafür vorgesehenen Bereich essen.«

»Der Hund war da.« Champ winkt mit dem Burger und nimmt noch einen Bissen.

Apropos Hund: Colossus rennt in unsere Richtung, was beweist, dass Champ nicht wirklich etwas erreicht hat, indem er gegangen ist. Meine Theorie ist, dass er sich an Bruce rächen will, weil er ihn nicht mit mir tanzen lässt.

Genervt lege ich meine Hand an meine Schläfe und schaue den Welpen bedeutungsvoll an.

Als guter Junge, der er ist, bellt Colossus lautstark.

Champs Hand fliegt zu seiner Brust, und er macht gerade noch rechtzeitig einen Schritt zurück, um über Johnnys Fuß – oder vielleicht Schnurrbart – zu stolpern.

Mit fuchtelnden Armen fällt Champ auf seinen Hintern, und der übrig gebliebene Burger fliegt in Colossus' Richtung.

Ohne mit der Wimper zu zucken, verschlingt der Hund ihn, weil er denkt, dass es seine Belohnung für das Bellen auf Kommando ist.

»Was war in dem Burger?«, frage ich.

»Darüber machen Sie sich Sorgen?«, fragt Champ und versucht, sich mit einem Stöhnen zu drehen.

»Antworte ihr«, fährt Bruce ihn an.

Der Koch kommt angerannt und rattert eine Liste mit Zutaten herunter. Sie klingen recht hundesicher, also entspanne ich mich ein wenig. Ich muss immer noch ein Auge auf den Welpen haben, falls er vom vielen Fressen krank wird, aber ich denke, dass es dem unersättlichen kleinen Wesen gut gehen wird. Apropos gut gehen …

»Sind Sie verletzt?«, frage ich Champ, der immer noch auf dem Boden liegt. Wenn er sich das Steißbein gebrochen hätte, würde ich mich ein bisschen schuldig fühlen.

Ohne ein Wort des Mitgefühls streckt Bruce seine Hand nach Champ aus, der sie nimmt und sich mit einem weiteren Stöhnen erhebt.

»Daran ist der verdammte Hund schuld«, murmelt er und wischt sich die Hände ab. »Ich bin allergisch.«

»Seit wann fällt man bei Allergien auf den Hintern?«, fragt Bruce.

Champ tut so, als würde er niesen, und huscht offensichtlich unverletzt davon.

»Guter Junge«, sagt Bruce zu Colossus.

Der Welpe wedelt mit dem Schwanz.

Wenn du dachtest, dass ich ein guter Junge war, weil ich das Sandwich gegessen habe, dann warte mal ab, bis du meine hochentwickelten Fähigkeiten beim Keksessen siehst.

»Vielleicht muss er nach so einer großen Mahlzeit

auf die Toilette«, sage ich zu Bruce. »Colossus, meine ich, aber vielleicht auch Champ.«

»Wie wäre es, wenn wir zusammen mit ihm rausgehen?«, schlägt Bruce vor.

Und allein sind. Ja, bitte. Aber Moment einmal. Ich schaue mich um. »Was ist mit der Party?«

Bruce zuckt mit den Schultern. »Ich habe hier länger durchgehalten als bei jeder anderen Veranstaltung, bei der ich war. Dank dir.«

»Also gut.« Ich schnappe mir den Welpen. »Gehen wir.«

Wir schlendern in geselligem Schweigen zur Garage, und als wir dort ankommen, schläft Colossus in meinen Armen. Das Essenskoma hat ihn erwischt.

»Ich habe fast ein schlechtes Gewissen, ihn zu wecken«, flüstere ich Bruce zu.

Als er das süße, verschlafene Gesicht sieht, lächelt er. »Ich frage mich, warum er so müde ist.«

»Die Party«, sage ich. »All die Gerüche, die Menschen und das Essen. Das ist eine Menge für einen kleinen Kerl.«

»Sollen wir ihn zurück ins Bett bringen?«, fragt er.

Ich schüttele den Kopf. »Er wird mit Sicherheit einen Unfall haben.«

Bruce reicht mir das Hundegeschirr, und ich ziehe ihn an, dann greife ich nach meiner punkigen Kopfbedeckung.

»Die wirst du nicht brauchen«, sagt Bruce.

»Es ist dunkel draußen«, sage ich. »Bin ich nicht der Gefahr eines Eulenangriffs ausgesetzt?«

Bruce holt eines seiner Schwerter hinter seinem Rücken hervor. »Lass es die gefiederten Scheißer versuchen. Ich werde sie in zwei Hälften zerteilen.«

Ich befestige die Leine an Colossus' Geschirr. »Ist das ein Stahl- oder Silberschwert?«

Er sieht es sich genauer an. »Silber. Ich sollte eine Eule wohl besser mit Stahl aus dem Weg schaffen.«

»Ja. Silber ist für Monster, und ich glaube nicht, dass Eulen dazugehören.«

»Apropos The Witcher«, sagt Bruce, als wir in die kühle Nachtluft treten, »meine Mutter hat mir etwas Interessantes erzählt.«

»Hat sie das?« Hat sie nicht erst heute von der Serie erfahren?

»Es gibt eine Fernsehserie auf Netflix, die auf The Witcher basiert.«

Oh. »Wusstest du das nicht schon?«

Er schüttelt den Kopf.

Schmetterlinge flattern in meinem Bauch, als ich frage: »Willst du sie dir ansehen?«

»Mit dir«, sagt er.

Aus dem leichten Flattern wird ein richtiger Flügelschlag, und die Schmetterlinge werden zu räuberischen Eulen. »Sehr gerne.«

»Nicht, dass sie so gut sein könnte wie die Bücher«, sagt Bruce.

»Oder das dritte Spiel«, füge ich hinzu.

»Wenn wir es hassen, dann hassen wir es wenigstens gemeinsam.«

»Ja«, sage ich. »Das Wichtigste ist, dass wir uns beim Zuschauen entspannen.«

Und … die betrunkene Tapferkeit geht weiter, in diesem Fall unnötigerweise, denn er hat bereits zugestimmt, mich als Geschenk anzunehmen.

Er grinst. »Netflix und Chillen?«

Ich grinse zurück, auch wenn mein Gesicht heiß wird. »Auf jeden Fall.«

Sein Ausdruck wird ernst. Ich denke, er muss erkennen, wie romantisch dieser Moment ist. Wir haben eine wunderschöne Umgebung um uns herum, die Sterne und den Mond am klaren Himmel und nicht zuletzt sind wir in sexy Outfits gekleidet, die sich gegenseitig ergänzen.

Ihm müssen die gleichen Gedanken durch den Kopf gehen, denn er zieht mich zu sich und unsere Lippen schließen sich.

Die ehrfurchtgebietende Welt um uns herum verschwindet völlig, und alles, was bleibt, sind Bruces Lippen, seine geschickte Zunge, seine starken Arme auf meinem Hintern, das Wimmern …

Moment einmal. Wimmern?

Widerwillig ziehe ich mich zurück und sehe die Quelle des Wimmerns – Colossus. Er stellt sich auf die Hinterbeine und tippt Bruce mit den Vorderpfoten an – so als würde er darum betteln, hochgehoben zu werden.

»Früher«, sage ich, »hat Roach so etwas gemacht. Er hat sich zwischen mich und jeden gestellt, den ich küssen wollte.«

»Er war also ein schlauer Hund«, sagt Bruce. »Ich bin die einzige Person, die du küssen solltest.«

Wow. »Da kannte ich dich noch nicht.«

Bruce hebt Colossus auf und lässt sich sein Gesicht abschlecken. »Glaubst du, er wollte nur Aufmerksamkeit, war eifersüchtig oder«, er lacht, »wollte mich vor einem vermeintlichen Angriff schützen?«

Ich zucke mit den Schultern. »Es sieht eher so aus, als hätte er Oxytocin in der Luft gerochen und ist neugierig darauf geworden. Vielleicht wollte er auch etwas davon – deshalb hat er dir das Gesicht abgeleckt.« Der kleine Glückspilz. Darauf bin ich schon ein bisschen neidisch.

Er setzt den Hund wieder auf den Boden. »Wenn das zu einem Problem wird, kannst du ihm beibringen, sich nicht einzumischen?«

»Klar«, sage ich, und mein Atem wird schneller. »Als Teil dieser Ausbildung müssten wir uns aber sehr häufig küssen.«

Er schmunzelt. »Das lässt sich einrichten.«

Okay. Hier, genau jetzt, ist meine Chance, ihn zu fragen, was zwischen uns ist, aber es ist sein Geburtstag, und wenn das Gespräch schiefgeht, habe ich ihn ruiniert.

Ja. Ich verschiebe das Gespräch. Vielleicht bin ich doch nicht so mutig.

»Meinst du, er ist fertig?«, fragt Bruce, nachdem Colossus an einem Busch, der so perfekt für diesen

Zweck ist, dass sogar ich versucht bin, darauf zu pinkeln, kein Bein gehoben hat.

»Oh, ja«, sage ich. »Der Tank ist leer. Gehen wir zurück.«

Und wenn das bedeutet, dass wir früher in Bruces Schlafzimmer landen, umso besser.

Ohne darüber zu sprechen, rennen wir auf dem Rückweg halb, was meinem ohnehin schon verrückten Herzschlag nicht gerade zuträglich ist. Im Schlafzimmer schläft der Welpe bereits wieder in meinen Armen, also lege ich ihn ganz sanft auf sein Bett, als wir dort ankommen und danke Anubis, als er nicht aufwacht.

Und was jetzt? Ich bin mir nicht sicher, ob die letzten Reste des Alkohols meinen Körper verlassen haben oder ob es an der Realität im Schlafzimmer liegt, aber ich fühle mich auf einmal viel weniger dreist, weshalb ich erröte, als ich frage: »Wollen wir uns die Fernsehserie ansehen?«

Mit hungrig leuchtenden Augen hebt Bruce mich hoch und trägt mich zum Bett.

Oh je. Er zieht mir die langen Stiefel aus, entledigt mich dann meiner Hose und meines Gürtels und stiehlt mir schließlich mein Höschen.

»Wow«, schnurrt Bruce. »Ich habe davon geträumt, dich zu probieren.«

Ich werde knallrot, aber ich wehre mich nicht, als er meine Beine spreizt. Das Geburtstagskind kann essen, was es will – und zwar so laut, wie es will, denn ich bin nicht diejenige mit Misophonie.

Er beginnt mit federleichten Küssen um meinen Kitzler herum – ein Akt des Bösen, weil ich will, dass er *auf* meinen Kitzler küsst.

Als hätte er meine Wünsche geahnt, küsst er mich genau auf die Stelle. Zuerst berührt er sie kaum, dann wird er härter, und schließlich saugt er so fest an ihr, dass sich meine Fäuste in den Laken ballen.

Er steigert seinen Kuss zu einem leichten Lecken.

Ein Stöhnen entweicht von irgendwo tief in mir.

Ich bin mir nicht sicher, wie, aber ich spüre sein zufriedenes Grinsen an meiner Muschi, gefolgt von einem stärkeren Lecken.

Ja. Bitte. Genau so.

Ich muss das laut ausrufen – oder er ist wieder ein Hellseher? Denn seine nächsten etwa ein Dutzend Zungenschläge sind die gleichen, und es ist die reine Wonne. Ein Orgasmus beginnt sich in mir aufzubauen, und ein Stöhnen entweicht ungewollt meinen Lippen.

Ermutigt, tut Bruce etwas, was ich noch nie gefühlt habe – und definiert dabei den Begriff *kluge Zunge* neu. Es fühlt sich an, als hätte er meine Klitoris irgendwie mit ihr umschlossen.

Mit einem Schrei zerbreche ich in kleine Stücke der Lust, um mich dann wieder um seine Zunge zu gruppieren.

»Du bist dran«, keuche ich, als ich wieder bei Sinnen bin.

Jetzt, wo ich darüber nachdenke, hätten wir mit ihm anfangen sollen – er hat Geburtstag und so.

In einer Aktion, die direkt aus *Magic Mike* stammt, reißt sich Bruce die Hose herunter und lässt Titan frei.

»Kein Slip?« Sanft streiche ich mit den Fingerspitzen über seine beeindruckende Länge. »Das passt zum Thema.«

»Nein«, stöhnt er. »Der echte Geralt würde Bruochs tragen.«

»Nicht reden.« Ich gebe Titans Eichel einen leichten Kuss und schmecke den süßen Geschmack von Bruces Sperma.

Er lehnt sich gegen das Kopfteil, aber das entspannt weder seine harten Beinmuskeln noch die V-förmige Pracht um sein gemeißeltes Sixpack.

Ich nehme Titan in meinen Mund. Er ist härter als Stahl, aber trotzdem warm und wunderbar samtig und bettelt geradezu darum, gelutscht und geleckt zu werden.

Ich kann nicht glauben, dass ich so erregt bin, nachdem er mich gerade kommen lassen hat. Unfähig, mich zu beherrschen, schiebe ich meine Hand zwischen meine Beine, um das wachsende Verlangen zu stillen.

»Scheiße«, knurrt Bruce, als ich ihn wie ein Eis lecke. »Du bist unglaublich.«

Ach ja? Ich schiebe Titan tief in meinen Hals, bis ich ihn ganz in meiner Milz spüre. Mein eigener Orgasmus ist fast da, und mein Stöhnen hallt in seinem Schwanz wider.

Bruce stöhnt ebenfalls und streichelt meinen Rücken – was mich nur dazu bringt, ihn noch tiefer in mich zu saugen und mich noch fester und verzweifelter zu berühren.

»Ich will in dir sein«, verlangt Bruce, als ich kurz vor dem Höhepunkt stehe.

Mein Verstand ist zu verwirrt, um zu antworten, also schaue ich einfach zu, wie Bruce mich auf das Bett legt und Titan umhüllt: erst mit einem Kondom, dann mit mir.

Meine Augen rollen mir in den Hinterkopf, und ich streichele Bruces Rücken, als mein Orgasmus endlich über seinen Schwanz hereinbricht.

»Braves Mädchen«, flüstert er heiser, dann schiebt er meine Arme über meinem Kopf und verschränkt unsere Finger. »Jetzt möchte ich, dass du mir noch einen gibst.« Er begleitet seine Forderung mit einem Stoß.

Wenn ich im Moment sprechen könnte, würde ich sagen, dass ich vielleicht noch einen herausquetschen kann, vorausgesetzt, er schaut mir weiterhin so in die Augen. Als ob ich das Zentrum seines Universums wäre.

Er stößt fester in mich hinein und fängt mein Stöhnen mit seinem Mund ein. Er fühlt sich so unglaublich in mir an, dass ich schreien könnte, aber sein heißer Kuss hält mich davon ab.

Seine Stöße werden immer heftiger, und seine Zunge scheint das zu imitieren, was sein Becken macht, während er hungrig meinen Mund verschlingt. Dann spannt er sich an, löst sich aus dem Kuss, stöhnt laut auf, und ich spüre, wie er unglaublicherweise noch härter wird, als er seinen Höhepunkt erreicht.

Das war es. Mit einem erstickten Schrei komme ich, und die Ekstase dauert eine gefühlte Ewigkeit an.

Uff. Gut, dass ich auf dem Rücken liege, denn ich glaube nicht, dass ich die Kraft habe, etwas anderes zu tun, als in die Matratze zu sinken. Alle meine Muskeln fühlen sich wie Gelatine an.

Er streckt sich neben mir aus und atmet genauso rasend schnell. »Ich kann nicht glauben, dass der Hund das alles verschlafen hat.«

Ich zwinge meine Gesichtsmuskeln, zu funktionieren. »Unglaublich, oder?«

»Bleib heute Nacht bei mir«, murmelt er und küsst meine Augenbraue.

Ich nicke schläfrig. »Wenn du mich nicht in mein Zimmer trägst, ist das die einzige Möglichkeit.«

Und damit schlafe ich ein.

KAPITEL 31

BRUCE

ch wache mitten in der Nacht auf und habe Lilly wie eine flauschige Decke um mich gewickelt. Die Bilder von dem, was ich letzte Nacht mit ihr gemacht habe, stürmen auf mich ein und verhärten meinen Schwanz.

Sie war wieder großartig – und gestern war irgendwie einer der besten Tage meines Lebens, obwohl es ein gefürchteter Geburtstag war.

Da ich sie nicht wecken möchte, stehe ich auf und gehe selbst mit dem Welpen spazieren.

Während wir durch das mondbeschienene Gelände schlendern, wird mir klar, dass ich einige Dinge in Bezug auf Lilly neu überdenken muss. Zum einen passen wir unabhängig von unserem Größenunterschied sexuell perfekt zusammen. Ich hatte noch nie das Gefühl, dass eine Frau so auf mich zugeschnitten ist.

Zum anderen muss ich vielleicht auch meine

Einstellung zu Dates mit Angestellten überdenken. Es ist sicher nicht optimal, aber zumindest ist das hier kein Firmenumfeld. Das muss es doch besser machen, oder nicht?

Eines ist sicher: Der Altersunterschied ist nichts, worüber man sich Sorgen machen muss. Ich habe nicht gesehen, dass sie auch nur ein einziges Selfie gemacht hat, den Wunsch geäußert hat, in Nachtclubs tanzen zu wollen oder von Justin Bieber schwärmt.

Als ich Colossus wieder in sein Bett lege und zu Lilly zurückkehre, beschließe ich, dass ich mit ihr darüber reden werde, dass wir das, was zwischen uns läuft, offiziell machen. Aber wann? Nach dem Kryptowährungsprojekt? Das scheint jetzt zu weit weg zu sein.

Nein. Ich werde mit ihr reden, sobald meine Eltern abgereist sind.

KAPITEL 32

LILLY

E s bewegt sich etwas im Bett, also öffne ich mürrisch ein Auge.

»Guten Morgen«, murmelt Bruce.

»Scheiße.« Ich öffne das zweite Auge. »Habe ich mir gestern Abend die Zähne geputzt?«

Er schnaubt. »Wir haben auch nicht geduscht – Zeit, das nachzuholen.«

Er wirft seinen Teil der Decke ab, und der Anblick seines nackten Körpers ist wie das Trinken von Espresso – vor allem, weil Titan aus unerfindlichen Gründen hart ist.

Wenn ich mich nicht so eklig fühlen würde, würde ich mich auf ihn stürzen.

Moment einmal. Hat er mich gerade eingeladen, mit ihm zu duschen?

Bevor ich die Antwort herausfinden kann, höre ich das Getrappel winziger Krallen auf Hartholzboden, gefolgt vom Klopfen von Pfoten auf der Matratze.

Bruce grinst. »Rate mal, wer auch wach ist?«

Ich beuge mich nach unten und sehe Colossus, der mit dem Schwanz wedelt, als wäre das sein Lebensinhalt, bevor er sich auf den Rücken plumpsen lässt.

Bauchmassage. Jetzt. Hopp, hopp. Es ist ewig her, dass ich etwas TLC bekommen habe.

Mit einem breiten Grinsen kratze ich den angebotenen Bauch.

»Du kümmerst dich um ihn, stimmt's?«, fragt Bruce, der immer noch splitterfasernackt ist. »Ich habe in ein paar Minuten ein Meeting.«

»Ja«, sage ich seufzend und beobachte das Wunderwerk, das Bruces muskulöser Hintern ist, beim Weggehen.

Sobald er außer Sichtweite ist, ziehe ich mein Zauberinnen-Outfit an, schnappe mir den Welpen und eile in mein Zimmer, wobei ich das Gefühl habe, den Walk of Shame zu machen.

»Hier.« Ich gebe Colossus ein paar dehydrierte Süßkartoffeln, die der Koch für ihn gemacht hat.

Während sich der Hund mit dem Leckerli beschäftigt, erledige ich meine Morgenroutine und denke über eine Frage nach, die immer drängender wird.

Was ist das zwischen mir und Bruce?

Ich weiß, was es *nicht mehr* ist – ein One-Night-Stand. Gibt es so etwas wie Two-Nights-Stands? Keine Ahnung, und ich weiß, dass ich mit ihm darüber reden sollte, aber ich weiß nicht, wie ich es ansprechen soll.

Vielleicht finde ich heute den Mut dazu?

Jetzt muss ich erst einmal mit dem Hund spazieren gehen.

———

Als Colossus und ich zurückkommen, ist Bruce gerade dabei, mit seiner Familie zum Golfspielen aufzubrechen.

»Warum kommen Sie nicht mit?«, fragt Theodora.

Ich schüttele den Kopf und lächele höflich. »Colossus und ich müssen noch viel trainieren.«

Ist das Enttäuschung in Bruces Gesicht? Außerdem haben der Welpe und ich bisher nicht gefrühstückt – und, was noch wichtiger ist: Ich möchte Bruce nicht in seiner Familienzeit stören.

Wie versprochen arbeite ich den ganzen Tag mit meinem Schützling und mache nur für die Mahlzeiten eine Pause, ohne Bruce auch nur ein einziges Mal zu begegnen.

Als es Zeit ist, schlafen zu gehen, dusche ich, putze mir die Zähne und rasiere mir die Beine und andere notwendige Stellen, bevor ich die sexyeste Schlafbekleidung anziehe, die ich besitze: ein kleines Nachthemd. Dann, richtig vorbereitet, bringe ich Colossus zu seinem Bett.

Als wir eintreten, brennt das Licht und Bruce ist nicht da, aber ich sehe etwas Neues: einen Fernseher, der aus dem Fußende des Bettes ragt. Oder ist er vielleicht gar nicht neu? Vielleicht braucht Bruce nur einen Knopf zu drücken, und der Fernseher gleitet von irgendwoher heraus.

Bruce kommt im Morgenmantel aus dem Badezimmer. »Es ist alles bereit, die Serie zu sehen. Vorausgesetzt, du möchtest noch.«

Möchte ich ein bisschen Netflix und Chillen? Mit ihm? Beantwortet mein Outfit diese Frage nicht für mich?

»Was ist mit ihm hier?« Ich hebe Colossus hoch.

Bruce geht hinüber und streichelt den Bauch seines Pelzkindes. »Wie wäre es, wenn wir das Training machen, über das wir gesprochen haben?«

»Du meinst seine Reaktion auf das Küssen?«, frage ich und gebe mein Bestes, um in meiner Aufregung nicht auf und ab zu springen.

Bruce nickt, schnappt sich den Welpen und bringt ihn zum Bett.

Colossus fällt zwischen Bruces Beine und scheint einzuschlafen.

»Mal sehen«, sagt Bruce, dann ergreift er mich und gibt mir einen lauten Kuss, der mir die Socken – und Höschen – ausziehen würde … wenn ich welche tragen würde.

Als er den Kuss hört, dreht sich Colossus um, um nach der Quelle des Geräuschs zu schauen, legt sich dann aber wieder hin.

»Er ist müde«, sage ich und grinse. »Ich denke, wir können das zu unserem Vorteil nutzen.«

Damit küsse ich Bruce erneut.

Der Hund wirft uns einen Blick zu, aber das war es dann.

Beim nächsten Kuss macht sich Colossus nicht einmal die Mühe, aufzustehen, also bringe ich ihn in sein Bett.

»Serie schauen?«, fragt Bruce.

»Lass uns sicherstellen, dass er schläft«, sage ich und küsse Bruce laut.

Als der Hund nicht reagiert, küsst Bruce meinen Hals, dann mein Schlüsselbein, und als er an meiner Brustwarze saugt, vergesse ich unsere eigentlichen Pläne.

———

Der nächste Tag verläuft ähnlich. Ich wache in Bruces Bett auf, er teilt seinen Tag zwischen Arbeit und Familie auf, und ich treffe ihn in seinem Zimmer, um *The Witcher* zu sehen. Das ist eigentlich nur ein Code für jede Menge Sex, denn wir schauen nichts. Das einzige Problem ist, dass ich immer noch keinen Weg gefunden habe, die große Frage zu stellen.

Was genau ist das mit uns?

Und sollte er es nicht irgendwann ansprechen? Warum muss ich das tun? Oder ist das für ihn nur eine bedeutungslose Affäre und nicht der Rede wert?

Ich verdränge diesen Gedanken und wir verbringen den nächsten Tag genauso – nur dass wir endlich eine Viertelstunde The Witcher anschauen können, bevor Bruce mir noch einmal das Hirn herausvögelt.

Immer noch kein Gespräch über irgendetwas.

Hm.

Am nächsten Tag erfahre ich, dass seine Familie noch eine weitere Woche bleiben wird – eine Woche, die ganz ähnlich beginnt, mit nur sporadischem Anschauen von *The Witcher* und vielen Orgasmen für mich. Inzwischen hatte ich mit Bruce mehr Orgasmen als in all meinen vorherigen Beziehungen zusammen.

Am sechsten Tag bin ich wütend auf mich, weil ich das Gespräch nicht gewagt habe, aber noch wütender auf Bruce, weil er mir das nicht erspart.

Ich bin so wütend auf ihn, dass ich schon die möglichen Dinge einstudiere, die ich ihm zur Strafe sagen werde, wenn ich morgen früh mit Colossus spazieren gehe. An jedem anderen Morgen vor dem heutigen Tag habe ich stattdessen die verschiedenen Versionen des *Was-ist-zwischen-uns-los*-Gesprächs durchgespielt, aber Entscheidungen zu treffen war noch nie meine Stärke.

»Vielleicht bin ich altmodisch«, sage ich zu ihm, als ich anfange, »aber ist es normalerweise nicht die Aufgabe des Mannes, eine Frau um ein Date zu bitten?«

Nein. Schwach. Ich brauche etwas Stärkeres, wenn ich diesen Weg wirklich gehen will. Vielleicht sollte ich ihn anrufen …

»Hey«, sagt eine vertraute Stimme, die mich aus meinen Gedanken reißt.

Oh. Großartig.

Das ist Champ, der eine Zigarette raucht.

Grrr. Seit der Party habe ich mein Bestes getan, um zu verhindern, dass Colossus und Champ sich treffen, und als Bonus wurde ich davor bewahrt, aus Versehen wieder Champs schrecklichem Atem ausgesetzt zu sein.

Trotz des Sozialisierungstrainings rennt Colossus nicht zu Champ, aber er bellt ihn auch nicht an. Der Welpe könnte sich einfach nicht weniger für diesen Menschen interessieren, was für den jetzt freundlichen Hund fast mit purem Hass gleichzusetzen ist.

»Ich bin froh, dass ich Sie endlich treffe«, sagt Champ.

Endlich? Wie oft hat er hier geraucht, in der Hoffnung, dass wir uns treffen?

»Sind Sie nicht allergisch?« Ich zeige auf den Hund.

Champ schaut Colossus stirnrunzelnd an. »Ich wollte Sie treffen, nicht ihn. Nicht, dass ich in der freien Natur Fell einatmen kann.«

Normalerweise verursachen Hautschuppen und Speichel die Allergien, nicht das Fell, aber ich will dieses Gespräch nicht unnötig in die Länge ziehen, also schweige ich und schaue Champ erwartungsvoll an.

Champ sieht sich verstohlen um, bevor er laut flüstert: »Können wir reden?«

Ich denke schnell. »Leider nein. Vielleicht ein anderes Mal? Colossus ist durstig, und ich auch.«

»Ah.« Champ wirft seine Zigarette auf den Boden und trampelt mit seinem Tennisschuh darauf herum. »Ich schätze, wir sehen uns später.«

Hoffentlich nicht. Ich muss ihn nur noch einen Tag lang meiden.

Auf dem Weg zur Garage mache ich Colossus' Leine los und bringe ihn dann in die Küche, um Getränke und Snacks zu holen.

Als wir eintreten, sehe ich den strategischen Fehler, den ich draußen gemacht habe. Indem ich den Durst erwähnt habe, habe ich Champ quasi gesagt, wohin ich gehen werde.

Und er will *wirklich* reden, weil er hier ist und so tut, als wäre er zufällig in der Küche.

Ich ignoriere ihn, gieße Colossus etwas Wasser ein und nehme eine Schleckmatte mit seinem Frühstück heraus.

Bevor ich mein eigenes Essen herausnehmen kann, kommt Champ zu mir und schaut sich um, bevor er flüstert: »Kann ich jetzt einen Moment Ihrer Zeit haben?«

Ich atme durch meinen Mund. »Was gibt es denn?«

»Ich habe mich über Ihre ... Preise gewundert«, sagt Champ, immer noch im Flüsterton.

Ich blinzele ihn an. »Meine Preise?« Er ist allergisch gegen Hunde, also warum sollte ihn das interessieren?

»Der Preis«, erklärt er, »für ... Sie wissen schon.«

Ich trete einen Schritt zurück. »Ich glaube, ich weiß es nicht.« Und ein Bauchgefühl sagt mir, dass ich es nicht herausfinden möchte.

Champ nähert sich mir wieder, bis ich von seinem Atem getroffen werde und mich frage, wie er es geschafft hat, so früh am Tag so viel Knoblauch zu essen. »Ich weiß von Ihren nächtlichen Ausflügen in Bruces Schlafzimmer ...«

»Wie bitte?« Ich glaube nicht, dass ich so erschüttert wäre, wenn er mir eine Zigarette auf der Stirn ausgedrückt hätte.

»Bitte seien Sie leise.« Er geht einen Schritt zurück. »Ich sage nicht, dass etwas falsch ist an ... Sexarbeit. Es ist ...«

Mein Blut fühlt sich an, als würde es gleich explodieren. »Ich bin keine Hure!« Meine Hände ballen sich zu Fäusten, und es juckt mich in den Fingern, ihm direkt in die kleine Stelle zwischen seinen Augen zu schlagen.

Champ runzelt die Stirn. »Warum mit bösen Etiketten um sich werfen? Ich habe nur gefragt, ob sie das für mich tun können, was Sie für Bruce tun.«

Meine Nasenlöcher beben. »Ich mache keine Sexarbeit für ihn.«

Er rollt mit den Augen. »Er und Sie sind kein Paar, richtig? Er bezahlt Sie, richtig? Sie schlafen mit ihm, richtig? Wie auch immer Sie diese Vereinbarung nennen, ich will auch so eine, solange wir noch hier sind.«

Ich beobachte das Messerregal und stelle mir im Geiste vor, wie ich mit dem großen Tranchiermesser wie in einem Slasher-Film in Champs weichen Bauch schneide. Zu meinen Füßen höre ich Colossus knurren – er scheint meine mörderische Stimmung aufzuschnappen.

»Halt die Klappe«, schnauzt Champ Colossus an und hebt drohend den Fuß.

Das hat gereicht. Irgendwo in mir legt sich ein Schalter um, und mein Knie kracht in Champs Unterleib.

Champ dreht sich um und fällt zu Boden, sein Gesicht wird grün. Ich schnappe mir Colossus, renne in mein Zimmer und schließe die Tür hinter mir ab.

Rein auf Autopilot gebe ich dem Welpen ein Kauspielzeug, bevor ich der Wut nachgebe, die mich überwältigt. Wut auf Champ für das, was er gesagt hat, aber auch auf Bruce und auf mich selbst, weil ich in dieser blöden Situation gelandet bin: Ich schlafe mit meinem Chef, der anscheinend nicht die Absicht hat, eine Beziehung daraus zu machen.

Ich weiß nicht einmal, was ich tue, als meine Hände nach der Schranktür greifen, aber es scheint, als ob mein Körper etwas getan hat, was ich nie allein tun konnte: eine Entscheidung treffen.

Und diese Entscheidung ist, meinen Kram zu packen.

KAPITEL 33

BRUCE

J emand klopft an meine Bürotür, als ich gerade mein Krypto-Meeting beendet habe.

Könnte es Lilly sein? Die warme Hoffnung in meiner Brust lässt mich fühlen wie einen Schuljungen mit seinem ersten Schwarm. Aber wenn sie es wäre, würde sie wohl nicht anklopfen. Sie würde einfach hereinplatzen.

»Herein«, sage ich und klappe meinen Laptop zu.

Auch wenn ich nicht dachte, dass es Lilly ist, fühle ich einen Stich der Enttäuschung, als ich Mrs. Campbell erblicke.

»Hallo, Sir«, sagt sie und scheint ziemlich verstört zu sein.

Ich stehe auf. »Was ist los?«

Sie zieht schuldbewusst ein Stück Papier aus ihrer Tasche. »Ich wollte gerade Lillys Wäsche waschen«, sagt sie. »Und Sie wissen ja, dass ich immer alle

Taschen kontrolliere, bevor ich etwas in die Waschmaschine stecke?«

Ich nicke mit gerunzelter Stirn.

»Als ich ihn sah, wollte ich nicht neugierig sein«, sagt sie. »Aber Ihr Name wurde mit einigen Schimpfwörtern erwähnt, also habe ich …«

»Wie wäre es, wenn Sie mir das Papier geben?«, schlage ich nachdrücklich vor.

Sie macht einen Schritt nach vorn, gibt mir den Zettel aber nicht. »Vielleicht gibt es eine Erklärung dafür«, sagt sie. »Lilly ist so ein nettes Mädchen, und Sie beide …«

Mein Adrenalinspiegel steigt. »Geben Sie ihn mir. Jetzt.«

Mit geweiteten Augen drückt mir Mrs. Campbell das Papier in die Hand und stürmt aus dem Zimmer.

Ich lese den Zettel zunehmend verblüfft. Es scheint, dass Lilly mich für den schlimmsten Menschen der Welt hält – auf einer Stufe mit Charles Manson, Caligula und Pee-wee Herman.

Aber warum? Sicherlich liegt es nicht an meiner Leistung im Schlafzimmer.

Dann sehe ich den Grund am Ende des Briefes und klappe meinen Laptop auf, um ihn zu überprüfen.

Scheiße. Es stimmt. Meine Bank hat das Haus ihrer Eltern zwangsversteigert.

Kein Wunder, dass sie am Anfang so feindselig zu mir war. Und so wirtschaftsfeindlich.

Aber wie passt das zu dem, was wir bisher gemacht haben?

Das Blut verlässt mein Gesicht.

Ist es möglich, dass sie sich für die verdrehteste Form der Rache entschieden hat – mich dazu zu bringen, mich für sie zu interessieren, um mir dann diesen schrecklichen Monolog vorzulesen?

Ich lese den Zettel noch einmal, und die Wut verdrängte einen Teil des Schocks und der Verletzung. Dann, wie ein Masochist, lese ich ihn noch einmal. Und noch einmal.

Nachdem ich ihn zum hundertsten Mal gelesen habe, stecke ich den Zettel in meine Tasche und verlasse den Raum.

Lilly und ich müssen uns unterhalten.

KAPITEL 34
LILLY

Was zum Teufel ...? Ein Großteil meiner Kleidung fehlt.

Oh. Richtig. Ich erinnere mich vage daran, dass Prudence etwas über meine Schmutzwäsche gesagt hat.

Gut. Wie auch immer. Die Klamotten sind nicht wichtig. Ich brauche nur mein Zuhause. Meinen Freiraum, in dem ich nachdenken kann.

Ich schnappe mir einen Koffer, der mit irgendwelchem Kram vollgestopft ist, gehe zur Tür – und stoße gegen Bruces zementartige Brust.

Wow.

Seine Augen sind wie zwei Eisberge, als er mich ansieht. »Gehst du weg?«

Mein Schmerz und meine Wut kochen über, und wieder trifft mein Körper die Entscheidung für mich, während meine Zunge die Worte formt. »Verdammt richtig. Ich kündige.«

Ich möchte es sofort zurücknehmen, aber es ist zu spät. Seine Augen werden noch kälter, und seine Nasenlöcher blähen sich.

»Ach?« Seine Stimme ist rasiermesserscharf. »Hast du die Scharade satt?«

Scharade? Ich? Ist es möglich, dass man zu emotional ist, um Worte zu verstehen? Oder wirft er mir etwas vor, zum Beispiel, dass ich Champs grobe Annäherungsversuche begrüße?

Ich sehe tatsächlich rot. »Was vorgefallen ist, war deine Schuld.«

Seltsamerweise erwärmt sich sein Gesichtsausdruck ein wenig. »Es ist nicht so, dass ich persönlich involviert war.«

Versucht er, Champs Verhalten zu entschuldigen? »Es war ein Fehler, mit dir zu sprechen.«

Etwas zuckt in seinem Kiefer. »Das sehe ich auch so.«

»Gut.« Ich schiebe ihn aus dem Weg und habe das Gefühl, dass ich gleich weinen werde. »Auf Wiedersehen.«

KAPITEL 35
BRUCE

Colossus winselt.

Scheiße.

Da habe ich schon wieder einen Streit vor ihm angefangen.

Ich schnappe ihn mir und setze mich auf das Bett, das bis vor ein paar Sekunden noch Lilly gehörte, und streichele sein himmlisches Fell. Als die Augen des Hundes vor Vergnügen zurückrollen, beruhige ich mich auch, so dass ich halbwegs zusammenhängende Gedanken formen kann.

Zum Beispiel, dass ich erleichtert sein sollte, dass sie mir erspart hat, ihren Zettel zu erwähnen, aber das bin ich nicht. Ich sollte froh sein, dass ich Lillys Doppelzüngigkeit aufgedeckt habe, bevor ich zu viel gefühlt habe, aber das bin ich nicht ... vielleicht, weil es schon zu spät ist.

Nein. Es gibt keinen Grund, Zeit mit diesem Gedankengang zu verschwenden.

Ich fühle mich wahrscheinlich besser, wenn ich an meiner Wut festhalte. Ich meine, wie verrückt hat sie sich verhalten, als ich hereinkam? Das ist unlogisch, selbst wenn ich berücksichtige, dass sich der präfrontale Kortex – der rationale Teil des Gehirns – bei Menschen erst mit fünfundzwanzig Jahren voll entwickelt, und sie erst dreiundzwanzig ist.

Trotzdem. Jetzt, wo ich etwas ruhiger bin, ergibt unsere Begegnung irgendwie keinen Sinn.

Vor allem das: Warum war sie schon dabei, zu gehen, als ich hereinkam? Es würde viel mehr Sinn ergeben, wenn sie herausgestürmt wäre, nachdem ich ihr meine Meinung über den Zettel gesagt hätte.

Etwas, wozu ich nicht einmal die Gelegenheit hatte.

Es ist fast so, als ob …

Mein Telefon klingelt, und mein erster Gedanke ist, dass es Lilly sein könnte, die anruft, um ihren Job zurückzufordern. Und um sich zu entschuldigen.

Gut, vielleicht ist es eher so, dass ich hoffe, dass es Lilly ist.

Der Anrufer ist jedoch meine Mutter.

Ich bin versucht, nicht dranzugehen, aber das Pflichtgefühl siegt.

»Mama, hallo. Ist alles in Ordnung?«

»Hallo, Brucey«, sagt Mutter in ihrem üblichen, fröhlichen Ton. Mit strengerer Stimme fragt sie: »Hast du dich mit dem Freund deiner Schwester gestritten?«

»Was?« Ich schaue Colossus an, als ob er Antworten haben könnte.

Mutter seufzt. »Du weißt, dass Angela kein

Teenager mehr ist und du schon damals aus dem Rahmen gefallen bist, als du …«

»Ich habe mich nicht mit ihrem Typen gestritten«, sage ich langsam. Ich meine, als er Lilly neulich zum Tanzen aufforderte, war ich versucht, aber dafür ist ein voll entwickelter präfrontaler Kortex da – um sich zurückzuhalten. »Wie kommst du auf die Idee?«

»Vor ein paar Minuten bin ich in die Küche gegangen, als er gerade vom Boden aufgestanden ist«, sagt sie. »Er ist meinen Fragen ausgewichen, als würde er sich schämen.«

»Das ist seltsam.«

»Ich weiß«, sagt sie. »Angela hat auch gesagt, dass sie keine Ahnung hat. Apropos Angela, sie hat gesagt, dass sie mit ihm Schluss machen wird, und ich bin froh darüber, denn du weißt ja, was ich von Passivrauchen halte und …«

Ich blende den Rest von dem, was Mama sagt, aus, weil sich einige Puzzleteile an ihren Platz schieben und mir das entstehende Bild überhaupt nicht gefällt. Könnte es einen Zusammenhang zwischen den beiden merkwürdigen Ereignissen von Lillys plötzlicher Abreise und dem geben, wovon meine Mutter spricht?

Ich setze den Welpen auf den Boden und sage Mutter, dass ich gehen muss.

»Klar, Schatz«, sagt sie und legt auf.

Ich eile in mein Büro und rufe die Überwachungsvideos der Küche auf.

KAPITEL 36
LILLY

ch schlage meine Haustür zu und lasse die Koffer fallen.

Als ich mich umsehe, finde ich einen weiteren Grund, sauer auf Bruce zu sein: Weil ich so lange in seiner Villa gewohnt habe, sieht meine Wohnung jetzt wie eine Bruchbude aus.

Und ich möchte mehr denn je weinen.

Ich bin gleichzeitig seltsam gefühllos.

Und immer noch wütend.

So, so wütend.

Wie konnte ich nur so dumm sein, mit einem Kerl zu schlafen, den ich noch vor kurzem für meinen Erzfeind gehalten habe? Oder Gefühle für seinen Hund entwickeln? Nur für seinen Hund, wohlgemerkt. Nicht für ihn. Auf keinen Fall.

Unaufgefordert tauchen Bilder von unseren Netflix-und-Chill-Sessions in meinem Kopf auf, während meine Brust zu schmerzen beginnt und sich Druck hinter meinen Augen aufbaut.

Als ich anfing, meine Sachen in der Villa zu packen, hatte ich gehofft, dass ich mich zu Hause besser fühlen würde, aber ich fühle mich alles andere als das. Ein Teil von mir hatte wohl auch gehofft, dass Bruce mich aufhalten würde – aber er hat geradezu das Gegenteil getan.

Wenn ich so darüber nachdenke, war das schon ein bisschen seltsam.

Was war das noch einmal mit der Scharade?

Und als ich ihm sagte, dass die Sache mit Champ seine Schuld war, war seine Antwort verwirrend.

Woher wusste er überhaupt, was mit Champ passiert war? Ich kann mir nicht vorstellen, dass Angelas Freund es ausgeplaudert hat.

Moment einmal. Warum denke ich schon wieder an Bruce?

Das hat er nicht verdient.

Mein Telefon klingelt, und Bruce ist die erste Person, an die ich denke.

Aber es ist Prudence – und das ist vielleicht auch gut so.

»Hi, Lilly«, sagt sie und klingt seltsam schuldbewusst. »Ich wollte mich entschuldigen.«

»Wofür?«

»Für was auch immer Bruce gesagt hat«, antwortet sie. »Nachdem ich ihm den Zettel gegeben hatte, habe ich es sofort bereut.«

Ich lasse fast das Telefon fallen. »Welchen Zettel?«

»Ich wollte gerade deine Wäsche waschen«, erklärt Prudence. »Und ich kontrolliere immer alle Taschen, bevor ich etwas in die Waschmaschine stecke, weil ich einmal in Mr. Roxfords …«

»Wann hast du ihm den Zettel gegeben?«

Sie sagt es mir.

»Scheiße.«

»Noch einmal«, sagt sie. »Es tut mir leid. Ich arbeite für Mr. Roxford seit …«

»Es ist in Ordnung. Aber ich muss los.« Damit lege ich auf.

Ich versuche, mich an das zu erinnern, was ich aufgeschrieben hatte, und es ist nicht gut. Der Gedanke, dass Bruce diesen Strom von Beleidigungen gelesen hat, erfüllt mich mit Grauen. Natürlich meine ich kein einziges Wort davon mehr so, aber es ist zu spät.

Er weiß von der Zwangsvollstreckung und denkt, dass ich ihn hasse. Daher auch das Wort *Scharade* und der Satz, dass er nicht daran beteiligt war. Er meinte, dass er nicht persönlich Häuser zwangsversteigert – dafür hat er Leute.

Mein Herz zieht sich zusammen, als ich mir vorstelle, wie ich mich fühlen würde, wenn unsere Rollen vertauscht wären. Kein Wunder, dass er so wütend aussah, als er in mein Zimmer stürmte. Er wollte mich wohl feuern und mir sagen, dass er nie wieder mit mir sprechen will, aber ich habe ihm die Mühe erspart.

Scheiße.

Was habe ich getan?

Wie kann ich das reparieren?

Kann es überhaupt repariert werden?

Ich sinke in die Couch, als der Damm bricht, der meine Tränen zurückgehalten hat.

KAPITEL 37

BRUCE

Ich werde jede einzelne Person in meinem nutzlosen Sicherheitsteam feuern. Es stellt sich heraus, dass es keine Möglichkeit gibt, die Sicherheitsvideos schnell durchzugehen. Es wird in einer siebentägigen Schleife aufgenommen, und heute war Tag sechs, was bedeutet, dass ich sechs Tage lang durch die kauenden und trinkenden Menschen in der Küche vorspulen muss.

Ich entscheide mich aber trotzdem dafür, es zu tun – egal, wie sehr ich die Wände hochkriechen möchte. Wenn ich mit meiner Vermutung richtigliege, schulde ich Lilly das.

Verdammte Scheiße. Da ist der verdammte Champ, der die verdammten Nudeln schlürft.

Ich schlage mit der Faust auf den Tisch, was nicht gerade dazu beiträgt, dass ich mich besser fühle. Dann schaue ich mit verengten Augen zu, und das hilft auch nicht viel, vor allem, wenn der Wichser auf die Nudeln einen Slurpee folgen lässt, den er Gott weiß woher geholt hat.

Diese Dinger sind die schlimmste Erfindung seit Asbest und verbleitem Benzin. Schon der Name ist ekelhaft, eine Verkettung von *slur* – also lallen – und *pee* – ja, genau, Pipi – das Letzte, woran man beim Kauf eines Getränks denken will.

Das ist ein weiterer Schlag gegen mein Sicherheitsteam – Slurpee ist eines der vielen Produkte, die auf meinem Grundstück verboten sind.

Gerade als ich denke, dass mein Kopf explodieren wird, komme ich zu den Aufnahmen von heute Morgen und verlangsame das Video – auch wenn ich die Horrorshow des Frühstücks miterleben muss.

Na bitte. Champ erscheint ohne ersichtlichen Grund in der Küche.

Ein paar Minuten später kommen Lilly und Colossus herein.

Ich erhöhe die Lautstärke, schaue und höre aufmerksam zu und balle dabei schmerzhaft die Fäuste.

Als es vorbei ist, ist meine Sicht von der Wut, die in mir tobt, verschwommen. Mit Hilfe desselben Sicherheitssystems finde ich Champs aktuelle Position heraus, und meine Beine tragen mich zu ihm, als ob sie einen eigenen Willen hätten.

»Hey«, sagt Champ zu mir, als ich ihn im östlichen Korridor treffe. »Wie geht es …«

Meine Faust trifft hart auf seinen Kiefer. Er fliegt hoch und fällt dann wie der Sack Scheiße, der er ist, auf den Boden.

Ich warte darauf, dass er aufsteht, und plane, den Rest meines Boxtrainings nachzuspielen.

»Was zum Teufel …?«, will meine Schwester wissen, während sie den Flur entlangstürmt.

Hat sie den Schlag gesehen?

»Er hat Glück, dass ich ihn nur geschlagen habe«, stoße ich hervor.

»Was ist passiert?«, fragt Angela und legt die Stirn in Falten.

Ich erzähle es ihr, und als ich fertig bin, sind ihre Augen wässrig, aber sie weint nicht. Stattdessen geht sie zu Champs schlaffem Körper hinüber und tritt ihm in die Rippen. »Das mit uns ist verdammt nochmal vorbei!«

Champ schreit vor Schmerzen auf.

»Steh auf«, befehle ich ihm.

Champ kommt wacklig auf die Beine. »Ich werde dich verklagen«, winselt er.

»Viel Glück«, sagt Angela kalt. »Die Anwälte meines Bruders werden Burger aus deinen machen.«

Ich packe Champ am Hemdkragen und hebe ihn in die Luft. »Du hast fünf Minuten, um von meinem Grundstück zu verschwinden. Wenn du noch einmal in die Nähe von Lilly oder meiner Schwester kommst, war es das mit dir.«

Sobald ich sein Hemd loslasse, läuft Champ davon – und während ich ihm zusehe, kämpfe ich mit dem übergroßen Verlangen, ihn umzubringen.

»Was ist mit Lilly?«, fragt Angela.

»Sie ist weg«, stoße ich hervor, und Champ hat

Glück, dass ich in diesem Moment keine Waffe bei mir habe.

Angela runzelt die Stirn. »Weg?«

»Sie hat gekündigt«, sage ich. »Mir und dem Job.«

Angela legt eine beruhigende Hand auf meine Schulter. »Was wirst du tun?«

Ich muss nicht einmal über meine Antwort nachdenken. »Ich werde sie zurückholen.«

KAPITEL 38

LILLY

ch weiß nicht, wie lange ich weine, ich weiß nur, dass irgendwann mein Telefon klingelt und ich mich zwinge, eine Pause zu machen, um den Anruf zu beantworten.

»Hallo, Schatz«, sagt Mama. »Ich habe unglaubliche Neuigkeiten.«

Ich tue mein Bestes, um nicht hörbar zu schniefen, und frage: »Was ist passiert?«

»Die Bank hat angerufen«, ruft Papa aus. »Oh, du bist übrigens auf Lautsprecher.«

»Die Bank?« Auch wenn die Verbindung zu Bruce nur sehr schwach ist, spüre ich einen Druck in der Brust.

»Ja. Sie hat zugegeben, dass sie bei unserer Zwangsvollstreckung einen Fehler gemacht hat ...«

»Welchen Fehler?«, frage ich. Ist eine Zwangsvollstreckung nicht so einfach: Wenn du nicht zahlst, verlierst du das Haus?

»Wir haben die Juristensprache nicht verstanden«, sagt Mama. »Aber um den Fehler wiedergutzumachen, geben sie uns das Haus zurück, kostenlos und schuldenfrei.«

Ich bekomme eine Gänsehaut. »Hat die Bank es nicht verkauft?« Und sind meine Eltern wirklich so leichtgläubig?

»Sie haben es von der Familie zurückgekauft, also können wir in einem Monat wieder einziehen«, sagt Papa aufgeregt. »Kannst du das glauben?«

Ja. Ich glaube, dass sie das Haus bekommen. Was ich nicht glaube, ist die Geschichte, die die Bank ihnen erzählt hat. In Wirklichkeit hat Bruce durch den Zettel von der Zwangsvollstreckung erfahren und beschlossen, sie rückgängig zu machen. Das ist Wahnsinn. Aber warum sollte er ...

Jemand klopft an meine Tür und erschreckt mich.

Ein sechster Sinn sagt mir, wer es sein könnte – und ich hoffe, es ist kein Wunschdenken.

»Mama, Papa, ich freue mich sehr für euch«, rufe ich aus. »Aber können wir später weiterreden? Ich muss los.«

»Zweifellos, um sich um ihren ach so anspruchsvollen Arbeitgeber zu kümmern«, sagt meine Mutter – wahrscheinlich zu Dad.

Ich lege auf und renne zur Tür, um durch den Spion zu schauen.

Der Hoffnungsschimmer entfaltet sich zu einem hellen Glühen in meiner Brust, als ich die warmen, ozeanblauen Augen sehe, die mich anschauen.

Mit zittrigen Händen schließe ich die Tür auf und lasse Bruce herein.

Er scheint mein ganzes Apartment einzunehmen, was es noch kleiner erscheinen lässt.

»Hi«, sage ich, und mein Herz hämmert in meiner Brust.

»Danke, dass du mich hereinlässt«, murmelt er. »Ich war mir nicht sicher ...«

»Ich habe es gerade von meinen Eltern gehört«, platze ich damit heraus. »Hast du ...«

»Tut mir leid, wenn das ein bisschen plump war«, sagt er. »Ich weiß, dass ich nicht alles wiedergutmachen kann, was meine Bank je falsch gemacht hat, aber da ich in diesem Fall helfen konnte, dachte ich mir, ich ...«

»Entschuldigst du dich gerade dafür, dass du uns mein Elternhaus zurückgegeben hast?« Ich weiß nicht, ob mein Herzklopfen ein Zeichen für Herzrhythmusstörungen ist und deshalb einen Notruf rechtfertigt oder nicht.

»Apropos Entschuldigung, es tut mir leid, was mit Champ passiert ist.« Bruces Gesichtsausdruck verfinstert sich. »Sei versichert, dass er dich nie wieder belästigen wird. Er und meine Schwester sind kein Paar mehr, also wenn er ...«

»Sind sie nicht?«, frage ich dumm. »Heißt das, dass sie Colossus zurücknehmen wird?« Warum habe ich ausgerechnet das gefragt?

Bruce schüttelt den Kopf. »Angela wird sich einen neuen Hund zulegen müssen. Colossus gehört mir.«

Oh nein. Ich habe das Gefühl, dass ich wieder anfangen werde, zu weinen, und ich weiß nicht, warum. »Wie hast du herausgefunden, dass …«

»Überwachungskamera in der Küche«, sagt er.

Ah. Richtig. Er hatte mir irgendwann davon erzählt.

»Bist du deshalb gekommen? Um mir das zu sagen?« Mir ist klar, dass das in irgendeiner Form meine erste Frage hätte sein müssen, aber ich hatte zu viel Angst zu fragen. Wenn er etwas sagt wie: *Ich bin hier, um dich dazu zu bringen, wieder zur Arbeit zu kommen*, könnte der Geysir hinter meinen Augen hervorbrechen, ihn ganz nass machen, und dann …

»Ich will, dass du meine Freundin bist«, erklärt Bruce ernst. »Mit mir zusammen bist. Meine bist. Wie auch immer die Jugend das heutzutage so sagt.«

Ich starre ihn an, weil ich nicht weiß, ob ich richtig gehört habe.

Er tritt näher. »Du musst jetzt nicht antworten. Ich weiß, es ist viel passiert, und …«

»Ja«, sage ich, ein bisschen zu laut. Ich weiß nicht, ob es die Hitze seines Körpers oder sein Duft ist, aber mir wird schwindlig. »Ich will deine … ich meine … deine Freundin sein. Oder mit dir gehen, oder wie auch immer ihr älteren Herrschaften das früher genannt habt.«

»Gut.« Er kommt näher, und seine Augen glänzen. »Da ist noch etwas anderes.«

Ich ziehe eine Augenbraue hoch, weil ich wegen seiner Nähe zu schnell atme, um vernünftig sprechen zu können.

Bruce nimmt meine Hand und hebt sie an seine Brust. »Ich sollte wahrscheinlich warten, bis ich es dir sage. Zumindest bis wir noch ein paar Dates haben und mehr Zeit vergangen ist.«

»Mir was sagen?«, hauche ich.

»Ich liebe dich.« Er drückt sanft meine Hand. »Ich liebe, wie weichherzig du bist – vor allem mit Colossus. Ich liebe deine Lebensfreude – du hast es in so kurzer Zeit geschafft, dass ich das, was ich habe, zu schätzen weiß, und sogar anfange, es zu genießen. Ich liebe …«

»Ich dich auch«, platze ich damit heraus. »Ich liebe dich. Und entschuldige, dass ich dich unterbreche, aber du hast einfach immer weitergemacht und …«

Unsere Lippen treffen aufeinander, und sein Kuss ist ebenso leidenschaftlich wie besitzergreifend.

Der Kuss sagt mir, dass wir offiziell ein Paar sind.

Er sagt mir, dass ich ihm gehöre.

EPILOG

BRUCE

Ich sitze in einem Kino, das ich vollständig
gemietet habe, umgeben von Familie und
Freunden – sowohl von meiner Seite als auch
Lillys. Um uns herum ist eine Schar von Hundeeltern,
die genauso stolz sind wie ich, mit ihren flauschigen
Schützlingen an der Leine neben ihren Stühlen,
gekleidet in einer maßgeschneiderten
Abschlussuniform. Die Hunde, meine ich. Obwohl
einige Eltern auch eine Version davon tragen.

»Chewbacca Stevenson«, sagt Lilly von der Bühne
aus, und ich höre meine Schwester leise lachen. Sie und
Lilly versuchen oft, sich gegenseitig zu übertrumpfen,
wenn es darum geht, alberne Hundenamen zu
erfinden, und *Star Wars* Anspielungen sind für beide
ein fester Bestandteil.

Ich hoffe, der Hund wird nicht Chewie genannt.
Für Menschen mit Misophonie wie mich ist das so, als
würde man einen Hund Pukie beziehungsweise Kotzi

nennen. Oder Poopie beziehungsweise Kacki. Oder Noodlie.

Die Dame zu meiner Linken strahlt und befielt ihrem Schäferhund – der tatsächlich wie sein Namensvetter aussieht –, zu Lilly zu gehen.

Als beide bei ihr ankommen, schüttelt Lilly die Hand der Frau und bittet Chewbacca, ihr eine Pfote zu geben, was er – ich nehme an, es ist ein Er – auch tut. Schließlich überreicht Lilly der Dame eine Rolle offizieller Papiere, während Chewbacca eine der essbaren Trophäen bekommt, die extra für diesen Anlass in Auftrag gegeben wurden.

Wir alle lachen, als Chewbacca seine hart erkämpfte Belohnung in einer Sekunde verschlingt.

Lilly ruft den nächsten Hund, und dieses Mal bin ich nicht stolz auf mein Fellkind, sondern auf sie. Sie hat es geschafft. Sie hat ihren Traum verwirklicht, und das hier ist die erste Abschlussklasse ihrer neuen Hundeschule – Barkshire Pawaway.

Als ich in die Gesichter von Lillys Eltern schaue, sehe ich, dass sie weinen, und ich wette, dass sie das Gleiche fühlen wie ich. Und hey, sie haben das Recht, stolz zu sein. Lilly hat das reibungslos und schnell geschafft, nur wenige Monate nachdem sie offiziell bei mir eingezogen war – nicht dass sie in ihrer eigenen Wohnung gewohnt hat, als wir gedatet haben.

Als Lilly den nächsten Absolventen aufruft, winkt sie mit ihrem durchtrainierten Arm, was mir ein unangenehmes Gefühl in meinem Schritt beschert.

Nicht schon wieder. Ich werde Titan, wie sie ihn

nennt, verdammt nochmal beruhigen, indem ich an staatlich angestellte Buchhalter denke, die Suppe essen.

Nein. *Runter* ist ein schwieriges Kommando für Titan, wenn Lilly in der Nähe ist.

Wie passend. Colossus und ich werden jeden Moment auf die Bühne gerufen, und ich werde einen Steifen haben.

Was noch schlimmer ist: Die Hunde könnten wissen, dass ich erregt bin. Ich meine, wenn Lilly ihnen beibringen kann, eine Person zu beruhigen, wenn sie gestresst ist, oder anzuzeigen, dass sie eine Insulinspritze braucht, scheint das im Vergleich dazu ziemlich einfach zu sein.

»Noodle Schwartz«, sagt Lilly.

Wow. Es ist, als ob diese Besitzer versuchen, ihre Hunde schrecklich klingen zu lassen. Wenigstens kühlt sich mein Schwanz ab – vor allem, wenn ich mir auch noch vorstelle, wie Hitler einen Slurpee trinkt.

»Dieser letzte Hund hat einen besonderen Platz in meinem Herzen«, sagt Lilly. »Genau wie sein Besitzer.«

Alle um uns herum jubeln uns zu.

»Colossus Roxford«, sagt Lilly. »Kommt her, ihr Süßen.«

Als Colossus und ich die Bühne betreten, gibt es ohrenbetäubendes Klatschen und Jubeln.

Lilly fängt mit dem essbaren Preis an, und während Colossus ihn frisst, gibt sie mir vor allen einen Kuss.

Verdammt. Kein Gedanke an Nudeln oder gar einen

Slurpee kann die bestialische Erektion zähmen, die daraus entsteht.

Als Lilly sie bemerkt, lacht sie und flüstert: »Wir gehen durch den Seiteneingang der Bühne hinaus. Ich bleibe neben dir und blockiere *das da* mit meinem Körper. Oder so viel davon, wie ich kann, weil Titan so riesig ist und ich natürlich so klein.«

Wir tun, was sie sagt, und sobald wir außer Sichtweite sind, hole ich mir noch einen Kuss, auch wenn das in meiner aktuellen Situation kontraproduktiv ist.

Jemand räuspert sich.

Als ich über meine Schulter schaue, lacht Lilly wieder. »Johnny, kannst du bitte mit Colossus spazieren gehen?«

Sie nimmt mir die Leine aus der Hand und übergibt sie meinem Assistenten.

Als wir allein sind, zieht sie mich in eine Umkleidekabine und schließt die Tür ab.

Sehr gut. Ich ziehe uns aus und liebe sie hektisch – mit meiner Hand auf ihrem Mund, um ihre leidenschaftlichen Schreie zu dämpfen, falls jemand auf der anderen Seite der papierdünnen Wände ist.

Danach richtet Lilly ihr Haar und hebt ihren BH auf. »Wer hätte gedacht, dass die Abschlussfeier ein so starkes Aphrodisiakum sein würde?«

»Deine bloße Anwesenheit reicht mir«, sage ich. »Und nochmals herzlichen Glückwunsch.«

Ich greife zu meinem Telefon und sage meinem Assistenten, dass er mit Colossus zurückkommen kann – und dass er gleichzeitig Codename »Big Surprise«, mitbringen soll.

Kaum sind wir angezogen, klopft es an der Tür.

»Ich habe etwas für dich«, sage ich zu Lilly. »Etwas, oder besser gesagt jemanden, von dem ich glaube, dass er dir gefallen wird.«

Lillys Augenbrauen – die ich insgeheim Borat und Super Mario genannt habe – werden animiert, als würden sie darum betteln, dass ich sie wieder küsse.

Aber das werde ich nicht tun, denn das könnte zu einer weiteren Sexsession führen, und wir haben Besuch.

Apropos … »Herein«, sage ich.

Die Tür öffnet sich, und Lilly starrt auf den Codenamen *Big Surprise*. Keuchend fragt sie: »Ist das noch ein Chihuahua?«

»Richtig.« Ich grinse. »Ich habe sie heute aus einem Tierheim geholt. Als du dachtest, dass Colossus und ich diesen langen Spaziergang machen. Und falls du dir Sorgen machst, die beiden haben sich auf den ersten Blick verliebt.«

Mit einer Geste entlasse ich meinen Assistenten, und als er geht, umarmt Lilly den kleinen Welpen. »Hast du ihr schon einen Namen gegeben?«

Ich schüttele den Kopf. »Ich dachte, du würdest gerne die Ehre haben.«

Sie krault das Hündchen unter seinem pelzigen Kinn. »Was hältst du von Gargantua?«

Ich schaue mir den Welpen noch einmal an. Sie hat das hellbraune, glatte Fell, das durch den Begleiter von

Paris Hilton und die Taco-Bell-Werbung bekannt wurde. »Der Name scheint von Colossus abgeleitet zu sein, aber viel wichtiger ist, dass Gargantua der Name eines männlichen Riesen war.«

Lilly streckt mir die Zunge heraus. »Spencer ist ein Jungenname, aber wenn ich ein Mädchen bekomme, werde ich es so nennen.«

Sie spielt mit dem Feuer, denn wenn ich die Chance hätte, würde ich sofort ein kleines Mädchen – oder einen Jungen – in sie pflanzen, aber so weit ist sie noch nicht.

»Wie wäre es, wenn du heute mit Angela ein Brainstorming über Namen machst?«, schlage ich vor.

Nach einem holprigen Start sind diese beiden sehr unterschiedlichen Frauen zu meiner Überraschung gute Freundinnen geworden.

Lilly grinst. »Das würde ihr gefallen, aber ich glaube, ich habe einen Namen. Roach.«

»Ah«, sage ich. »Perfekt.«

»Da ist noch etwas anderes«, sage ich. »Es geht um meine Schwester.«

Lilly verwandelt Borat in ein Faksimile eines Fragezeichens.

»Ich habe mich endlich entschieden, was mein Hobby sein wird«, sage ich. »Und Angela wird mir dabei helfen.«

»Ah. Du hast endlich gemerkt, dass es kein echtes Hobby ist, mir Orgasmen zu schenken.« Lilly zwinkert mir zu. »Nicht, dass ich es nicht zu schätzen wüsste.«

Ich ziehe sie an mich heran, küsse aber vorerst

nicht ihre Lippen, denn dann könnte ich nicht sprechen.

»Ich eröffne eine Hundeauffangstation«, sage ich und sehe ihr in die Augen. »Auf dem Anwesen.«

Borat und Super Mario schießen aufgeregt über Lillys Stirn. »Ich liebe das!«, ruft sie aus. »Das tue ich wirklich, wirklich.«

»Und ich liebe dich«, sage ich und fordere ihre Lippen zum leidenschaftlichsten Kuss von allen ein.

LESEPROBEN

Danke, dass Sie an Lillys und Bruces Reise teilgenommen haben! Um über meine zukünftigen Bücher informiert zu werden, melden Sie sich für meinen Newsletter auf www.mishabell.com.

Blättern Sie um und lesen Sie Kostproben aus *Das Liebesschnäppchen* und *Billionaire Grump – Ein stacheliger Milliardär*!

AUSZUG AUS DAS LIEBESSCHNÄPPCHEN

Honey Hyman (nennen Sie sie NICHT „hon") steht auf Leder, Piercings und Tattoos. Und ja, sie ist vielleicht ein bisschen besessen von Schnäppchen, aber wer ist das nicht? Es ist ja nicht so, dass sie mit ihren Coupons irgendjemanden bestiehlt … es sei denn, es handelt sich um gefälschte Coupons, mit denen sie ihren älteren Nachbarn helfen will, sich Lebensmittel aus dem Munch & Crunch zu leisten, dem überteuerten Supermarkt, der ihren örtlichen Lebensmittelladen ersetzt hat.

Es ist wirklich nicht fair, dass sie ins Gefängnis gehen soll. Oder dass sie erpresst wird, für den CEO von Munch & Crunch zu arbeiten, den sie angeblich bestohlen hat – einen CEO, bei dem es sich um keinen Geringeren als Gunther Ferguson handelt, ihren Highschool-Schwarm, der damals sowohl ihre schulischen Leistungen als auch ihr Leben ruiniert hat.

Möge der Krieg beginnen.

Polizei? Was zum Teufel ...?

Mit klopfendem Herzen schaue ich durch den Spion.

Ja. Sie sind wie Polizisten gekleidet.

Hat ein Nachbar sie wegen des Gejammers angerufen? Es klang wie ein blutiger Mord. Aber wie sind sie so schnell hierhergekommen? Es sei denn ...

Scheiße. Es kann doch nicht schon wieder um die Gutscheine gehen, oder?

»Machen Sie die Tür auf, oder wir sind gezwungen, sie zu öffnen«, sagt ein Polizist mit einem strengen Gesichtsausdruck.

Nun, Scheiße. Ich kann es mir nicht leisten, diese Tür zu reparieren.

Ich habe keine Wahl.

Ich öffne die Tür.

Der Polizist schaut von mir zu Pearl. »Honey Hyman?«

»Das bin ich.« Und ja, ich weiß, mein Name klingt wie eine jungfräuliche Membran, die Menschen mit Diabetes meiden sollten.

»Sie sind verhaftet«, teilt er mir mit. »Wegen Betrugs.«

Mein Magen zieht sich zusammen. Ich wende mich an Pearl, die so blass ist wie der Geist einer Toilette.

Meine Stimme ist angespannt, als ich sage: »Sag Blue Bescheid, okay?«

Blue ist unsere Schwester, die früher für die Regierung gearbeitet hat. Wenn also jemand in dieser Sache helfen kann, dann sie.

Der Rest ist wie ein Alptraum. Ich werde aus dem Gebäude geführt, in ein Polizeiauto gesetzt, kurzerhand auf die Wache gebracht und in einen Raum geführt – und das alles mit einem so starken Adrenalinstoß, dass ich kaum etwas davon mitbekomme.

Hat mir jemand meine Rechte vorgelesen? Wenn nicht, bekomme ich eine Rückerstattung?

Sie haben mir mein Butterfly-Messer nicht abgenommen, was seltsam ist, weil ich immer dachte, ins Gefängnis zu gehen sei wie in ein Flugzeug zu steigen – Waffen sind nicht erlaubt.

Vielleicht gehe ich nicht ins Gefängnis? Darf ich hoffen?

Ich denke an die letzten beiden Male zurück, als ich in Schwierigkeiten gesteckt habe. Beide Situationen waren eigentlich miteinander verknüpft.

Zuerst war da Tiffany, eine Cheerleaderin, die mich gemobbt hat, weil ich ihrem superheißen Freund Gunther hinterhergeschaut habe – etwas, dessen ich mich *wirklich* schuldig gemacht habe. Schließlich stellte ich mich ihr mit einem Messer entgegen – allerdings nur als Drohung, denn offensichtlich war das Letzte, was ich wollte, Blut zu vergießen. Unglücklicherweise bemerkte die Dumpfbacke das Messer nicht und zielte trotzdem auf mein Gesicht, wobei sie sich versehentlich den Arm aufschlitzte. Bis heute weiß ich nicht, wie schlimm die Schnittwunde war, da ich sie mir wegen des Blutes nicht ansehen konnte. Da Tiffany keine Narbe davongetragen hat, könnte ich mir vorstellen, dass sie nicht so schlimm war – auch wenn das nichts an der Suspendierung und dem Vermerk in meinem Führungszeugnis geändert hat. Das Gute daran ist, dass dieser Vorfall meinen Leg-dich-nicht-mit-mir-an-Ruf begründet hat, was mich überhaupt nicht stört, denn es hat die anderen Tiffanys dieser Welt von mir ferngehalten.

Der zweite Vorfall ereignete sich ein Jahr später, noch in der Highschool. Es ging wieder um Gunther, der zu diesem Zeitpunkt nicht mehr mit Tiffany zusammen war. Nicht, dass ich ihn gestalkt hätte. Zumindest nicht sehr. Damals wurde ich nicht nur suspendiert und befleckte *wirklich* mein Führungszeugnis, sondern ich bin auch nur knapp der Jugendgerichtsbarkeit entgangen.

Alles begann, als ich noch klein war. Aus irgendeinem Grund war ich besessen von allem, was mit Sparen zu tun hat, einschließlich Angeboten und Gutscheinen. Nachdem ich in meinem ersten Schuljahr einen Kunstkurs belegt hatte, erkannte ich, dass das Einfärben von Prozentzahlen auf Coupons mit einem weißen Stift genauso profitabel war wie Geld zu fälschen – also tat ich es. Zuerst für mich selbst, und dann für die anderen Kinder an meiner Schule. Es stellte sich heraus, dass einer der Läden, die wegen meiner kreativen Initiative Geld verloren hatten, Gunthers Familie gehörte, und als Gunther von meinen Aktivitäten erfuhr, verpetzte er mich beim Direktor. Dann war die Kacke so richtig am Dampfen, und ich zahle bis heute dafür.

Mein Telefon klingelt.

Hm. Eine weitere Sache, die sie mir nicht weggenommen haben.

Ich schaue darauf.

Es ist Blue. Gut. Pearl muss ihr gesagt haben, dass sie sich melden soll.

»Hi«, sage ich und wechsele zu einer Form von Schweinelatein, die Blue entwickelt hat, als wir Kinder waren. »Lass uns schnell reden. Sie könnten zurückkommen und mir mein Telefon wegnehmen.«

»Die kurze Version ist, dass alles, was sie gegen dich haben, physisch und nicht digital ist, also kann ich hier nicht viel tun«, sagt Blue.

Blue hatte bisher noch keinen Ärger mit dem Gesetz, aber sie scheint keinen großen Respekt vor bestimmten Rechtsgrundlagen zu haben, nachdem sie für – wie sie sie nennt – *No Such Agency* gearbeitet hat. Ein Beispiel: Sie hat gerade zugegeben, dass sie sich in die Computer der Polizei gehackt hat, so beiläufig wie ich zugeben würde, dass ich mir Katzenvideos auf TikTok anschaue.

»Können deine ehemaligen Kollegen helfen?«, frage ich.

»Tut mir leid, nein«, sagt sie. »Ich kenne einige FBI-Agenten, aber das hilft dir nicht weiter. Wenn du willst, kann ich dir den Namen eines hervorragenden Anwalts schicken.«

»Klar.« Nur habe ich keine Ahnung, wovon ich den Anwalt bezahlen soll. Dank meiner Missgeschicke in der Highschool wollte mich kein College haben, und ich habe meinen Traum, eine wohlhabende Geschäftsfrau zu werden, nie verwirklicht. Zurzeit arbeite ich in Teilzeit in einem Tattoo-Studio und schneide Haare in einem Friseursalon.

»Ich kann dir etwas Geld leihen«, sagt Blue, die offensichtlich meine Gedanken gelesen hat.

»Nein.« Ich hasse Wohltätigkeit. »Ich werde den gestellten Anwalt nehmen.«

»Es sind wieder Gutscheine, nicht wahr?«, flüstert sie.

»Ich bin mir nicht sicher, ob ich darüber reden sollte«, flüstere ich zurück. »Nicht einmal im Code.«

Ich höre, wie sie ein paar Tastenanschläge tippt. Dann flüstert sie: »Du brauchst nichts zu sagen. Ich habe es gerade überprüft, und die Antwort ist Ja.«

Scheiße. Ich möchte mich selbst ohrfeigen. Nachdem ich jahrelang auf dem rechten Weg war, kam ich in Versuchung, Robin Hood zu spielen, und das ist das Ergebnis. Der familiengeführte Lebensmittelladen in meiner Nachbarschaft wurde vor kurzem durch den überteuerten Munch-&-Crunch-Supermarkt ersetzt und meine älteren Nachbarn haben mir erzählt, dass sie sich kaum noch Lebensmittel leisten können. Also habe ich ein paar Coupons für sie gefälscht. Warum ist das überhaupt ein Verbrechen?

»Jemand kommt zu dir«, sagt Blue und reißt mich aus meiner Träumerei. »Wir reden später.«

Bevor ich mich fragen kann, woher sie das weiß, legt sie auf, und die Tür wird geöffnet.

Ich starre mit offenem Mund den Mann an, der eintritt. Er ist der Inbegriff von groß, dunkel und gut aussehend, und hat ordentlich geschnittenes, nach hinten gekämmtes braunes Haar, das mich an Vorstandsetagen und Zwangsstörungen denken lässt. Sein kräftiges Kinn und sein muskulöser Kiefer sind glattrasiert, und seine Augen leuchten in einem Smaragdgrün, das zwei Nuancen heller ist als meines. Die smaragdgrün leuchtenden Augen sind missbilligend verengt, und seine vollen Lippen fest zusammengepresst.

Wer ist er und warum kommt er mir so bekannt vor?

In diesem perfekt geschnittenen Anzug ist er wahrscheinlich kein Polizist. Vielleicht ein Anwalt, den ich mir nicht leisten kann? Das ist möglich, aber seine Gesichtszüge haben etwas ärgerlich Ehrliches und Nobles, das ich eher mit Pfadfindern in Verbindung bringe.

»Honey Hyman«, sagt er angewidert – und ein Schock durchfährt mich, als ich seinen herrlich tiefen Bariton erkenne, den er schon seit seiner Teenagerzeit hat.

»Gunther Ferguson?«, platzt es ungläubig aus mir heraus.

Ist es möglich, dass ich ihn heraufbeschworen habe,

indem ich auf dem Weg hierher an ihn gedacht habe, so wie man es bei Dämonen macht? Oder bin ich vielleicht im Polizeiauto eingeschlafen und träume?

Wenn nicht, dann ist dieser Mann das, was aus dem Jungen geworden ist, den ich hasse, weil er mich in der Highschool in Schwierigkeiten gebracht hat und jetzt beweist, dass Karma ein verdammter Mythos ist. Wenn es irgendeine Gerechtigkeit auf der Welt gäbe, wäre er mit der Zeit entstellt und deformiert worden, wie ein böser Lord der Sith, aber das Gegenteil ist passiert.

Wie bei einem Vampir von Anne Rice hat ihn die böse Verwandlung noch heißer gemacht.

»Ist dich dumm zu stellen deine neue Masche?« Gunther holt einen Stapel Coupons heraus und wirft sie auf den Tisch. »Willst du so tun, als wüsstest du nicht, dass es mein Laden ist, den du bestiehlst?«

Fassungslos schaue ich nach unten.

Ja. Diese gekonnt gefälschten Coupons sind für Munch & Crunch, der die kleinen Unternehmen zerstört. Und in der Tat, sie sind mein Werk – aber der Laden gehört zu einer multinationalen Supermarktkette, wie kann er also von ihm sein? Es sei denn …

»Gehört dir dieser Munch & Crunch, wie eine Art Franchise?«, frage ich dumm.

Er schnaubt. »Mir gehört das ganze Unternehmen. Als ob du das nicht wüsstest.«

Ich blinzele. »Warum sollte ich das wissen?«

Er deutet auf die Gutscheine. »Du weißt ja auch, wie man sie wie die echten aussehen lässt.«

Moment einmal. Ist er nur ein cleverer Polizist? »Ich werde mich nicht selbst belasten. Angenommen, sie sind tatsächlich gefälscht, dann bin ich mir sicher, dass derjenige, der sie erstellt hat, damit seinen älteren Nachbarn helfen wollte, die früher in dem Laden eingekauft haben, den dein Munch & Crunch rücksichtslos in die Pleite getrieben hat. Diese Leute können sich deine normalen Preise nicht leisten. Und woher sollte diese geheimnisvolle Person überhaupt wissen, dass du etwas mit dem Laden zu tun hast? Ich weiß, dass du denkst, dass du das Zentrum des Universums bist, aber das stimmt einfach nicht.«

Er seufzte. »Zuerst hast du das Gleiche mit meinem Vater gemacht. Jetzt mit mir. Wenn das nicht gezielt ist, muss ich davon ausgehen, dass du so viele betrügerische Coupons machst, dass das unweigerlich wieder passiert.«

Ich schiebe die Gutscheine weg. »Ich gebe nichts zu – aber was ist mit Pech?«

Seine vollen Lippen verziehen sich zu einem Grinsen. »Ich glaube nicht an Glück und Pech.«

»Oh, sie existieren.« Pech für mich ist das Einzige, was erklären kann, wie verlockend sein Mund aussieht – trotz dem, was er sagt.

»Du kannst so viele Ausflüchte suchen, wie du willst, aber der Fall gegen dich ist hieb- und stichfest. Man hat mir sogar gesagt, dass du dieses Mal ins Gefängnis kommst. Es sei denn …«

Moment. Will er mich etwa erpressen? »Es sei denn, *was*?«

In meinem Kopf spielen sich ein Dutzend unanständige Szenarien ab, was er von mir verlangen könnte. Einige mit Handschellen – weil Polizeirevier –, andere mit Kerzenwachs – keine Ahnung, warum – und wieder andere mit einem Bett, das mit Zwei-für-eins-Gutscheinen bedeckt ist.

Seine grünen Augen glänzen triumphierend. »Es sei denn, du arbeitest für mich. Dann werde ich die Anklage fallenlassen.«

———

Für mehr Informationen, melden Sie sich für meinen Newsletter auf www.mishabell.com/de.

AUSZUG AUS BILLIONAIRE GRUMP – EIN STACHELIGER MILLIARDÄR

Juno

Als ich zu spät zu einem Vorstellungsgespräch komme und im Aufzug mit einem nervtötend sexy, vom alten Rom besessenen Griesgram feststecke, erwarte ich auf keinen Fall, dass er der Milliardär ist, dem das Gebäude gehört. Ich erwarte auch nicht, dass ich ihn fast umbringe ... aus Versehen, natürlich.

Die Stelle in der Pflanzenpflege, für die ich mich beworben habe, bekomme ich zwar nicht, aber ich bekomme ein interessantes Angebot.

Lucius muss der Öffentlichkeit (und seiner Großmutter) vortäuschen, dass er eine Beziehung hat, und ich brauche Studiengeld für meinen Abschluss in Botanik. Unsere Vereinbarung ist für beide Seiten vorteilhaft - zumindest bis ich anfange, Gefühle für ihn zu entwickeln.

Wenn ich als Kaktusliebhaberin eine Sache gelernt

habe, dann, dass man sich mit großer
Wahrscheinlichkeit verletzen wird, wenn man ihm zu
nahe kommt.

Lucius
Nach dem Vorfall im Aufzug bleiben mir drei Dinge:
meine Lieblingswasserflasche voller Urin, eine
lebensbedrohliche allergische Reaktion und Paparazzi-
Fotos von meiner "Freundin" und mir, die meine Oma
zur glücklichsten Frau der Welt machen.
Natürlich ist mein nächster Schritt, dieses
(zugegebenermaßen süße) Mädchen zu erpressen - ich
meine, zu überreden -, so zu tun, als würde sie mit mir
ausgehen. Auf diese Weise bleibt meine Oma glücklich,
und als Bonus kann ich mir die Goldgräberinnen vom
Leib halten.
Leider macht sich meine Erzfeindin, die Biologie,
bemerkbar, und es wird immer schwieriger, den Teil
unserer Vereinbarung einzuhalten, der besagt, dass wir
auf körperliche Nähe verzichten. Schlimmer noch: Je
länger ich mit Juno zusammen bin, desto mehr
schmilzt mein fein säuberlich aufgebautes eisiges
Äußeres dahin.
Wenn ich nicht aufpasse, wird Juno meine Mauern
komplett einreißen.

———

»Wollen Sie damit sagen, dass ich dumm bin?«, fahre
ich ihn an. Jeder könnte Probleme mit diesen

verdammten Tasten haben, nicht nur eine Person mit Legasthenie.

Er schaut demonstrativ auf die Knöpfe. »Dumm ist, wer Dummes tut.«

Ich knirsche schmerzhaft stark mit den Zähnen. »Sie sind ein Arschloch. Und Sie haben zu oft Forrest Gump gesehen.«

Seine Lippen werden schmal. »Der Film war nicht der Ursprung dieses Sprichworts. Es kommt aus dem Lateinischen: Stultus est sicut stultus facit.«

Ich rolle mit den Augen. »Was für ein überheblicher *stultus* zitiert Latein?«

Der Stahl in seinen Augen ist so kalt, dass ich wette, meine Zunge würde daran kleben bleiben, wenn ich versuchen würde, seinen Augapfel zu lecken. »Ich weiß es nicht. Vielleicht der Idiot, der zufällig alles mag, was mit Rom zu tun hat, einschließlich der Zahlen.«

Mir klappt die Kinnlade herunter. »Sie haben diese Entscheidung getroffen?« Ich deute in Richtung der Aufzugsknöpfe.

Er nickt.

Scheiße. Er hat mich wahrscheinlich vorhin gehört, was bedeutet, dass ich mit den Beleidigungen angefangen habe. Zu meiner Verteidigung: Er hat eine idiotische Entscheidung getroffen.

Ich stoße einen frustrierten Atemzug aus. »Wenn Sie sich so gut mit römischen Zahlen auskennen, hätten Sie mir auch sagen können, welchen Knopf ich drücken muss.«

Er verschränkt seine Arme vor der Brust. »Sie haben mich nicht gefragt.«

Meine Nackenhaare richten sich wieder auf. »Sie fragen? Sie sahen aus, als würden Sie mir gleich den Kopf abreißen, nur weil ich existiere.«

»Das liegt daran, dass ich mich Ihretwegen zu spät ...«

Der Aufzug bleibt ruckartig stehen, und die Lichter um uns herum werden schwächer.

Wir starren beide auf die Türen.

Sie bleiben geschlossen.

Er dreht sich zu mir um und verengt seine Augen anklagend. »Was haben Sie jetzt gedrückt?«

»Ich? Wie? Ich habe Ihnen gegenübergestanden. Leider.«

Mit einem verärgerten Kopfschütteln geht er auf die Tafel mit den Knöpfen zu, und ich muss wegspringen, bevor ich zertrampelt werde.

»Sie haben wahrscheinlich vorhin etwas gedrückt«, murmelt er. »Warum sollten wir sonst festsitzen?«

Warum ist es illegal, Menschen zu würgen? Nur ein paar Sekunden meine Hände um seinen Hals zu legen, wäre eine beruhigende Übung.

Stattdessen starre ich auf seinen Rücken, der mir die Sicht darauf versperrt, was er tut. »Der arme Aufzug hat wahrscheinlich gerade Selbstmord wegen dieser römischen Ziffern begangen. Er wusste, dass jemand, wenn er Dinge wie L und XL sieht, an T-Shirt-Größen für Neandertaler wie Sie denkt. Und lassen Sie mich nicht mit dem XXX-Button anfangen, der eine klare Anspielung auf Pornos ist. Das schafft ein feindliches Arbeitsumfeld ...«

»Können Sie die Klappe halten, damit ich uns hier rausholen kann?«, fährt er mich an.

Seine Worte verdeutlichen die Realität unserer Situation: Es ist schon über eine Minute vergangen, und die Türen sind immer noch geschlossen.

Lieber Saguaro, sitze ich hier wirklich fest? Mit diesem Kerl? Was ist mit meinem Vorstellungsgespräch?

»Endlich Ruhe«, sagt er zufrieden und geht zur Seite, so dass ich sehe, wie er mit dem Finger auf den *Hilfe*-Knopf drückt.

»Es ist ein Wunder, dass der nicht auf Latein ist«, kann ich mir nicht verkneifen. »Oder Klingonisch.«

»Hallo?«, ruft er in den Lautsprecher unter dem Knopf, und seine Stimme trieft vor Irritation.

Keine Antwort, nicht einmal ein Rauschen.

»Ist da jemand?« Seine Verärgerung steigt eindeutig in neue Höhen. »Ich bin spät dran für ein wichtiges Meeting.«

»Und ich bin spät dran für ein Vorstellungsgespräch«, füge ich hinzu, falls das wichtig ist.

Er hält inne, schaut in meine Richtung und zieht eine dicke Augenbraue hoch. »Ein Vorstellungsgespräch? Für welche Position?«

Ich stelle mich gerader hin. »Ich bin sicher, dass Sie

das nicht wissen, aber die Pflanzen in diesem Gebäude kümmern sich nicht um sich selbst.«

Moment. Habe ich zu viel gesagt? Könnte er mein Vorstellungsgespräch torpedieren – vorausgesetzt, das Aufzugschaos hat es nicht schon getan? Was macht er hier eigentlich – lächerliche Aufzüge entwerfen? Das kann doch kein Vollzeitjob sein, oder?

»Eine Baumumarmerin«, murmelt er vor sich hin. »Das passt.«

Was für ein Arschloch. Ich habe noch nie in meinem Leben einen Baum umarmt. Ich bin zu sehr damit beschäftigt, mit ihnen zu reden.

Mit finsterer Miene wendet er sich wieder dem *Hilfe*-Knopf zu – obwohl ich jetzt denke, dass er eigentlich *Keine Hilfe* heißen müsste.

»Hallo? Können Sie mich hören?«, ruft er. »Antworten Sie jetzt – oder Sie sind gefeuert.«

Ich rolle mit den Augen. »Ist es eine gute Idee, der Person, die uns retten kann, zu drohen?«

Er stößt einen hörbaren Atemzug aus. »Das ist egal. Der Knopf muss eine Fehlfunktion haben. Sie würden es nicht wagen, mich zu ignorieren.«

Ich ziehe mein zuverlässiges Telefon heraus, ein schönes und einfaches Nokia 3310. »Sind Sie sehr von sich eingenommen?«

Er starrt ungläubig auf meine Hände. »Deshalb ist der Aufzug also stecken geblieben. Er ist in eine Zeitschleife geraten und hat uns ins Jahr 2008 gebracht.«

Ich runzele die Stirn über den mangelnden Empfang meines Nokia. »Diese Version wurde 2017 herausgebracht.«

»Es sieht trotzdem dümmer aus als ein hirntoter Crashtest-Dummy.« Stolz holt er ein iPhone aus seiner Tasche. »So sollte ein Telefon aussehen.«

Ich schnaube. »So sieht ständige Ablenkung aus. Wie auch immer, wenn Ihr *iNotSoSmartPhone* – markenrechtlich geschützt – so toll ist, sollte es doch Empfang haben, oder nicht?«

Er wirft einen Blick auf seinen Bildschirm, aber ich kann sagen, dass er die Wahrheit schon kennt: Auch für seinen Liebling gibt es keinen Empfang.

Trotzdem kann ich nicht widerstehen. »Sehen Sie? Ihr geniales Telefon ist genauso nutzlos. Das Einzige, wozu es gut ist, ist, dass es die Leute zu Social Media checkenden Zombies macht.«

Er steckt das Gerät wie ein beschützendes Elternteil weg. »Zusätzlich zu all Ihren anderen liebenswerten Eigenschaften sind Sie auch noch technikfeindlich?«

Ich überlege, ob ich ihm mein Nokia an den Kopf werfen soll, aber ich beschließe, dass es sich nicht lohnt, fünfundsechzig Dollar für ein neues Gerät auszugeben. »Nur weil ich nicht abgelenkt werden will, heißt das nicht, dass ich ein Technikmuffel bin.«

»Eigentlich ist mein Handy gut geeignet, um Ablenkungen auszublenden.« Er zieht sich die Kopfhörer wieder über die Ohren. »Sehen sie?« Er drückt auf Play, und ich höre die leisen Riffs von Heavy Metal.

»Sehr erwachsen«, sage ich zu ihm.

»Tut mir leid«, sagt er übermäßig laut. »Ich kann keine Ablenkungen hören.«

Gut. Wie auch immer. Wenigstens hat er einen guten Musikgeschmack. Mein Kaktus und ich sind große Fans von Metallica, und ich glaube, das ist es, was er gerade hört.

Ich fange an, hin und her zu laufen.

Ich stecke fest und bin spät dran. Wenn sich diese Blockade nicht in den nächsten ein oder zwei Minuten auflöst, kann ich mich von meinem neuen Job verabschieden – und damit auch von meinem Studiengeld. Kein Studiengeld bedeutet kein Botanikstudium, was in den letzten Jahren mein Traum war.

Bei Saguaros Säften, das ist echt ätzend.

Ich werfe einen Blick auf den Hottie – das Arschloch, meine ich.

Was würde er über jemanden mit Legasthenie sagen, der einen Hochschulabschluss machen will? Wahrscheinlich, dass ich eine Universität bräuchte, die Malbücher verwendet. Um ehrlich zu sein, würden auch Malbücher nicht viel helfen – ich kann nie innerhalb dieser blöden Linien bleiben.

Ich seufze, schaue weg und werde immer besorgter. Ganz abgesehen von meinen Träumen: Was ist, wenn der Aufzug eine Weile stecken bleibt?

Das unmittelbarste Problem ist mein wachsendes Bedürfnis, auf die Toilette zu gehen – aber paradoxerweise wird eine längerfristige Sorge sein, Flüssigkeiten zum Trinken zu finden.

Ich frage mich … Wenn man durstig genug ist, nimmt der Körper dann das Wasser aus der Blase wieder auf? Könnte ich mit dem, was ich bei mir habe, einen Filter basteln, um das Wasser in meinem Urin zurückzugewinnen? Vielleicht durch Katzenhaare?

Ich erzittere, aber nur zum Teil wegen der verrückten Klimaanlage, die mich sogar hier drin erreicht. Kurzfristig wäre es so viel besser, wenn sie heiß statt kalt wäre. Ich würde die Flüssigkeit ausschwitzen und müsste nicht pinkeln, obwohl ich vermutlich eher verdursten würde. Ich werfe einen neidischen Blick auf den großen Fremden. Ich wette, er hat eine Blase so groß wie ein Luftschiff. Er hat auch eine Edelstahlflasche, die wahrscheinlich mit Wasser gefüllt ist, das er nicht teilen wird.

Dann ist da noch die Frage nach dem Essen. Ich habe nichts Essbares bei mir, abgesehen von einer Dose Katzenfutter … und, theoretisch, auch die Katze selbst.

Nein. Eher würde ich diesen Fremden essen als die arme Atonic.

Wie von Geisterhand knurrt der Magen des Fremden.

Mist. Da der Kerl so groß und gemein ist, würde er wahrscheinlich die Katze fressen. Danach würde er sich auf mich stürzen ... und das nicht auf eine Art und Weise, die für beide Seiten Spaß bedeutet.

Ich bin so, so am Arsch.

_____

Für mehr Informationen, melden Sie sich für meinen Newsletter auf www.mishabell.com/de.